ऐशेज एंड फायर
अनुवाद

विकास शर्मा

डायमंड बुक्स

www.diamondbook.in

प्रकाशक : डायमंड पॉकेट बुक्स (प्रा.) लि.
X-30 ओखला इंडस्ट्रियल एरिया, फेज-II
नई दिल्ली - 110 020
फोन :011- 40712200
ई-मेल : sales@dpb.in
वेबसाइट : www.diamondbook.in
संस्करण :2023

Ashes And Fire (Novel)
by : *Vikas Sharma*

एक बार मौसम परिवर्तन के कारण गौतम बुद्ध बीमार पड़ गए और उनके शिष्य आनंद उनके स्वास्थ्य के बारे में चिंतित हो गए और उनसे पूछा- 'हे भगवन! यदि आप मृत्यु को प्राप्त हो जाते हैं तो क्या होगा? सदाचरण के लिए लोगों को कौन समझाएगा? हमें मुक्ति और त्याग की सही परिभाषा कौन बताएगा? आपकी अनुपस्थिति में इस जगत में अंधकार फैलना तय है।' लेकिन बुद्ध ने उन्हें सांत्वना दी- 'मेरे जाने के बाद एक नए गुरु का जन्म अवश्य होगा। सबको अपना गुरु बनने दो। आप सभी अपने साथ-साथ शेष मानव जाति के लिए भी सही दर्शन के पथ प्रदर्शक बनें। आप यह क्यों भूल जाते हैं कि कई संतों ने वेदों, उपनिषदों, पुराणों, रामायणों, महाभारत, श्रीमद्भगवद्गीता आदि का अध्ययन किया है और आज भी जनता को नैतिक सिद्धांतों की व्याख्या करते हैं।

आनंद, आप जानते हैं कि हर कोई नश्वर है, और इसलिए कोई भी संत जनता को हमेशा के लिए शारीरिक रूप से मार्गदर्शन नहीं कर सकता है। लेकिन आपको आशावादी बनना होगा। आप जानते हैं कि सूर्य के अस्त होने का अर्थ यह नहीं है कि अंधकार शाश्वत रहेगा। सूर्य हर सुबह चमकता है और सभी लोगों को रोशनी देता है। मेरी चेतावनी है कि आँख बंद करके किसी का अनुसरण न करें और कठोरता, रूढ़िवादिता और अज्ञानता से सावधान रहें। विवेक बुद्धि का प्रकाश उतना ही महत्वपूर्ण है क्योंकि यह मनुष्य को ईश्वर द्वारा दिया गया सबसे अच्छा उपहार है।

यह सब सुझाने के बाद, बुद्ध ने देखा कि आनंद अभी भी दुखी और असंतुष्ट थे। बुद्ध ने उन्हें शांत करने की कोशिश की और कहा, 'मुक्ति के लिए आत्म-प्रकाश सबसे महत्वपूर्ण है। मैं उस मुकाम पर पहुँच गया हूँ जहाँ मैं चाहता था। मैं वह बन गया हूँ जिसकी मैंने आकांक्षा की थी। कोई पारिवारिक बंधन नहीं, कोई संपत्ति नहीं, कोई सांसारिक महत्वाकांक्षा नहीं, सत्ता की कोई भूख नहीं और कोई लालच नहीं, अहंकार की संतुष्टि के लिए लड़ाई लड़ने की कोई ताकत नहीं। केवल आंतरिक प्रकाश ही आपको आपकी मंजिल तक पहुँचने में मदद करेगा। अपने आप को मेरे जीवन से मत जोड़ो क्योंकि तुम्हें मानव जाति के आत्म-उन्नयन और बेहतरी के लिए अकेले ही आगे बढ़ना है। हो सकता है या न भी हो, मेरी सीख दूर-दूर तक फैलेगी। बेशक, मुझे नहीं लगता कि किसी भी स्तर पर संत का कोई प्रतियोगी है। अच्छे विचार स्थान, समय, आयु और जाति के शिकार नहीं

होती। उधार ली गई रोशनी हमेशा के लिए भरोसेमंद नहीं होती है। सूर्य की अनुपस्थिति में हम सभी अपने आंतरिक प्रकाश पर निर्भर हैं। यह मत भूलो कि चंद्रमा भी सूर्य से अपना प्रकाश लेता है। मुक्ति के लिए आत्म-चेतना का अनुभव करना होगा।

अंग्रेजी साहित्य की स्नातकोत्तर छात्रा के रूप में सुविधा ने बौद्ध धर्म के कुछ पृष्ठों का अध्ययन किया और साथ ही स्वामी विवेकानंद की शिक्षाओं से प्रभावित हुई। उसके पिता, सेठ दीना नाथ, आर्य समाज के कट्टर अनुयायी थे, और इसलिए उसने भी सत्यार्थ प्रकाश के प्रमुख सिद्धांतों को अपना लिया था। वह कक्षा में एक आकर्षक लड़की थी और एम.ए. की डिग्री लेने के बाद पीएच.डी. करना चाहती थी। उसकी माँ की चार साल पहले डेंगू से मृत्यु हो गई थी, और उसके पिता ने पुनर्विवाह नहीं किया क्योंकि वह अपनी इकलौती बेटी सुविधा (22 वर्ष) के लिए कोई परेशानी नहीं चाहते थे।

सौभाग्य से या दुर्भाग्य से, बांस मंडी का सम्यक गर्ग (24) नामक एक युवक रुद्रपुर के इंजीनियरिंग कॉलेज से बी.टेक की डिग्री लेने के बाद सिंचाई विभाग में इंजीनियर के रूप में नियुक्त हुआ। उसने सुविधा को कई बार गली में देखा था और अक्सर उसकी आकर्षक काया के कारण उसके लिए चाहत रखता था। लेकिन वह जानता था कि उसकी माँ सुभद्रा (44), एक विधवा, लालची स्वभाव की थी और अपने इकलौते बेटे की शादी में दहेज की इच्छा रखती थी। सम्यक का जीवन स्तर आर्थिक रूप से ठीक नहीं था, और दोनों एक छोटे से किराए के घर में रहते थे। सम्यक को अपनी शिक्षा के खर्च को पूरा करने के लिए केनरा बैंक से पैसे उधार लेने पड़े और सुभद्रा के भाई ने अक्सर उनकी आर्थिक मदद की।

सुविधा इस बात से अवगत थी कि सम्यक उसे प्यार भरी निगाहों से देखता है लेकिन उसने कोई टिप्पणी नहीं की। इस बात को वह छिपाती भी थी क्योंकि उसके पिता उसकी गतिविधियों पर कड़ी नजर रखते थे। उसने उस समय को याद किया जब वह एन.सी.सी. शिविरों में गई थी और उसके पिता ने उसे चेतावनी देकर कहा था- 'देखो बेटी, अगर तुम मेरी दी गई आजादी का गलत फायदा उठाती हो, तो इसके परिणाम हम दोनों के लिए विनाशकारी होंगे। आत्मरक्षा के लिए प्रशिक्षण लो, और समय बर्बाद करने की कोई जरूरत नहीं है। यदि कोई लड़का तुम्हें छेड़ता है तो उसका नाम बताओ। बाकी मेरा काम है।'

'ठीक है। पापा जी।'

पापा की पिस्टल से उसने मनचाहा निशाना लगाने का हुनर सीखा था। अपने दो सौ बीघे के खेतों में वह अभ्यास करती थी और कुछ ही समय में सफल हो जाती थी। अपने निशानेबाजी कौशल के कारण उसने अपने आप में आत्मविश्वास जागृत किया।

जब सम्यक दशहरे की छुट्टियों का आनंद ले रहा था, तो वह लगातार एक सप्ताह तक उसे निहारता रहा, इस बात पर सुविधा ने भी गौर किया। तब उसने उसके बारे में सोचा- 'एक युवा इंजीनियर, समझदार और आकर्षक, कोशिश करने में हर्ज नहीं है। एक स्मार्ट लड़की के रूप में, उसने आगे बढ़कर उससे कहा- 'मिस्टर, आप क्या चाहते हैं।'

'बिल्कुल। मैं तुम्हे चाहता हूँ। मैंने वर्षों से आपको देखा है, और अब मैं एक नौकरी करता हूँ और यदि आप सहमत हैं तो मैं आसानी से पारिवारिक खर्च अच्छे से उठा सकता हूँ।' उसने विनम्रता से उत्तर दिया।

'तो फिर बात करो पापा जी से। पन्द्रह मिनट बाद मेरे घर आओ और फिर देखते हैं तुम्हारी कहानी का अंजाम। ठीक है?'

'ठीक है। सुविधा।'

पंद्रह मिनट के बाद, वह सेठ जी से मिलने की हिम्मत जुटाकर उसके घर जा पहुँचा। जैसे ही उसने दरवाजा खटखटाया, सुविधा ने दरवाजा खोला। वह ड्राइंग रूम में दाखिल हुआ। उसे देख सेठ जी ने सोचा कि सम्यक को शायद कर्ज के रूप में पैसे की जरूरत आ पड़ी है।

उन्होंने पूछा, 'आओ सम्यक। कैसे आना हुआ?'

'क्या मैं मुख्य मुद्दे पर आऊं, सेठ जी?'

'बेशक। इधर उधर की बातें करने की कोई जरूरत नहीं है। अगर आपकी कोई मांग है तो साफ साफ कहो?'

'सेठ जी। मैं इन दिनों लखनऊ में सिंचाई विभाग में एक इंजीनियर हूँ। यदि आप अनुमति देते हैं, तो मैं सुविधा से शादी करना चाहता हूँ।'

स्वाभाविक रूप से सेठ जी एक गरीब युवक को अपनी बेटी का हाथ मांगते देख हैरान रह गए। उन्होंने सुविधा से पूछा 'क्या आप इस युवक को जानती हो? क्या आप उसे पसंद करती हैं? क्या आप उससे शादी करेंगी?'

दरवाजे के पीछे खड़ी सुविधा वहां से चली गई और कुछ नहीं कहा। सेठ जी ने सम्यक को बैठने के लिए कहा, वह सुविधा के कमरे में गए और कहा कि यदि उसे यह प्रस्ताव मंजूर है तो तीन लोगों के लिए चाय बनाए, 'मैं पंद्रह मिनट तक चाय की प्रतीक्षा करूंगा। यदि आप चाय के साथ ड्राइंग रूम में आती हैं, तो यह सम्यक के लिए आपकी स्वीकृति को सुनिश्चित करेगा। नहीं तो यह आपकी मर्जी है। कोई जोर नहीं, कोई जबरदस्ती नहीं। हालांकि, युवक में अपने घर के खराब हालात को छोड़कर दूल्हे के लगभग सभी अपेक्षित गुण हैं। अच्छे से सोचना और फिर जवाब देना, बेटी।'

जब सुविधा को नकारात्मक उत्तर देने का कोई कारण नहीं मिला, तो उसने चाय बनाई और ड्राइंग रूम में आ गई। सेठ जी आधा कप चाय पीकर कमरे से निकल गए ताकि सम्यक और सुविधा एकांत में और खुलकर बात कर सकें। सम्यक ने सुविधा से उसके शौक और उसकी पसंद की किताबों के बारे में पूछा। उसके जीवन का उद्देश्य क्या था? अगर वह पीएचडी में दाखिला लेना चाहती है तो उसे कोई आपत्ति नहीं थी। वह यह जानकर प्रसन्न हुई कि वह एक विधवा का इकलौता पुत्र था, और इसलिए उससे केवल दो व्यक्तियों- सम्यक और उसकी माँ के साथ ही सामंजस्य बैठाने की अपेक्षा की गई थी।

शाम को सेठ जी मिठाई और फलों के पैकेट लेकर सम्यक के घर गए और बेचारी विधवा ने उनका स्वागत किया।

न तो सेठ जी ने दहेज के मुद्दे पर चर्चा की और न ही विधवा ने कुछ मांगा। वहाँ एक कप चाय पीने के बाद, वह घर लौट आए और अगले दिन अपने घर में ही अंगूठी की रस्म का इंतजाम किया।

सादे तरीके से आयोजित अंगूठी की रस्म में मुश्किल से बीस महिलाएं और पुरुष शामिल हुए, और कोई धूमधाम और दिखावा नहीं था। दोपहर का भोजन होटल हेरिटेज द्वारा परोसा गया था, और सुविधा ने सेठ जी के सुझाव के अनुसार अपनी माँ के गहने पहने थे। सम्यक को एक हीरे की अंगूठी भेंट की गई और उसकी मां को एक रेशमी साड़ी और एक जोड़ी झुमके भेंट किए गए।

दो दिनों के बाद होटल हेरिटेज में विवाह समारोह संपन्न हुआ और इसमें लगभग साठ लोग शामिल हुए। सुविधा और सम्यक के कुछ दोस्त समारोह में शामिल हुए और सब ने संगीत की धुन पर नृत्य किया।

आज सुविधा अपनी माँ को याद करके रो पड़ी कि अगर माँ होती तो उनसे अपनी भावनाओं को साझा करती। लेकिन अफसोस! इसी तरह सम्यक की मां को पति के न होने से दुःख हुआ। हालांकि, वह अपनी मांगों के सवाल पर चुप रही।

सेठ जी स्थिति को समझने के लिए काफी विवेकसम्मत थे क्योंकि सम्यक लखनऊ में सरकारी आवास में रहते थे, उन्होंने सुविधा को एक लाख रुपये नकद दिए और उससे घरेलू सामान खरीदने के लिए कहा। साथ ही कहा कि अगर और पैसे की जरूरत है, तो वह उसे फोन पर बता सकती है। कोई दिक्कत नहीं है। कोयले को नए महल में क्यों ले जाना? आखिर वहां भी हर सामान उपलब्ध था। लेकिन सम्यक की मां दहेज का ये सामान अपनी सहेलियों को नहीं दिखा पाई और इसलिए खुद को ठगा हुआ महसूस करने लगी। उसने सोचा- 'चूंकि उसके बेटे ने सुविधा का हाथ मांगा था, इसलिए सेठ जी कंजूस हो गए हैं।'

सम्यक के रहन-सहन की स्थिति अत्यधिक दयनीय होने के कारण सेठ जी ने अपने खर्च पर होटल रीजेंसी में दो दिनों के लिए एक कमरा बुक किया। यहाँ सुविधा और सम्यक के पास एक-दूसरे को किस करने और आलिंगन करने के लिए खाली समय था। यह पहली बार था जब दोनों ने विपरीत लिंग के व्यक्ति से प्रेम किया, उन्हें थोड़ी शर्म भी आई, लेकिन फिर हनीमून का उद्देश्य पूरा हो गया। सम्यक ने अपने छात्रावास के दिनों में कुछ फिल्में देखी थीं और इसलिए वह संतोषजनक तरीके से संभोग कर सका। जब उसने सुविधा की काया में प्रवेश किया तो सुविधा ने खुद को सातवें आसमान में पाया।

एन.सी.सी. में साथ रहीं उसकी सहेलियों ने उसे हनीमून के बारे में कुछ संकेत दिए थे, और उसने उनके सुझावों पर बखूबी अमल किया। लगभग अड़तालीस घंटे तक उनके पास प्यार करने के अलावा और कोई काम नहीं था। सुविधा ने महसूस किया- प्रेम में कभी तृप्ति नहीं होती है।

तीन घंटे तक सुभद्रा के साथ रहने के बाद दम्पति सेठ जी के घर लौट आए और फिर एक-दूसरे की पसंद के जरूरी कपड़े लेने के लिए बाजार की तरफ निकल पड़े। सेठ जी ने फिर उसे पचास हजार रुपये दिए। उस रात दोनों ने सुविधा के कमरे में लव मेकिंग का लुत्फ उठाया। जैसे ही वे लखनऊ के लिए रवाना होने वाले थे, सम्यक ने देखा कि एक सुंदर नई मारुति सुजुकी कार मुख्य दरवाजे के पास खड़ी है। सेठ जी ने उसे चाबी भेंट करते हुए कहा- 'मेरा पहला उपहार स्वीकार करो प्रिय सम्यक।'

'धन्यवाद, पापाजी। मै इसे लखनऊ में खुद भी ले सकता था। खैर। फिर से धन्यवाद।"

फिर उन्होंने आशीर्वाद के लिए उनके पैर छुए। सुविधा ने पहली बार अपने पिता को अपने नए घर के लिए छोड़ दिया।

..2..

लखनऊ, उत्तर प्रदेश की राजधानी कुछ ऐतिहासिक इमारतों, किंग जॉर्ज मेडिकल कॉलेज, लखनऊ विश्वविद्यालय, इसाबेला थोबर्न कॉलेज, लोरेटो कॉलेज, केल्विन कॉलेज और कई इंटरमीडिएट कॉलेजों वाला सघन आबाद शहर है। जरूरतमंद लोगों को अपार्टमेंट उपलब्ध कराने के लिए नई कॉलोनियां हमेशा निर्माणाधीन रहती हैं। विधानसभा एक ऐतिहासिक इमारत है, और एनेक्सी बिल्डिंग में कई सचिवों के कार्यालय हैं। कालिदास मार्ग की इमारतों में राज्य की नीतियां बनाई जाती हैं, और शहर लगभग हर हफ्ते हड़ताल के दृश्य का साक्षी बनता है क्योंकि विभिन्न विभागों के कर्मचारी विशाल गांधी पार्क में अपनी ताकत और एकता दिखाते हैं। सड़कों के किनारे मशहूर हस्तियों की

कई मूर्तियाँ देखी जा सकती हैं। राजनेता यहाँ बड़ी उम्मीदों के साथ पहुँचते हैं, और उनमें से कुछ राजनीति में अपना करियर बनाने में सफल होते हैं। बड़ी संख्या में कोचिंग सेंटरों के कारण लखनऊ ने विभिन्न शहरों के छात्रों को आकर्षित किया है। कहने की जरूरत नहीं है कि इस ऐतिहासिक शहर में कई होटल और रेस्तरां हैं। अंग्रेजी साहित्य के विक्टोरियन युग के कवि लॉर्ड अल्फ्रेड टेनीसन ने लखनऊ के पतन पर एक कविता लिखी, जो अब भी रेजीडेंसी में लटकी हुई है।

महानगर लखनऊ में सुविधा और सम्यक ने अपने जीवन के नए सफर की शुरुआत की। अक्सर, वह अकेलापन महसूस करती थी, और उसने सम्यक से अपने समय का उपयोग शोध कार्य में करने के लिए कहा। नतीजतन, उसने जी.डी.एच. कॉलेज में पीएच. डी. के लिए दाखिला ले लिया और लखनऊ के यूनिवर्सल बुक डिपो से कुछ किताबें खरीदीं। आपसी पसंद से उन्होंने टेलीविजन, रेफ्रिजरेटर, डबल बेड, गद्दे, स्टील की अलमारी, खाने की मेज और एक सोफा सेट खरीदा। घर अब एकदम सही लग रहा था, और हर सुबह ताजा और शानदार लगती थी। क्योंकि दोनों एक-दूसरे से प्यार करने का आनंद ले रहे थे। लगभग सभी पत्रों में सुभद्रा से वहां रहने का विचार बनाने का अनुरोध किया गया था, लेकिन अफसोस! दहेज नहीं दिए जाने के कारण उनके मन में सेठ जी के प्रति एक द्वेषभाव छिपा हुआ था। सम्यक उसे यह समझाने में विफल रहा कि लखनऊ में उन्होंने बहुत सी नई चीजें खरीदी थीं। हैरानी की बात है कि उसने सोचा कि उसके बेटे ने अपने पैसे से कार खरीदी है। सेठ जी को कभी भी इस तरह की छोटी-छोटी बातें उसके साथ साझा करने की कोई जरूरत महसूस नहीं हुई।

एक सप्ताह के बाद, सम्यक और सुविधा लखनऊ चिड़ियाघर घूमने गए और वहाँ विभिन्न प्रकार के सांप और मछलियां देखें। वह यहाँ मिस्र की एक बहुत प्राचीन ममी को देखकर हैरान रह गई। उसने पहली बार तालाब में गैंडा देखा। अन्य जानवर भी उसे काफी आकर्षित कर रहे थे। हर तरह की मौज मस्ती के बाद वे अपने घर लौट गए।

वैकल्पिक दिनों में वे हजरत गंज के बाजारों में घूमते रहे और मेफेयर में टूटी-फ्रूटी आइसक्रीम का स्वाद लिया। एक शाम वे बिग क्रिश्चियन चर्च में गए और प्रभु मसीह को श्रद्धांजलि अर्पित की, जो अपने हाथों को इन शब्दों के साथ फैलाए थे : 'मेरे पास आओ।' उसने सम्यक को मसीह के सूली पर चढ़ने की कहानी सुनाई क्योंकि न्यायाधीश पिलातुस ने मसीह की सत्य की परिभाषा को नहीं सुना। लॉर्ड ज्यूस के जाने के बाद, क्राइस्ट ने मानव जाति के उत्थान के लिए जन्म लिया और इसलिए अपनी उदारता, दया, सच्चे स्वभाव, क्षमा, धार्मिकता, इन्द्रिय संयम, निष्पक्ष प्रकृति, सही आचरण आदि के लिए दुनिया भर में

प्रसिद्ध हैं। सुविधा ने आयरिश नाटककार जार्ज बनार्ड शा की तरह उन्हें ईश्वर का अवतार और जीवन शक्ति का प्रतीक माना। निसंदेह उनके हृदय शुद्ध थे, और इसलिए वे प्रभु को श्रद्धांजलि देने के लिए नतमस्तक हुए। सम्यक ने उसे उपदेश में शामिल होने के लिए किसी भी रविवार को चर्च लाने का वादा किया।

अगले रविवार को वे बड़ा इमामबाड़ा और छोटा इमामबाड़ा देखने गए। बड़ा इमामबाड़ा में सम्यक ने सुविधा की सहूलियत के लिए एक गाइड रखा था। वह सचमुच यहाँ की भूलभुलैया में खो गई और मदद के लिए चिल्लाई। चूंकि गाइड उसके बहुत करीब था, उसने उसे चिंता न करने के लिए कहा, और जल्द ही सुविधा सम्यक को मिल गई।

दोनों नवाब वाजिद अली शाह की रेजीडेंसी और आर्ट गैलरी घूमें। इमामबाड़े के पास कॉफी का आनंद लेने के बाद वे घर लौट आए और विश्राम किया। हमेशा की तरह, उसने दोपहर का भोजन तैयार किया और फिर वे दोपहर में आराम के लिए बिस्तर पर लेट गए।

सम्यक के कुछ सहयोगियों ने सुविधा की शारीरिक सुंदरता की ओर आकर्षण महसूस किया और हल्की-फुल्की टीका टिप्पणी की। लेकिन उसने उनकी बातों को अनसुना कर दिया, यह जानते हुए कि वह निःसंदेह खूबसूरत है। लेकिन उसकी समझदारी ने उसे ऐसे भद्दे लोगों के साथ घुलने-मिलने नहीं दिया। सम्यक के बॉस स्वप्नदास ने खुलेआम गंदी निगाहों से उसकी सुंदरता की प्रशंसा की, लेकिन सुविधा ने हिम्मत दिखाते हुए उसे झिड़क दिया और कहा, 'सर, अपने काम पर ध्यान दें और इतने नीचे न गिरें। दरअसल उसके पिता ने अपनी पिस्तौल उसके नाम कर दी थी और वह स्वभाव से ही निर्भीक हो गई थी। उसने जूडो के पैंतरों का भी अभ्यास किया था और अपना बचाव अच्छी तरह से कर सकती थी। जब एक वरिष्ठ इंजीनियर ख्याली राम ने उस पर काबू पाने की कोशिश की थी, तो उसने उसे इतना गहरा झटका दिया कि उसे ठीक होने के लिए एक सप्ताह तक दवाएँ खानी पड़ीं थीं।'

जब विधानसभा का सत्र चल रहा था, सम्यक को दो पास मिले, और दोनों ने विधानसभा के राजनीतिक परिदृश्य को प्रत्यक्ष रूप से देखा। यह प्रजातांत्रिक व्यवस्था का वास्तविक नजारा था कि कैसे जनप्रतिनिधियों ने जनकल्याण के लिए कानून बनाए। उन्होंने इस मुद्दे के पक्ष और विपक्ष में तर्क दिया और विधेयक को 2/3 बहुमत से हल किया, और इसे चर्चा के लिए दूसरे सदन में भेज दिया। दोनों के लिए यह एक अनूठा अनुभव था। उस दिन उन्होंने चरण सिंह रेस्तरां में दोपहर का भोजन किया और घर लौट आए। सुविधा ने उस नई कार में खुद को सहज महसूस किया जिसे सम्यक चला रहा था।

शादी के दो महीने बाद सेठ जी सुभद्रा जी से मिले- 'अगर आप चाहें तो मेरे साथ लखनऊ चल सकती हैं?' लेकिन जैसी कि उम्मीद थी, उन्होंने लखनऊ जाने से इनकार कर दिया। सेठ जी रेलगाड़ी से लखनऊ पहुँचे और दंपत्ति के सुव्यवस्थित घर को देखकर प्रसन्न हुए। उपहारस्वरूप एक कार देने के लिए सम्यक ने उन्हें फिर से धन्यवाद दिया, क्योंकि लखनऊ एक बहुत बड़े क्षेत्र में फैल गया था। एक दिन यहाँ रहने के बाद उन्होंने सुविधा को बेडरूम के लिए एयर कंडीशनर खरीदने के लिए तीस हजार रुपये दिए। उसके 'नहीं' कहने के बावजूद, उसे पैसे लेने पड़े। सेठ जी उनकी जीवन शैली से पूरी तरह संतुष्ट हुए और उनसे विदा ली। प्रस्थान के समय, उन्होंने सुविधा से कहा "अचानक किसी संकट के आने पर, आप बेझिझक मेरी मदद ले सकती हैं।"

सम्यक के एक मित्र ने उन्हें डी. एच. लारेन्स के उपन्यास *'लेडी चैटरलीज लवर'* की एक प्रति भेंट की, और उसने पूरे उत्साह और रुचि के साथ इसे पढ़ा। उपन्यास पढ़ते समय, उसे लेडी चैटरली पर बहुत दया आई क्योंकि उसका पति युद्ध में मिले घावों के कारण नपुंसक हो गया था। तब सम्यक अधिक रोमांटिक हो गया जब लेडी चैटरली ने मेलर्स के साथ प्यार करना शुरू कर दिया, जो पास की एक झोपड़ी में रहने वाले परिचारकों में से एक था। लेडी चैटरली के विचार ने ही सम्यक को रोमांटिक और लंपट बना दिया, और इन दिनों सुविधा ने भी उसके जोरदार कामुक स्वभाव का आनंद लिया।

शादी के चौदह महीने बाद, उन्हें एक पुत्र हुआ, और अब सुभद्रा अपने पोते को देखने लखनऊ आ गईं। उसकी खुशी की कोई सीमा नहीं थी, और वह अपने पोते और सुविधा की देखभाल करती थी। सम्यक ने एक नौकरानी को पहले ही काम पर रख लिया था, और उसे थोड़ा दुख हुआ क्योंकि वह सुविधा के साथ चालीस दिनों तक प्रेम नहीं कर सका। लेकिन तब दोनों लाचार थे।

सेठ जी ने अपने एक पड़ोसी सेठ ए.सी. अग्रवाल से सुभद्रा की लापरवाही और अलगाव की समस्या पर चर्चा की। अग्रवाल ने उन्हें उन उपहारों की सूची बनाने और सुभद्रा को दिखाने के लिए कहा जो वह अपनी बेटी को देने की सोच रहे थे। उपहारों की सूची को अंतिम रूप दिया गया, और सेठ जी ने उपहार, खिलौने, सूट, साड़ी और सुविधा व सुभद्राजी को एक-एक हार भेंट किया। सम्यक ने उन्हें बताया कि सेठ जी ने उसे उपहारस्वरूप एक कार भेंट की थी और घर का सामान खरीदने के लिए डेढ़ लाख रुपये का चेक दिया था। इससे एक माँ का सारा क्रोध दूर हो गया, और अब उनके मन में सुविधा के लिए बहुत सारा स्नेह उमड़ पड़ा।

पास के ही एक बैंक्वेट हॉल में पार्टी आयोजित की गई थी। उसके लिए सेठ जी ने पचास हजार रुपये भेंट किए थे। यह एक भव्य आयोजन था जिसमें सिंचाई विभाग के सभी सहयोगियों और अधिकारियों ने भाग लिया था। युवा लड़कियों और लड़कों के लिए डीजे की व्यवस्था की गई थी, और संगीत ने समारोह में अतिरिक्त आकर्षण जोड़ दिया। अब तक सुविधा दो किटी पार्टियों में शामिल हो चुकी थी और उसकी सहेलियां मस्ती करने के लिए खूब डांस करती थीं। सुविधा और सम्यक के बेटे का नाम अर्शदीप रखा गया।

बीस महीने के बाद, सुविधा को दूसरा पुत्ररत्न मिला, और उसका नाम मंदीप रखा गया। घर में ही संगीत और भोजन की व्यवस्था की गई थी, और सेठ जी ने इस बच्चे के लिए भी आवश्यक सामान खरीदने के लिए उसे एक लाख रुपये उपहार में दिए। सुभद्रा सुविधा और दोनों बच्चों के प्रति मिलनसार और उदार थीं।

सम्यक और सुविधा ने एक-दूसरे को प्यार किया और सुविधा की सुंदरता सम्यक को दिन-रात आकर्षित करती रही। एयर-कंडीशनर ने कमरे को ठंडा कर दिया था और आखिरकार, दो साल के अंतराल के बाद उसे एक बेटी हुई। वह अंग्रेजी कवि वर्ड्सवर्थ की लूसी की तरह एक प्यारी बच्ची थी और पंडित जी ने उसे निहारिका नाम दिया। सेठ जी ने अपना कर्तव्य पूरा किया और सुविधा को सत्तर हजार रुपये दिए, जिसे वह जैसे चाहे खर्च कर सकती थी।

किसी कारण से सुभद्रा लखनऊ के गर्म मौसम को बर्दाश्त नहीं कर पाईं। चूंकि उनका भाई सुदेश गाजियाबाद में रहता था इसलिए सम्यक को वहां अपना घर बनाने और आकर गाजियाबाद में बस जाने की सलाह दी। शुरुआत में उसने इसे हल्के में लिया और सुविधा के साथ इस मुद्दे पर चर्चा की। सुविधा ने मुद्दे को नजरअंदाज कर दिया। लेकिन किसी तरह मुख्य सिंचाई अभियंता ने पचास से अधिक इंजीनियरों का दूसरे जिलों में तबादला कर दिया और सम्यक का तबादला गाजियाबाद में किया गया। पहले हफ्ते में वे सरकारी विश्राम गृह में रहे और जल्द ही उन्हें पता चला कि कवि नगर में साठ लाख रुपये में एक बंगला बेचा जा रहा है। सुविधा ने सेठ जी को इस बात के बारे में सवाल के साथ बताया - 'क्या उन्हें बंगला खरीदना चाहिए? बैंक से कितना पैसा उधार लेना चाहिए?

बंगला देखकर सेठ जी ने बंगले को खरीदने की मंजूरी दे दी और विक्रेता के नाम पर अपेक्षित धनराशि का चेक भी दे दिया। सम्यक और सुविधा ने झिझक महसूस की क्योंकि उन्होंने उनसे यथासमय और इतने खुले दिल से मदद की कभी उम्मीद नहीं की थी। उनकी झिझक देखकर सेठ जी ने कहा- 'सब आप दोनों का है। या तो तुम मेरी मृत्यु के बाद इसे ले लो या मैं तुम्हें अभी देता हूँ।'

अंतत: वे एक समृद्ध जीवन की आशा में खुशमिजाज होकर लखनऊ से गाजियाबाद में बस गए।

..3..

सम्यक और सुविधा ने मार्च 2000 में अपने बेटे को दिल्ली पब्लिक स्कूल में भेजने की योजना बनाई। गाजियाबाद यूपी के शीर्ष औद्योगिक शहरों में से एक बन गया था। लेकिन इन दिनों यहाँ अपराध की दर 52% प्रतिशत से अधिक थी, और मासूम दंपत्ति इस काली सच्चाई से अनजान थे कि प्रमुख व्यवसायियों के साथ-साथ शीर्ष अधिकारियों से भी पैसे वसूले जाते थे। जग्गू, मग्गू, काशी, तोरा और सोनी के गिरोह ने यह जानने की जहमत नहीं उठाई कि एक अधिकारी गुप्त रूप से कितना कमाता है। सम्यक, एक समर्पित और ईमानदार इंजीनियर था, इसलिए वेतन के अलावा उसकी कोई अतिरिक्त आय नहीं थी। उसके बसने के एक महीने बाद जग्गू का गिरोह उसके बंगले पर आ धमका और रंगदारी के तौर पर एक लाख रुपये की पहली किश्त की मांग की। सम्यक ने उन्हें कोई पैसा देने से इनकार कर दिया क्योंकि उसने बेईमानी से पैसा नहीं कमाया था। जग्गू ने उसके साथ बहस की और उसे तीन दिनों के भीतर उनके हिस्से के पैसे का इंतजाम करने की चेतावनी दी, अन्यथा परिणाम भुगतने के लिए तैयार रहने की धमकी दी।"

सुविधा ने सारी बहस सुनी और स्थिति का सामना करने के लिए खुद को मानसिक रूप से तैयार किया। उनके जाने के बाद, उसने सम्यक से पूछा- 'ये धूर्त कौन हैं?'

'शायद गिरोह हैं जो गाजियाबाद में काम करते हैं और हर महीने रंगदारी लेते हैं। वह हर महीने एक लाख रुपये मांग रहा है।'

'नीच कही का। वह अपने आपको समझता क्या है?'

'उसने मुझसे कहा है कि वह तीन दिनों के बाद हमसे मिलने आएगा।'

'ठीक है', उसने बस जवाब दिया।

लेकिन सम्यक परेशान था और उसने उस रात खाना भी नहीं खायाा। उन्होंने स्वेच्छा से इस तबादले को स्वीकार करना अपनी मूर्खता माना। अगर उसने वहीं रहने का विकल्प चुना होता, तो शायद वह इस सब से निपट लेता। लेकिन अफसोस! बहुत देर हो चुकी थी, और फिर भी उसका मन बेईमानी से पैसा कमाने के लिए बिल्कुल भी तैयार नहीं था। फिर समस्या का समाधान कैसे होगा? सुविधा ने एक शब्द भी नहीं कहा और उससे कहा- 'यदि आप तीन दिनों तक रात का खाना या दोपहर का भोजन नहीं करते हैं, तो समस्या हल नहीं होगी।'

'तो फिर?'

'तो फिर, सोचें और एक साहसिक कदम उठाने की योजना बनाएं। हमें यही पर नौकरी करनी पड़ेगी क्योंकि इतनी जल्दी कोई दूसरा तबादला संभव नहीं है।'

'इसी बात का तो दुख है!'

'यह करो या मरो का सवाल है। नाखूनों को हर महीने पैना करना पड़ेगा।'

उसने निर्भीकता से कहा।

'यही तो सवाल है। अब आगे क्या करना है? पुलिस विभाग में मेरा कोई दोस्त भी नहीं है जो मेरी मदद कर सके।'

'पुलिस अधिकारी उनकी मदद करते हैं जो खुद अपनी मदद करते हैं।' सुविधा ने जवाब दिया।

'आप सही कह रही हैं मैडम।'

'तो रात का खाना खाएं और अपने दिमाग का संतुलन बनाए रखें। तभी समस्या का समाधान हो सकता है। यदि समस्याएँ हैं, तो समाधान भी अच्छे या बुरे हैं। केवल भविष्य ही हमारे कार्यों के परिणाम तय करता है। इस गिरोह के सदस्यों और उनकी शारीरिक शक्ति के बारे में सबसे पहले जानकारी इकट्ठा करें। क्या उन्हें स्थानीय पुलिस का भी समर्थन प्राप्त है?'

'ठीक है। मुझे पता लगाने दो।'

बढ़ते तनाव के कारण शायद वह केवल एक रोटी और थोड़ा चावल खा सकता था, लेकिन आश्चर्यजनक रूप से, उसने बिना किसी तनाव के अपना सामान्य आहार लिया।

तीन दिनों के बाद, वही पाँच लोग दोबारा वहाँ पहुँचे, दो ड्राइंग-रूम में दाखिल हुए, एक प्रवेश द्वार पर खड़ा था, और अन्य दो ने अपनी-अपनी बाइकें तेज़ी से चलने के लिए स्टार्ट रखीं। जग्गू ने साहसपूर्वक पूछा- "हाँ। इंजीनियर, जैसा मैंने तुझे आदेश दिया था, मुझे पैसे दे दो।'

सम्यक के चुप रहने पर उसने पिस्तौल की बट से उसके सिर पर वार किया और सम्यक लहूलुहान हो गया। सुविधा ने उस पर निशाना साधा और पहले उस पर और फिर उसके साथी पर फायरिंग की। सेकंड के भीतर दो बदमाश धराशायी होकर गिर गए। गेट पर खड़ा आदमी चिल्लाते हुए तेज़ी से भागा- 'बॉस मारा गया। तेज़ी से निकलो वरना हम भी मारे जाएंगे। बंगले के अंदर एक शूटर है।'

अब, पुलिस से संपर्क किया गया, और सेठ जी ने झूठ कहा कि उन्हें आत्मरक्षा के लिए जग्गू और उसके साथी पर गोली चलानी पड़ी। चूंकि जग्गू का गिरोह गाज़ियाबाद में लगभग हर हफ्ते कोई न कोई वारदात करता था, एस.एस.पी. भी उनके कारनामों से तंग

आ गया था। सौभाग्य से, एस.एस.पी. की समस्या हल हो गई, और अन्य गैंगस्टरों को जग्गू और उसके साथी की हत्या से सबक मिल गया।

सम्यक अपने सिर की चोट से उबर गए और फिर गाजियाबाद से तबादले की मांग करना चाहते थे। लेकिन सुविधा ने यह कहकर विरोध किया' 'सबसे बुरा समय गुजर गया है और कोई भी समझदार गैंगस्टर अब हम पर हमला करने की हिम्मत नहीं करेगा।'

लेकिन वह अपने योग्य पति में शारीरिक और मानसिक साहस पैदा करने में विफल रही। सेठ जी इस मुद्दे पर चुप रहे क्योंकि उन्हें पति-पत्नी के बीच हस्तक्षेप करना पसंद नहीं था। अपने पुत्र को जीवित देखकर सुभद्रा मन ही मन प्रसन्न हो उठीं। उसने सुविधा से ऐसी बहादुरी की कभी उम्मीद नहीं की थी और उसे धन्यवाद दिया। सम्यक ने पुलिस स्टेशन में प्राथमिकी दर्ज कराई तथा जग्गू और उसके अज्ञात साथियों के खिलाफ मामला दर्ज कराया। एल.आई.यू. अधिकारी एक सप्ताह के भीतर सफल हो सका, और गेट पर खड़े व्यक्ति की पहचान काशी के रूप में की गई। तत्पश्चात उसे भी गिरफ्तार किया जा सका। जग्गू की हत्या से उसका परिवार पूरी तरह से बर्बाद हो गया था।

लेकिन तोरा ने सोनी की मदद ली और सम्यक पर उस समय हमला कर दिया जब वह अपने कार्यालय से लौट रहा था। उसने ट्रैफिक पुलिस का वेश बनाया हुआ था और हाथ देकर उसे रुकने का इशारा किया था। किसी दुर्घटना की आशंका के बिना उसने गाड़ी रोकी, शीशे की खिड़की खोली और पूछा - 'हाँ, इंस्पेक्टर क्या समस्या है?'

लेकिन उन्होंने बिना कुछ कहे उसके सिर में दो गोलियां दाग दी और दोनों ने भागने की कोशिश की। लेकिन अफसोस! कोशिश बेकार थी, चूंकि अन्य कांस्टेबल पास ही थे, उन्होंने दोनों हत्यारों पर काबू पा लिया और जब सोनी ने बहुत ज्यादा विरोध करने की कोशिश की तो वह मारा गया। सम्यक के घर नहीं पहुँचने पर सुविधा ने उनके ऑफिस से फोन पर संपर्क किया और उसे बताया गया कि सर एक घंटे पहले ऑफिस से निकल गए हैं। उसके एक पड़ोसी ने उसकी हत्या का दृश्य देखा था और उसे पूरी बात बताई। सेठ जी और सुविधा दोनों मौके पर पहुँचे, और सम्यक के शव को पोस्टमार्टम के लिए भेज दिया गया था। सुविधा जैसे-तैसे कार चलाकर घर तक ले गई। सेठ जी इस भयानक त्रासदी को समझने में पूरी तरह नाकाम रहे जो बेहद खतरनाक थी- उनकी अपनी पत्नी के जाने से भी ज्यादा खतरनाक।

तोरा को पुलिस ने थर्ड-डिग्री ट्रीटमेंट दिया, और यह स्पष्ट हो गया कि दूसरा हमला जग्गू और उसके दोस्त की हत्या का बदला लेने के लिए किया गया था। अब सेठ जी ने सभी कानूनी बिंदुओं को ध्यान में रखते हुए एफ.आई.आर. दर्ज करने के लिए एक

फौजदारी वकील की सेवाएं ली ताकि बदमाश लोग सबक लें। सुविधा ने खुद को भावी जीवन में आने वाले कठिन संघर्ष के लिए तैयार किया क्योंकि वह अपने तीन बच्चों, कमजोर सास और पिता का सहारा थी। काशी और तोरा को माननीय न्यायालय से कोई जमानत नहीं मिल पाई क्योंकि एल.आई.यू. अत्यधिक सतर्क हो गया था इसलिए कुछ गैंगस्टर अस्थायी रूप से गाजियाबाद छोड़ गए। यू.पी. के गृह सचिव ने इस मामले में व्यक्तिगत रुचि ली क्योंकि गृह मंत्री ने उनसे व्यक्तिगत रूप से शहर की कानून-व्यवस्था की स्थिति पर चर्चा की और स्पष्ट शब्दों में निर्देश दिया कि अपराधियों के खिलाफ़ कोई नरमी नहीं, कोई ढिलाई नहीं, कोई रहम नहीं और जीरो टॉलरेंस।'

राज्य सरकार के सहयोग से पुलिस अधिकारी निडर और बहादुर बने।

कुछ पुलिस निरीक्षक मामले की प्रगति की जांच करने के लिए दो बार सुविधा के घर आए, और वह मुकदमे का सामना करने के लिए साहसी दिखाई दी। मामले को हमेशा के लिए जड़ से मिटाने तथा अपने और अपने परिवार की रक्षा की खातिर वह दो दिन बाद इंस्पेक्टर बी.एल. रावत से मिली। एल.आई.यू. ने उसका नाम एस.एस.पी. को बताते हुए कहा कि जिसने दो बार गोली चलाई थी, वह बूढ़ा दीना नाथ नहीं था, बल्कि सुविधा थी। सुविधा ने रावत को इनाम की राशि का लालच दिया कि यदि वह उसकी मदद करने के लिए तैयार हो तो उसे उसकी उचित कीमत दी जाएगी।

'लेकिन वास्तव में आप चाहती क्या हैं मैडम?'

'इन दोनों बदमाशों को जेल में ही मार डालो। हर एक की कीमत एक लाख।'

'लेकिन यदि मैं आपकी मदद करना भी चाहूँ तो भी एक कैदी को कैसे मारा जा सकता है।'

सुविधा ने कुछ सोचा और कहा, 'आज शाम मुझसे मिलिए।'

जब बी.एल. रावत ने उससे मुलाकात की, तो उसने सुझाव दिया कि हर जेल में एक कीपर-प्रकार का नौकर होता है जो कैदियों को चाय आदि परोसता है। प्राय: ऐसे सेवकों द्वारा कैदियों को फोन सेवा, ब्लेड, सिगरेट आदि भी उपलब्ध करा दी जाती है। हो सकता है कि काशी और तोरा उससे शराब मांगें और तब वह उनके प्याले में जहर मिला दें। उन्हें मार डालो और अपना इनाम ले लो। यह राशि पच्चीस हजार रुपये एडवांस के तौर पर। चिंता की कोई बात नहीं है, क्योंकि उनकी मृत्यु के साथ ही यह राज भी दफन हो जाएगा।

राक्षसों का अंत अस्थायी है क्योंकि अन्य शैतान उनकी जगह लेते हैं। योजनानुसार यह मामला निपटा दिया गया था और सुविधा पहले से ज्यादा सतर्क हो गई थी। दोनों कानूनी मामलों का कोई भविष्य नहीं था क्योंकि अपराधी मर चुके थे। लेकिन कानूनी तौर

पर एस.एस.पी. को तोरा और काशी की मौत में किसी गड़बड़ी का संदेह हुआ लेकिन वह चुप रहे। नौकर रीकू अपने बयान पर कायम था, और जेल की प्रतिष्ठा की रक्षा के लिए बड़ी कार्रवाई नहीं की जा सकती थी। आखिर कानून तो कानून है, और कानून के रखवालों पर कैसे शक किया जा सकता है- ऐसे में उन्होंने सोचा कि बाल की खाल निकालते रहना व्यर्थ है।

दीना नाथ ने अपनी बेटी से इस तरह के साहस व आचरण की कभी उम्मीद नहीं की थी लेकिन वह खामोश रहे। दो दिन बाद वे सुविधा और सुभद्रा के साथ खाने की मेज पर बैठे और कहा- 'बहन जी, यहाँ स्थिति ने एक दुखद मोड़ ले लिया है। घर की सुरक्षा अभी भी महत्वपूर्ण है। ऐसे में एक ऐसे आदमी की जरूरत है जो घर के सारे काम कर सके और बच्चों के लिए भी मददगार साबित हो सके। आखिर हर समय तो बच्चों को बंगले की चारदीवारी में नहीं रखा जा सकता है, उन्हें अपने दोस्तों के साथ खेलने की भी जरूरत है। मैं एक शर्त पर अपना समय, पैसा और शक्ति का त्याग करने के लिए तैयार हूँ।'

'वह शर्त क्या है?' सुभद्रा ने पूछा।

'यह सम्यक का घर है। यदि आप दोनों को ठीक लगे और आपकी अनुमति हो तो में आप सभी का ख्याल रख सकता हूँ। मैं घुमा फिराकर बात नहीं करता। अब एक फैसला तो लेना ही पड़ेगा। आराम से सोचिए और फिर कोई फैसला लीजिए तथा दो दिनों के अन्दर मुझे बता दीजिए।'

सुभद्रा ने स्थिति की गंभीरता को समझा क्योंकि उसके पास आय का अपना कोई स्रोत नहीं था और दूसरे, वह अपने पोते-पोतियों से बहुत प्यार करती थी, इसलिए उसने तुरंत कहा, 'भाई साहब, अब आप ही एकमात्र आशा हैं, जैसा आप चाहते हैं वैसा ही करें और मैं आपके साथ हूँ।'

तो ठीक है, तो मैं कल मुरादाबाद जाऊंगा और दो दिन में अपने कपड़े आदि लेकर लौटूंगा। चिंता की कोई बात नहीं है। सुविधा का मानना बिल्कुल सही है कि हम जहाँ भी जाते हैं समस्याओं का सामना करना पड़ता है। उनके बंगले में बच्चों की पढ़ाई के लिए पर्याप्त कमरे हैं। यहाँ अच्छे स्कूल हैं। कोई बात नहीं। बाकी सब सर्वशक्तिमान ईश्वर की इच्छा पर निर्भर है।'

सुविधा ने भगवान विष्णु, भगवान शिव, भगवान राम, भगवान कृष्ण और उनकी देवियों की सुबह-शाम पूजा-अर्चना करना शुरू कर दिया था, और उसके पिता ने इस पर कोई आपत्ति नहीं जताई। कभी-कभार पुलिस इंस्पेक्टरों के आने-जाने के अलावा घर में स्थिति सामान्य हो गई थी। सुविधा को सिंचाई विभाग में नौकरी के लिए प्रस्ताव मिला

लेकिन सेठ जी ने मना कर दिया। उन्होंने तीस लाख रुपये प्रति बीघा की दर से सौ बीघा जमीन बेची और इससे उन्हें सुविधा के परिवार को आर्थिक रूप से सहारा देने के लिए पर्याप्त धन मिला। विभाग से कुछ नकद पैसा मिला था, और विभाग में नौकरी के बारे में सोचने के लिए सुविधा को तीन महीने का समय दिया गया था। लेकिन सेठ जी ने उसे एक कॉलेज में नौकरी करने के लिए कहा, जहाँ उसे कम घंटों के लिए रहना होगा। उसने अपनी पीएच.डी. की थीसिस जमा कर दी थी, और जल्द ही मौखिकी भी होने की उम्मीद थी। दीना नाथ ने उससे कहा-

'उम्मीद के ही पंख होते हैं...'

..4..

31 दिसंबर, 1999 को पूरी दुनिया में बहुत सारे समारोह आयोजित किए गए थे क्योंकि अगली सुबह नई सहस्राब्दी शुरू होनी थी और लोगों को अगली सदी से बहुत उम्मीद थी। कई लोगों ने आज शाम संकल्प लिया और सफलता, समृद्धि और तुष्टि के लिए नई परियोजनाओं की योजना बनाई। सलमान रुश्दी, वर्गीज, शोभा डे और वी.एस. नायपॉल ने इस विश्व आयोजन पर अपने विचार प्रकाशित किए। उदारीकरण और वैश्वीकरण के बाद भारत की आर्थिक उपलब्धियों को उजागर करने के लिए शशि थरूर की पुस्तकें *'द टाइगर'*, *'द सेल एंड द एलीफेंट'* उसी वर्ष प्रकाशित हुई थी। शोभा डे ने अतुल्य भारत में विश्व राजनीति में भारत की भूमिका पर जोर दिया।

सुविधा ने दृढ़तापूर्वक आशावादी बनने का फैसला किया और जीवन के कठिन संघर्षों के लिए खुद को तैयार किया और खुद से कहा- 'मैं हमेशा एक जुझारू योद्धा थी ... बेशक, उसे निर्भर रहने के लिए उसके सक्षम पिता और सास का साथ मिला था, और उन दोनों को खुद पर कोई अहंकार नहीं था। सौभाग्य से, उसके बच्चे अपने दादा-दादी का सम्मान करते थे और अधिकांश समय उनके सुझावों का पालन करते थे।

31 दिसंबर, 1999 की पूर्व संध्या पर, सुविधा ने विपिन चंद पाल के जीवन और योगदान पर एक पुस्तक पढ़ी, जिन्होंने लाला लाजपत राय और अन्य राजनीतिक नेताओं के साथ हाथ मिलाया था। गोपाल कृष्ण गोखले और बाल गंगाधर तिलक उनके देशभक्ति के जोश के बारे में जानते थे। पाल कम उम्र में ही स्वतंत्रता संग्राम में शामिल हो गए क्योंकि वे राजनीतिक स्वतंत्रता के वास्तविक अर्थ और महत्व को जानते थे।

एक पत्रकार के रूप में, उन्होंने नियमित रूप से न्यू इंडिया, वंदे मातरम, स्वराज आदि के लिए कॉलम लिखे और भारतीय समाज के सभी वर्गों को स्वतंत्रता संग्राम में भाग

लेने के लिए प्रेरित किया। अपनी कठिनाइयों के बावजूद, उन्होंने ब्रिटिश साम्राज्यवाद और उपनिवेशवाद के खिलाफ लेख लिखे और केवल आत्म-संरक्षण के लिए ब्रिटिश अधिकारियों की चापलूसी करने की आवश्यकता कभी महसूस नहीं की। इंडिया हाउस के सदस्य के रूप में, उन्होंने स्वतंत्र विचारक का जीवन व्यतीत किया, हालांकि कई ब्रिटिश अधिकारी उनके ब्रिटिश विरोधी विचारों से अवगत थे। लेकिन जब मदन ढींगरा ने कर्जन वाइल को मार डाला था तब बेशक उन्हें एक कठिन समस्या का सामना करना पड़ा था।

15 जनवरी, 2000 को उसे गाजियाबाद के विजय इंजीनियरिंग कॉलेज से सात हजार के मासिक वेतन पर नौकरी का प्रस्ताव मिला। वह नौकरी के प्रस्ताव को लेकर बहुत उत्साहित थी। लेकिन उसके पिता ने कहा- 'तुम्हे परिवार की आर्थिक स्थिति को लेकर चिंता करने की कोई जरूरत नहीं है क्योंकि अब मैं उसे बेहतर ढंग से संभाल सकता हूँ। अब सबसे जरूरी बात यह है कि इन तीनों बच्चों को मां के स्नेह, लाड़-प्यार और देखभाल की जरूरत है और यह केवल तुम ही कर सकती हो। सुभद्रा जी और मैं तो केवल ऊपरी तौर पर उनकी देखरेख कर सकते हैं जबकि तुम उन्हें अंग्रेजी मीडियम के स्कूल में पढ़ा सकती हो। यदि हम साधारण तरीके से जीवन व्यतीत करते हैं तो हम सब कुछ पा सकते है। मेरा यकीन करो।'

अगले दिन उन्होंने परिवार के प्रत्येक सदस्य के नाम पर अलग-अलग एम.आई.एस .खाते खुलवाए और उनमें तीन-तीन करोड़ रुपए जमा कर दिए।

'मरने के बाद कोई भी अपनी धन-दौलत और संपत्ति को अपने साथ अगली दुनिया में नहीं ले जा सकता है। एम.आई.एस की डाकघर योजना हमें 8 प्रतिशत ब्याज देगी, और ब्याज का वह पैसा हमें जीविका चलाने और स्वस्थ जीवन के लिए पर्याप्त सहायता प्रदान करेगा। एकमात्र महत्वपूर्ण कारक शिक्षा है। हिम्मत मत हारो। अर्शदीप जल्द ही स्कूल जाने लगेगा और उसे लिखना, पढ़ना और गणित सीखने में मदद करना। दूसरे बेटे मंदीप को मौखिक रूप से पढ़ाना शुरू करो। निहारिका को स्तनपान कराना बंद न करो। हम सभी के लिए धैर्य सबसे महत्वपूर्ण है। आपने कहावत तो सुनी ही होगी- 'धीमे और स्थिर होकर दौड़ जीतो।'

'ओके पापा। मैं यह नौकरी नहीं करूंगी।' उसने अपने पिता की आज्ञा मानने का फैसला किया जैसा वह पहले भी करती थी। आखिरकार, उन्होंने जीवन के सभी उतार-चढ़ाव देखे थे।

शादी के बाद भी सुविधा ने अपनी पीएच.डी. शोध परियोजना- *'ए क्रिटिकल स्टडी ऑफ गीता हरिहरंस सोशल पॉलिटिकल आइडियोलॉजी'* (गीता हरिहरन

की सामाजिक-राजनीतिक विचारधारा-एक आलोचनात्मक अध्ययन) पर पुस्तकों का अध्ययन किया। उसकी शोध निर्देशक डॉ. पूर्णिमा अनिल ने उसे फोन पर कहा था कि वह किसी भी सप्ताह में मौखिक परीक्षा के लिए तैयार रहे। बच्चों को तैयार करने और उन्हें नाश्ता परोसने के बाद, उसने खुद स्नान किया, देवताओं के सामने प्रार्थना की और फिर पापा और मम्मी के साथ नाश्ता किया।

सुबह 9.30 बजे के बाद, उसने लगभग दो घंटे तक अपनी थीसिस का अध्ययन किया और फिर दोपहर का भोजन तैयार किया। किसी की कोई व्यक्तिगत पसंद-नापसंद नहीं थी और इसलिए सुभद्रा को भी रसोई में उसकी मदद करना सुविधाजनक लगता था। नौकरानी अपनी जिम्मेदारी बखूबी समझती थी और ईमानदारी से काम करने के लिए सेठ जी उसे हर महीने पचास रुपये देते थे। दोपहर 1.00 बजे तक उनके द्वारा दोपहर का भोजन कर लिया जाता, और नौकरानी हमेशा की तरह उनके साथ दोपहर और रात का भोजन करती। इससे चीजें आसान हो गईं, और रसोई के काम उसके लिए कोई परेशानी का सबब नहीं थे। सुभद्रा ने अपना कमरा साफ किया और अर्शदीप के पढ़ने के लिए एक मेज और एक कुर्सी लगा दी।

सुविधा को अपने कमरे की सफाई करने में कोई शर्म नहीं आती थी। मंदीप और निहारिका उसके बिस्तर पर साथ ही सोते थे। यदि निहारिका नौकरानी के साथ सहज महसूस करती, तो वह उसके साथ सो सकती थी। लेकिन फिर सुविधा उसे अपने कमरे में सुलाने लगी वहां अतिरिक्त बिस्तर लगा दिया गया था। जब भी सेठ जी अपनी बेटी को सुस्त और गुमसुम देखते तो उससे कहते- 'कोई भी अपने भाग्य का लिखा नहीं टाल सकता। उपलब्ध और उचित साधनों से स्थिति को सुधारने की पूरी कोशिश करें। जर्मन दार्शनिक शोपेनहेर को याद करें जो जोर देकर कहते थे - 'मजबूत बनो!' 'परिश्रमी बनो!' इस जटिल दुनिया में कुछ भी आसान नहीं है। किसानों द्वारा खेतों में कड़ी मेहनत करने के बाद प्रकृति हगें गेहूँ, चना, जौ, फल-सब्जियां आदि देती है।'

तीन दिनों के बाद, उसे अपनी पीएच.डी. की वाइवा तारीख मिली। वाइवा-वोस के लिए उसे बरेली के एम.जे.पी. रूहेलखंड विश्वविद्यालय जाना था। उसने एक ड्राइवर को काम पर रखा और समय पर वहाँ पहुँच गई। उसकी रिसर्च गाइड ने स्वर्ण होटल में बाह्य परीक्षक, प्रो. ए के अवस्थी के ठहरने का इंतजाम किया था, जो सागर (म.प्र.) के केन्द्रीय विश्वविद्यालय से आये थे।

एक छोटी सी औपचारिकता के बाद वाइवा-वोस शुरू हुआ।

प्रश्न: 'मैडम, इस शोध कार्य में आपको क्या मिला?'

सुविधा: सर, गीता हरिहरन ने अपने उपन्यासों में यथार्थवाद के विभिन्न रंगों को प्रस्तुत किया है; जैसे कि नैतिक यथार्थवाद, राजनीतिक यथार्थवाद, बौद्धिक यथार्थवाद, मनोवैज्ञानिक यथार्थवाद आदि। दूसरे, उन्होंने गॉथिक उपन्यास *'व्हेन ड्रीम्स ट्रैवल'* (जब सपने यात्रा करते हैं) लिखा जिसमें उन्होंने ऐतिहासिक तथ्यों के साथ कल्पना का समावेश किया है। तीसरा, उनका उपन्यास *'टेन थाउजेंड फेसेस ऑफ नाइट'* (रात के दस हजार चेहरे) सामाजिक यथार्थवाद के लिए उल्लेखनीय चित्रण है। चौथा, उन्होंने उपन्यास *'द घोस्ट्स ऑफ वासु मास्टर'* (मास्टर वासु के भूत) में वासु के मनोविज्ञान को चित्रित किया है। पांचवां, वह लोकतंत्र और लोगों के मौलिक अधिकारों का समर्थन करती हैं। और ..

प्रश्न: 'गीता हरिहरन का कौन सा उपन्यास आपको सबसे ज्यादा पसंद है?'

सुविधा: 'सर, *'इन टाइम्स ऑफ सीज'* (बंधन के समय में) उनके द्वारा लिखा गया सबसे अच्छा उपन्यास है क्योंकि वह यहाँ अभिव्यक्ति की स्वतंत्रता की वकालत करती हैं।'

प्रश्न: 'क्या वह विद्रोही है?'

सुविधा: वह इस अर्थ में विद्रोही हैं कि वह भारत में कई विश्वविद्यालयों द्वारा शुरू की गई दूरस्थ शिक्षा पद्धति पर व्यंग्य करती हैं। वह बेबाकी से जोर देकर कहती हैं कि प्रत्यक्ष शिक्षा जरूरी है, और छात्रों को शिक्षकों के साथ आमने-सामने होना चाहिए। प्राचीन काल में भी, राजाओं ने अपने राजकुमारों को प्रशासन के विभिन्न कौशल सीखने के लिए वशिष्ठ, द्रोणाचार्य, कृपाचार्य आदि संतों के आश्रमों में भेजा। मैं यह भी सोचती हूँ कि दूरस्थ शिक्षा कार्यक्रम की शायद ही कोई उपयोगिता हो। छात्रों को कई व्याख्यान भेजे जाते हैं लेकिन फिर भी उनकी व्यक्तिगत समस्याओं का समाधान नहीं होता है।

दूसरे, शिक्षक अपने संचार व संप्रेषण कौशल के बारे में कोई विचार रखने में विफल रहते हैं और छात्र मौखिक रूप से अपने विचार व्यक्त करने में विफल रहते हैं।'

प्रश्न: 'क्या आप प्रोफेसर शिव मूर्ति के मामले का समर्थन करती हैं?'

सुविधा: जी सर। प्रोफेसर शिव साम्प्रदायिक तनाव को भड़काने के लिए इतिहास के तथ्य की व्याख्या नहीं करते हैं। उन्होंने मध्ययुगीन विजय नगर के बसवा के व्यक्तित्व का विस्तारपूर्वक चित्रण किया है, जब कई उच्च वर्ग अछूतों से नफरत करते थे। बसवा द्वारा कोई गलत परिभाषा नहीं दी गई थी क्योंकि उन्हें दैवीय व्यवस्था, यानी त्रिमूर्ति की कार्य पद्धति पर पूरा भरोसा था।'

प्रश्न: 'फिर नई दिल्ली में विश्वविद्यालय में समस्या क्यों खड़ी हुई?'

सुविधा: समस्या इतिहास सुरक्षा मंच के सदस्यों द्वारा खड़ी की गई है और प्रोफेसर शिव के खिलाफ इस तरह आरोप लगाए गए हैं कि उन्होंने इतिहास के तथ्यों की गलत

व्याख्या करने की हिम्मत क्यों की? उन्होंने शुद्ध धर्म के शत्रुओं का समर्थन क्यों किया है? वह इतिहास की घटनाओं की गलत व्याख्या कैसे कर सकते हैं? वह भारतीय संस्कृति के अर्थ को कैसे विकृत कर सकते थे? उन्होंने कला को संस्कृति और साहित्य से क्यों नहीं जोड़ा? क्या उन्होंने राजा को असामाजिक आदेशों के लिए उकसाया नहीं था?

सभी आरोप निराधार हैं क्योंकि प्रोफेसर शिव इतिहास को वर्तमान और भविष्य से जोड़ते हैं। फिर वह जीवन के प्रति सकारात्मक दृष्टिकोण के साथ इतिहास के तथ्यों की व्याख्या करते हैं। तीसरा, समाज में इतिहास की उपयोगिता के बारे में प्रोफेसर शिव की अपनी दृष्टि है। वह भारतीय संस्कृति के मूल सिद्धांतों को समझते हैं और इसे साहित्य और धर्म से जोड़ते हैं।'

प्रश्न: 'इस कथन को सिद्ध करने के लिए कोई उदाहरण?'

सुविधा: 'सर, बसवा शहर में रहता है और एक नदी के किनारे खड़ा होता है। सामान्य लोगों के लिए नदी प्रकृति की वस्तु मात्र है। बसवा और प्रोफेसर शिव के लिए, नदी अनंत काल, हमेशा ताजा ज्ञान, भारतीय संस्कृति की निरंतरता, विभिन्न संस्कृतियों का सम्मेलन और बहुत कुछ का प्रतीक है। बसवा देखता है कि दो नदियों का जल मिश्रित हो जाता है और तीसरी जलधारा उत्पन्न करता है (जैसा कि हम प्रयागराज में संगम पाते हैं)। तब यही नदी का पानी बरसों से बह रहा है, और यह इंगित करता है कि भारतीय संस्कृति अपने लचीले स्वभाव के कारण सदियों से विद्वानों को आकर्षित करती रही है। कई मुस्लिम शासकों ने भारत पर आक्रमण किया, और फिर भी गौरव ग्रंथों के अर्थ नहीं बदले हैं। भारतीय स्थापत्य और मुस्लिम स्थापत्य का मिलन हो गया और नई मूर्तियों ने जन्म लिया। हिंदू और मुस्लिम राजमिस्त्री रोजाना मंदिर और मस्जिद बनाते हैं।

बेशक, बसवा की तरह, प्रोफेसर शिव मूर्ति को दुनिया के नक्शों से नफरत है क्योंकि सीमाओं की रेखाएं संकीर्ण सांप्रदायिक भावनाएं पैदा करती हैं। उपन्यासकार गीता हरिहरन ऐसे कट्टरपंथियों के लिए फंडूस शब्द का उपयोग करती हैं जो सांप्रदायिक तनाव पैदा करके अपना जीवनयापन करते हैं। यहाँ तक कि वी.एस. नायपॉल अपनी रचनाओं- *'ए बेंड इन द रिवर'* और *'हाफ-ए-लाइफ'* में ऐसे पूर्वाग्रहों का संदर्भ देते हैं। वह इतिहास के तथ्यों का इस बात की पुष्टि करने के लिए संदर्भ देती हैं कि सांप्रदायिक दंगे कई बार भड़क चुके हैं। यहाँ तक कि वर्ष 1992 का बाबरी-मस्जिद का कार्यक्रम भी इसका उदाहरण है।'

प्रश्न: 'क्या आपके पास सांप्रदायिक तनाव व दंगों को रोकने के लिए कोई सुझाव है?'

सुविधा: जी सर। राजनेताओं, शिक्षकों, माता-पिता आदि द्वारा व्यापक सोच वाला दृष्टिकोण अपनाया जाना चाहिए और मदर टेरेसा जैसे समाज सुधारकों का सभी समुदायों

द्वारा सम्मान किया जाना चाहिए। दूसरे, लोगों को व्यक्तिगत अधिकारों की मांग करने के बजाय अपने कर्तव्यों का पालन करना चाहिए। तीसरा, प्रत्येक व्यक्ति को विश्व सरकार या सार्वभौमिकता की अवधारणा का पालन करना चाहिए।

प्रत्येक व्यक्ति को सहिष्णुता, विवेक, बुद्धि, धार्मिकता और दृढ़ता की उपयोगिता को स्वीकार करना चाहिए। मुख्य रूप से समाज के सभी वर्गों के लिए ज्ञान के द्वार खुले रहने चाहिए। सबसे महत्वपूर्ण सुझाव यह है कि चुनाव के समय कोई भी सांप्रदायिक आँकड़ा प्रसारित और प्रचारित नहीं किया जाए।

चूंकि भारत एक लोकतांत्रिक देश है, इसलिए महत्व जनता को दिया जाना चाहिए न कि वर्गों को। अक्सर, लगभग 100 शीर्ष भारतीय परिवार अपनी शाही स्थिति का दावा करते हैं जैसे कि वे समाज के किसी विशेष वर्ग से संबंध रखते हों। अंतिम लेकिन महत्वपूर्ण, सभी शोधार्थियों और विश्वविद्यालयों के अन्य विद्वानों को अभिव्यक्ति की स्वतंत्रता प्रदान की जानी चाहिए।

आंतरिक विशेषज्ञ- बधाई डॉ. सुविधा।

बाह्य विशेषज्ञ- बधाई डॉ. सुविधा।

सुविधा- थैंक्स सर। थैंक्स मैडम।

यह सुविधा के जीवन में एक नई शुरुआत थी, और वह इस बौद्धिक उपलब्धि से प्रसन्न हो रही थी। थीसिस को विशेषज्ञों द्वारा प्रकाशन के लिए अनुशंसित किया गया था। उसने उन्हें स्वर्ण टावर्स में दोपहर के भोजन के लिए पेशकश की, मौखिक वाइवा-वोस आयोजित करने का कष्ट उठाने के लिए उन्हें धन्यवाद दिया और रात 9 बजे तक वह गाजियाबाद लौट आई।

..5..

अपनी पत्नी की 7वीं पुण्यतिथि पर सेठ दीना नाथ बेचैन और व्यथित हो गए और गाजियाबाद की निर्जीव संस्कृति के बारे में सोचने लगे, मानो आम लोगों के लिए जीवन का कोई अर्थ ही नहीं है। कल रात उन्होंने सपने में राम गंगा नदी के तट पर भगवान कृष्ण की प्रार्थना करती अपनी पत्नी को देखा और वह अपनी आत्मा की शांति चाहती थी। इसलिए वह सुबह से ही परेशान लग रहे थे, उन्हें ऐसा लग रहा था कि शायद उनकी पत्नी की महत्वाकांक्षाएं अधूरी रह गई हैं, और यही कारण है कि उनकी आत्मा को मृत्यु के साथ प्राप्त होने वाली शाश्वत शांति नहीं मिल पाई है।

गाजियाबाद में उन्होंने लोगों के दिखावटी जीवन को देखा था क्योंकि सम्यक के कुछ साथी उसके अंतिम संस्कार के दिन आए और फिर उस घटना को ऐसे भूल गए जैसेकि

सम्यक का उनके लिए कोई महत्व ही नहीं था। जब उन्होंने उन्हें शांति पाठ के बारे में बताया, तो उनमें से कोई भी नहीं आया। चार-पांच पड़ोसी सिर्फ पांच मिनट के लिए आए और फिर चले गए। सम्यक के लिए किसी को दुख का अहसास नहीं था और न ही आंखों में नमी थी। अत्यंत घृणास्पद! उसने गाजियाबाद को कर्मभूमि के रूप में क्यों चुना? उन्होंने अंग्रेजी कवि टी.एस. इलियट की रचना *'द वेस्ट लैंड'* से सिंथेटिक परफ्यूम, स्टंप्स ऑफ टाइम और सेवेजली स्टिल जैसे शब्दों को याद किया। उसकी पत्नी की आत्मा कुछ घंटों तक उसके साथ नहीं रही जैसे कि वह भी मृत्यु के बाद व्यस्त हो गई थी कि उसके लिए प्यार के शब्द भी नहीं थे और ना ही सुविधा के लिए कोई संदेश था।

उन्होंने खाने की कुछ चीजें, केला, अमरूद, सेब, चना आदि खरीदे और हिंडन नदी के तट पर पहुँच गए। यह एक सुनसान इलाका था जहाँ से लगभग सभी पेड़ कट चुके थे और पीले पत्तों वाले कुछ छोटे नीम के पेड़ थे। जैसे ही उसने कुछ बंदरों को देखा, उन्होंने उन्हें केले और मूंगफली खाने को दी। उन्होंने उनके लिए चना बिखेर दिया और इससे उन्होंने प्रसन्नता का अनुभव किया। फिर वे अनाथालय पहुँचे तथा गंदे और फटे-पुराने कपड़े पहने छोटे बच्चों को सेब और खाने-पीने का सामान दिया।

उनके अंतर्मन ने उन्हें प्रेरित किया कि वे उनके लिए ऊनी कपड़े, कमीज़ और पैंट आदि उपलब्ध कराएं और इसीलिए उन्होंने उन्हें गिना। जैसे ही उन्होंने शिवलिंग के साथ भगवान शिव का एकाकी मंदिर देखा, वे नतमस्तक हो गए और तीन बार 'ओम नमः शिवाय' का उच्चारण किया। उन्होंने पुजारी को एक सौ रुपये दानस्वरूप दिए और उससे पूछा कि तुम कब से इस मंदिर की देखभाल कर रहे हो?'

'पंद्रह वर्षों से ज्यादा समय हो गया है। दरअसल, करीब बारह साल पहले ठंड के मौसम में मेरे पिता की मौत हो गई थी। इलाज नहीं मिलने के कारण उनका निधन हो गया। इन दिनों लोग आत्मकेंद्रित और भौतिकवादी होते जा रहे हैं और उनके पास दया-धर्म के कार्यों के लिए समय ही नहीं है।

सेठ जी ने भावनात्मक रूप से उनको परखा और फिर सौ रुपये का नोट दान पेटी में डाल दिया। पुजारी ने उन्हें बताया कि कुछ युवा प्रेमी देर शाम को हिंडन के तट पर जाते हैं, प्यार करते हैं और फिर भगवान शिव को कुछ भी अर्पित किए बिना चले जाते हैं। ऐसा लगता है कि कामदेव भगवान शिव से श्रेष्ठ हो गए हैं। वे नहीं जानते कि जिस दिन भगवान शिव अपना तीसरा नेत्र खोलेंगे, वे कामदेव का नाश कर देंगे।

सेठ जी के लिए, गाजियाबाद शहर के प्रति कोई सौंदर्य आकर्षण नहीं था क्योंकि लोग पैसे कमाने और खर्च करने में व्यस्त थे। समय की कमी के कारण, उन्होंने अपनी जीवन शैली बदल दी थी और परिणामस्वरूप, अब उन्हे बहुत सारी दवाएं खानी पड़ती थीं। उनके नए पड़ोसियों में से एक, ए.सी. जैन ने उन्हें बताया कि लगभग 70 प्रतिशत लोग हर रात ड्रग्स और नींद की गोलियां लेते हैं। शायद ईश्वर ने युवाओं को अनदेखे सींगों वाले एक्टन में बदल दिया था क्योंकि उन्हें तिल्ली (स्प्लीन) की समस्या हो गई। अस्पतालों और नर्सिंग होम की संख्या बढ़ी है। लोगों ने बैंक्वेट हॉल की धूमधाम और दिखावे को ज्यादा महत्व दिया और प्रति प्लेट के हिसाब से भुगतान किया लेकिन भोजन की गुणवत्ता की ओर कभी ध्यान नहीं दिया। आम तौर पर, विवाह एक सामाजिक अनुबंध प्रतीत होता था और कोई भावनात्मक संबंध नहीं थे।

टी.एस.एलियट की कविता *'द वेस्ट लैंड'* में, टाइपिस्ट युवती घर पहुँचती है और यहाँ-वहां फैले हुए कपड़ों को सलीके से रखती है, और बर्तन साफ करती है। उसका प्रेमी, जैसा कि अपेक्षित था, वहाँ आता है, और वे एक-दूसरे के लिए प्रेम का ढोंग करते हैं। वे एक यंत्रवत रूप में सेक्स का आनंद लेते हैं क्योंकि उनमें एक-दूसरे के लिए कोई भावनात्मक प्रेम नहीं होता है। संभोग के बाद, प्रेमी उसे छोड़कर चला जाता है, और वह संतुष्ट महसूस करती है जैसे कि यह उसकी सामाजिक दिनचर्या का हिस्सा हो। कोई भावनात्मक संतुष्टि नहीं, कोई प्रतिक्रिया नहीं, कोई भावना नहीं, कोई भावुक चुंबन नहीं, कोई वादा नहीं, कोई जिम्मेदारी नहीं और निश्चित रूप से कोई बचाव नहीं।

लगभग पचास साल पहले, डी.सी.एम. समूह ने हिंडन क्लॉथ मिल में सबसे अच्छे तौलिये और बेडशीट का निर्माण किया था, और उनके उत्पाद दुनिया भर में लोकप्रिय हुए थे। क्योंकि डी.सी.एम. हिसार मिल अलग-अलग नंबर के अपने खुद के यार्न का निर्माण करती थी, इसलिए उनके उत्पाद काफी सस्ते और टिकाऊ थे। लेकिन फिर कई बंगाली इकाइयों के बंद होने और नक्सलियों (1970) द्वारा फैलाई गई हिंसा के कारण यहाँ अन्य उद्योगों का विकास हुआ, शहर में प्रदूषण बढ़ गया और कचरे को हिंडन की ओर मोड़ दिया गया। परिणामस्वरूप, पर्यावरण और वायु गुणवत्ता सूचकांक की दृष्टि से नदी एक खतरा बन गई। टीबी के मामलों में बड़ी संख्या में वृद्धि हुई, और परोपकारी लोगों को जरूरतमंद मजदूरों की रक्षा के लिए बहुत पैसा खर्च करना पड़ा। टी.एस. इलियट ने ठीक ही कहा है कि 'जब कोई खूबसूरत महिला मूर्खता के लिए झुकती है...' और '... शायद ही विगत प्रेमी के बारे में जानती है...' मानो प्लेटो की पत्नियों के साम्यवाद की अवधारणा का पालन किया जा रहा हो। ये सब क्या बकवास है! सेठ जी ने खुद से पूछा कि क्या उन्हें

मानव जाति के उत्थान की उम्मीद करनी चाहिए? क्या अध:पतन की प्रक्रिया जारी रहेगी? क्या वह एल डोराडो तक पहुँच पाएगा? क्या गाजियाबाद शहर पर गैंगस्टरों का आधिपत्य हो जाएगा? असामाजिक तत्वों के कारण क्या यह अपनी शांति खो देगा? क्या आगे के हालात भी बद से बदतर होंगे? लेकिन तब उन्होंने महसूस किया कि ईश्वर मानव जाति का संरक्षक था, है, और रहेगा।

उन्होंने प्रत्येक अनाथ को दो कमीज, दो पैंट और एक स्वेटर देने के लिए एक सिले सिलाए वस्त्रों के एक डीलर से संपर्क किया और अंतिम कीमत तय की। अगले दिन वह डीलर और कपड़ों के बक्सों के साथ वहां पहुँचे और सबके साइज के हिसाब से बच्चों को कपड़े बांटे गए। उन्होंने अपनी अलमारी से एक नया कंबल लिया था जिसे उन्होंने पुजारी को भेंट किया था। अंत में, उन्होंने पुजारी से अनाथालय पर नजर रखने और आपात स्थिति होने पर फोन पर सूचित करने का अनुरोध किया।

अगले दिन उन्होंने इन अस्सी अनाथों की शिक्षा की योजना बनाई और उन्हें नियमित रूप से पढ़ाने के लिए दो शिक्षकों को नियुक्त किया। जैसे-जैसे परियोजना आगे बढ़ी, अन्य सुविधाओं का प्रबंधन उनके द्वारा किया गया। उनका मानना था:

हे प्रभु तू सर्वशक्तिमान है।

..6..

वैज्ञानिक मानते हैं कि नदी के मार्ग में पत्थर बाधक नहीं हैं। इन पत्थरों के कारण पानी संगीत बनाता है, और प्रवाह की लय मानव कानों को सुखद लगती है। ये पत्थर पानी का रंग बदलते हैं और नदी की सतह नीली दिखाई देती है।

सेठ दीना नाथ ने अपनी बेटी की पीड़ा को समझ लिया क्योंकि उसने अपने जीवन साथी को खो दिया था। फिर भी, तसल्ली थी कि वह एक कंगाल और कोई अवांछित विधवा नहीं थी। चूंकि वह एक आज्ञाकारी बेटी थी, इसलिए उन्हें उससे बहुत लगाव था। उसकी खातिर उन्होंने मुरादाबाद के अपने पुश्तैनी घर को लगभग छोड़ दिया था और अपनी जमीन का एक बड़ा हिस्सा बेच दिया था जिससे उनका गहरा जुड़ाव था।

अपने तनाव और परेशानी के कारण वह सुबह 4 बजे जल्दी उठ गए और अपने लिए खुद चाय तैयार की। फिर उन्होंने सत्यार्थ प्रकाश या भगवद्गीता के कुछ पन्नों का अध्ययन किया। लेकिन सुविधा के नए तनावों से खुद को अलग करना इतना आसान नहीं था। वह नौकरी करना चाहती थी ताकि वह स्वतंत्र होकर रह सके। उसके पास चालीस हजार रुपये मासिक वेतन पर, सिंचाई विभाग में वरिष्ठ सहायक के रूप में नौकरी करने का एक मौका

अभी भी था। जबकि इसके विपरीत, पापा ने उसे बच्चों की देखभाल करने की सलाह दी थी क्योंकि उसे किसी प्रकार की आर्थिक समस्या का सामना नहीं करना था। चूंकि सेठ दीना नाथ ने बैंक में पांच खातों में दो करोड़ रुपये जमा करवाए थे और उन सभी में उसका नाम एक नामांकित व्यक्ति के रूप में दर्ज था, इसलिए वह उनके सहयोग पर भरोसा कर सकती थी। दीना नाथ अपनी बाकी जमीन को बेचने की योजना बना रहे थे जिसके पैसों से मिले ब्याज से कुछ और पैसा बना सकें क्योंकि गाजियाबाद से खेती की देखभाल करना उनके लिए संभव नहीं था।

तीन दिनों के बाद, उन्हें अपनी पिछली जमीन के खरीदार का फोन आया कि उनके परिचित का एक व्यक्ति पचास बीघा जमीन खरीदने के लिए है। लेकिन दीना नाथ ने जवाब दिया कि उन्होंने अभी तक अपना मन नहीं बनाया है, और दूसरी बात, कीमत पैंतीस लाख रुपये प्रति बीघा की दर से होगी। नए खरीदार को यह तय करने दें कि क्या वह उस कीमत का भुगतान करने को तैयार है क्योंकि जमीन काफी उपजाऊ थी। राम गंगा नदी और कोशी नदी के तट पर अधिकांश भूमि के टुकड़े बहुत उपजाऊ थे, और भूमि अधिक पैसा बनाने के लिए एक निवेश थी।

सुविधा के नाश्ता करने के बाद उसकी पड़ोसी वंदना जैन ने दरवाजा खटखटाया। उसके साथ लगभग तेईस साल का एक युवा और आकर्षक साथी था। वे दोनों ड्राइंग-रूम में बैठ गए, और वंदना जैन ने उसे अपनी किटी पार्टी के सदस्यों से मिलने-जुलने के लिए कहा ताकि कुछ साथियों से मिलकर उसका दिल बहल सके। दरअसल गाजियाबाद के अमर उजाला अखबार से जुड़े एक पत्रकार ने गीता हरिहरन पर उसके विचार अखबार में छापे थे। वंदना के छोटे भाई विजय शेखर का पी.सी.एस. (यूपी) में चयन हो गया था, लेकिन फिर भी वह आई.ए.एस. अधिकारी बनने का इच्छुक था। क्योंकि उसका अंग्रेजी संप्रेषण कौशल खराब था, इसलिए वह उसके लिए पढ़ाई में उसकी मदद लेने आई थी। किंतु असल समस्या तब शुरू हुई जब दीना नाथ ने डॉ. सुविधा गुप्ता, एम.ए.पीएच.डी. (अंग्रेज़ी) लिखी तख्ती अपने घर के मुख्य द्वार पर टांग दी क्योंकि उन्हें अकादमिक क्षेत्र में उसकी उपलब्धि पर बहुत गर्व था।

लेकिन सुविधा ने उसकी मदद करने से इनकार कर दिया क्योंकि उसके पिता ने उसे बच्चों और घर की देखभाल करने के लिए कहा था। चूंकि वंदना ने बहुत अधिक जोर दिया, इसलिए उसने इसे फिर से विचार करने का वादा किया, और परस्पर एक-दूसरे के फोन नंबर का आदान-प्रदान किया गया। बस विषय बदलने के लिए सुविधा ने उससे पूछा, 'अंग्रेज़ी का कौन-सा हिस्सा आपको सबसे ज़्यादा परेशान करता है? आप मुझसे किसी तरह की मदद की उम्मीद कैसे करते हैं क्योंकि मैंने अब तक कभी किसी को पढ़ाया नहीं है?'

चूँकि विजय शेखर दो पुस्तकें अपने साथ लाया था, इसलिए उसने उनके पन्ने पलटे। उसने उससे कहा कि वह अंग्रेजी में लिख और बोल सकता है, लेकिन उसके वाक्य ज्यादातर व्याकरण की दृष्टि से गलत होते हैं। जब सुविधा ने विजय शेखर से उससे उसके जीवन का उद्देश्य पूछा, तो उसने अंग्रेजी में बात की। वह कॉन्वेंट छात्रों के बारे में जानती थी जो अंग्रेजी में बोल सकते थे, लेकिन उनका व्याकरण आम तौर पर खराब होता है। उनके द्वारा सिंटैक्स नियमों का पालन नहीं किया जाता है, लेकिन आई.ए.एस. परीक्षार्थी अभिव्यक्ति में इन गलतियों को नहीं छोड़ते हैं। उसके पास एक निबंध की किताब थी और वह सीखना चाहता था कि बिना किसी तैयारी के सामान्य विषय पर कैसे बोलना है?

सुविधा के हिचकिचाते ही वंदना ने उसे बताया कि विजय के पिता गाजियाबाद में कागज और बोर्ड पेपर बनाने वाले उद्योगपति हैं और अपने बेटे की इच्छा को पूरा करने के लिए कितना भी पैसा दे सकते हैं। सुविधा ने उससे पूछा, 'अगर वह चालीस हजार रुपये प्रति माह दे सकता है, तो निबंध की किताब वहीं छोड़ दो और कल सुबह 11 बजे आ जाओ।' वंदना ने शर्त मान ली और विजय ने निबंध की पुस्तक वहीं छोड़ दी। चाय पीने के बाद वे उसे छोड़कर चले गए।

जैसे ही दीना नाथ ने अगले दिन वहां उस युवक विजय को देखा, तो वह चौंक गए। जब सुविधा ने विजय को इंडिया टुडे का निबंध पढ़ाया, तो वह उसी दिन पहले महीने की अग्रिम फीस देकर चला गया। दीना नाथ ने सुविधा से पूछा- 'वह कौन था? वह किसलिए आया है?'

उसने विनम्रता से उत्तर दिया, 'वह विजय शेखर है। उसका चयन पी.सी.एस. में हो चुका है लेकिन आईएएस के लिए उसे मेरी मदद की जरूरत है।'

'लेकिन मैंने तो तुम्हे अपने तीन बच्चों पर ध्यान केंद्रित करने के लिए कहा था।'

'पापा। मुश्किल से दो महीने की बात है। उसके बाद में यह बंद कर दूंगी।'

'देखो, बेटी। आप इस तथ्य को भूल रही हैं कि आदम और हव्वा को ज्ञान के वृक्ष से फल नहीं तोड़ने के लिए कहा गया था। जैसे ही शैतान ने परमेश्वर की योजना में हस्तक्षेप किया, उसे उसके साथियों के साथ नरक में डाल दिया गया। आदम और हव्वा को स्वर्ग से बेदखल होने के कारण पृथ्वी पर कष्ट सहना पड़ा। शायद आपने उनकी तरह अवज्ञाकारी होने का फैसला किया है। अगर आपको ऐसा काम करना है तो मुझे लगता है कि यहाँ मेरी जरूरत नहीं है। फिजूल।' लगा जैसे वह शेक्सपीयर के पात्र प्रोस्पेरो की तरह कह रहे हैं कि 'मेरा खाना, मेरा शिक्षक।'

'सॉरी पापा। यह ऐसा दोबारा नहीं होगा। इसके लिए आपसे दोबारा माफी चाहती हूँ। चूंकि मैंने एक महीने का पैसा एडवांस ले लिया है। इसलिए इस बार थोड़ा एडजस्ट कर लीजिए।'

दीना नाथ को यह बात पसंद नहीं आई और वह अपने कमरे में चले गए। लेकिन उनका गुस्सा जल्द ही पिघल गया क्योंकि उन्होंने महसूस किया कि सुविधा की खुशी उसकी मनोदशा से उत्पन्न होती है। अगर वह उसके आचरण से नाराज़ है, तो वह घुटकर रह जाएगी। दोपहर का भोजन करने के बाद, उन्हें अपना आपा खोने का अफ़सोस हुआ।

'कोई बात नहीं। पापा। आप मेरे हितैषी हैं। मैं भला आपसे नाराज़ कैसे हो सकती हूँ?'

'तुम अक्सर मुझे कॉर्डेलिया और मिरांडा की तरह रुलाती हो।'

'सॉरी पापा।'

दीना नाथ ने अपने कमरे में आकर आयरिश कवि डब्ल्यू.बी. येट्स द्वारा संगीतबद्ध कविता *'ए प्रेयर फॉर माई डॉटर'* (अपनी बेटी के लिए प्रार्थना) दोबारा पढ़ी। अपनी मासूम बेटी को पालने में देखकर कवि के मन में कुछ विषाद भरे विचार आते हैं; जैसे कि क्या वह निर्दोष, गुणी और विवेकपूर्ण रहेगी? क्या वह अपने पति के परिवार के रीति-रिवाजों और परंपराओं का पालन करेगी? क्या वह उच्च वर्ग की महिलाओं के घमंड और तुच्छता से खुद को बचाकर रख पाएगी? क्या वह 'सौंदर्य को एक पर्याप्त अंत' मानेगी? उसके लिए भविष्य में क्या है? क्या हो 'यदि उसकी बुद्धिमत्ता, लावण्यता और खूबसूरती अवक्षित हो जाए?' क्या वह अपने दैनिक आचरण में विनम्र रहेगी या एक सनकी लड़की बनेगी? क्या वह ज्ञान को ज्ञान से जोड़ेगी? क्या वह लिनेट पक्षी की तरह मधुर गीत गाएगी और अपनी मधुरता पर गर्व नहीं करेगी? क्या उसके मन में घृणा होगी?' क्या वह बर्बाद होने के लिए बाध्य है? भौतिक सुख-सुविधाओं से भरपूर होने के बावजूद प्राय: महिलाएं भटक जाती हैं। उनकी इच्छा है- 'उसकी आत्मा को आमूल परिवर्तनवादी मासूमियत से उबरने दें':

संस्कार समृद्ध सींग का नाम है

और प्रथा फैलते हुए लॉरेल पेड़ का। (ए प्रेयर फॉर माई डॉटर)

दीना नाथ ने दो बार कविता पढ़ी और उनकी आंखों में आंसू उमड़ आए। उन्होंने सोचा कि भविष्य कितना अनिश्चित है और मेरी बेटी जीवन की जटिलताओं और अनिश्चितताओं को महसूस करने में विफल है। ऐसे में उसे ढील कैसे दी जा सकती है? क्या वह गलाकाट प्रतिस्पर्धा के इस युग में अपनी योग्यता साबित करेगी? आखिर उसे उस दुनिया में जीवित रहना है जहाँ बड़ी मछली छोटी को निगल जाती है। क्या वह जीवन के समुद्र से मछली पकड़ पाएगी? क्या वह इस सिद्धांत पर भरोसा करेगी:

बजती है घंटी किनके लिए?

'यह बजती है तुम्हारे लिए!'

समय की घंटी हर दिन उसे कर्तव्यों की याद दिलाने के लिए बजा करेगी, जो कि बहुत सारे हैं। अगर वह भी गाज़ियाबाद के गैंग्स्टरों द्वारा मारी गई तो क्या होगा? असामाजिक तत्वों की सही संख्या के बारे में कौन जानता है? क्या इस औद्योगिक शहर में नए गिरोह नहीं बनते? बहरहाल, वह इस नतीजे पर पहुँचे कि हर किसी की अपनी भाग्य रेखा होती है। आखिरकार, वह अच्छी पढ़ी-लिखी है और अपना करियर खुद बना सकती है। वह सर्वशक्तिमान परमेश्वर के स्थान पर उसके एकमात्र संरक्षक कैसे हो सकते हैं। रावण द्वारा चालाकी से हरण कर लिए जाने के बाद राजकुमारी सीता की मदद कौन कर सकता था? आखिर उन्हें अशोक वाटिका में एकाकी दयनीय जीवन व्यतीत करना पड़ा! हे भगवान शिव! उसे वह ज्ञान प्रदान करें जिसकी उसे आवश्यकता है। अपने आप को दुखी पाकर, उन्होंने इसको याद करते हुए अपना साहस जुटाया कि स्वर्ग पृथ्वी पर गिरने वाला नहीं है। हमारे कुछ संदेह निराधार होते हैं।

..7..

पहली ही मुलाकात में सुविधा विजय शेखर के आकर्षक व्यक्तित्व से प्रभावित हुई और उसके जीवन के उद्देश्य की सराहना की। उसने सोचा- वो लड़की किस्मतवाली होगी जो उससे शादी करेगी। अगर वह उसे पहले मिल गया होता, तो वह उससे शादी कर लेती। लेकिन अफसोस! यह नहीं होना था। सम्यक की हत्या के बाद अर्शदीप, मंदीप और निहारिका अनाथ से हो गए थे और रहस्यमयी शक्तियां उनके भाग्य की रेखाएं तय कर रहीं थीं।

दूसरे दिन सुविधा ने उसे दसवीं पंचवर्षीय योजना के गुण और दोष के बारे में बताया, जैसा कि केंद्र सरकार ने तय की थी। उसने अपने फाइल पेपर पर प्रमुख बिंदुओं को लिखा और नवीनतम आंकड़ों के साथ उन पर चर्चा की। फिर उसने उसे सबसे पहले दस मिनट में उन्हीं बिंदुओं की मदद से बोलने के लिए और उसके बाद कागज पर लिखे बिंदुओं को देखे बिना ही उन्हें अभिव्यक्त करने के लिए कहा। उसने फिर से वही अवलोकन किया। उसने योजना के विवरण को समझा लेकिन बीस से अधिक व्याकरण संबंधी गलतियाँ कीं। इसके लिए, सुविधा ने उसे अंग्रेजी व्याकरण के टेन्स संबंधी एक कैप्सूल कोर्स देना बेहतर समझा और उसे इधर-उधर देखने के बजाय पृष्ठों पर ध्यान केंद्रित करने के लिए कहा।

वास्तव में, सुविधा ने बिना आस्तीन का ब्लाउज पहना हुआ था जिसका गला काफी गहरा था, और अक्सर, उसकी सिंथेटिक साड़ी का पल्लू उसके कंधे से फिसल जाता था, जिससे उसकी लंदन गैलरी यानी उभारों को विभाजित करती रेखा आधी दिखाई दे जाती

ऐशेज एंड फायर • 29

थी। एक जवान मर्द के रूप में, वह उन्हें छूने, उन्हें दबाने और सुविधा के गालों को किस करने के लिए लालायित था। उसने उसे फिर से विषय पर ध्यान केंद्रित करने के लिए कहा लेकिन उसका दिमाग भटकता रहा। वह भी आसानी से समझ सकती थी कि विजय शेखर के मन में क्या चल रहा है।

उसके जाने के बाद, सुविधा ने दोपहर का भोजन किया और दोपहर की झपकी लेने के लिए विश्राम किया। उसने सपने में देखा कि विजय उसके गालों और स्तनों को चूम रहा था। उसके पास उसके स्तनों और कूल्हों के वक्रों की कल्पना करने की शक्ति थी। उसने अपनी काया के ऊपर उसके शरीर का भार महसूस किया, और फिर उसने भी उसके किस का जवाब किस से दिया। महीनों पहले की बात है जब उसने सम्यक के साथ शारीरिक संबंध बनाए थे। अब किसी भी तरह के शारीरिक संबंध बनाने की कोई संभावना नहीं थी। कल्पनाशील संभोग ने अवचेतन रूप से उसकी भावनाओं को विचलित कर दिया, और अवचेतन मन की यह घटना उसके चेतन मन में समा गई। वह थोड़ा तरोताजा हो उठी मानो उसने उसकी प्यास बुझा दी हो।

अगले दिन उसने विजय को भारतीय लोकतंत्र के मूल सिद्धांतों के विषय में बताया और लोकतंत्र के संसदीय स्वरूप, मौलिक अधिकार, निष्पक्ष न्यायिक प्रणाली, भारतीय चुनावों में पूंजीपतियों की भूमिका, प्रधानमंत्री की वास्तविक कार्यकारी शक्ति आदि के रूप में पॉइंट्स लिखे और फिर विश्लेषण के उसी प्रारूप को अपनाया। सुविधा ने फिर से गौर किया कि विजय उसके लो-नेक ब्लाउज में झांकने का फायदा उठाने से नहीं चूका। अपने बढ़ते जुनून के कारण, सुविधा ने आज ब्रा नहीं पहनी थी, और इसलिए वह भी मस्ती के मूड में थी। आज वह शीट की सहायता से मुश्किल से पाँच मिनट ही बोल सका और फिर बिंदुओं को देखे बिना उसी सामग्री को दोहराने से मना कर दिया।

तभी सुविधा ने उससे एक सवाल पूछा- 'क्या तुम्हारी कोई गर्ल-फ्रेंड है, विजय?'

'हाँ। नहीं।'

'इसका क्या मतलब है- 'हां, नहीं?'

'मेरा प्यार सिर्फ एकतरफा है और मैं दूसरी तरफ से जवाब मिलने का इंतजार कर रहा हूँ।'

'वह कैसी दिखती है?'

'बिल्कुल आप की तरह, मैडम?'

'तो...?'

'यह सिर्फ समय की बात है और अब तक कोई प्रतिकूल कारक नहीं है।'

'यदि आप दोनों के बीच कोई बाधा न हो तो आप उसे प्रपोज कर सकते हैं।' उसने रोमांटिक मूड में सुझाव दिया।

वह उठा और हाथ में फूल लिए जमीन पर एक घुटना टिकाकर खड़ा हो गया और उसे प्रपोज किया- 'क्या आप मुझसे प्यार करोगी, डियर मैडम?'

'अरे नहीं, विजय। मैंने आपसे इसकी कभी उम्मीद नहीं की थी।'

'उम्मीदों, आशंकाओं, महत्वाकांक्षाओं, पंचवर्षीय योजनाओं को भूल जाइए। मैडम। इस वक्त बस प्यार को ही याद रखें।'

वह उसकी ओर आगे बढ़ा और उसके गालों पर किस कर लिया। फिर अपना हाथ उसके गले में डाल दिया और उसकी गर्दन के निचले हिस्से को चूमता रहा। उसने उसकी छाती दबाई और कहा- "आपने मुझे प्यार में पागल कर दिया है। रात को अब मुझे नींद नहीं आती। आपने मेरी नींद क्यों चुराई? आप चौबीसों घंटे कल्पनाशील रूप से मेरे साथ क्यों रहती हैं? आपके बिना अब सांस लेना भी मुमकिन नहीं है।"

"पागल मत बनो विजय। आपको मेरी पृष्ठभूमि, मेरे अतीत और मेरी वर्तमान समस्याओं को समझना चाहिए।"

'नहीं। मैं कुछ भी नहीं सोचना चाहता क्योंकि समय हमारी समस्याओं का समाधान करेगा।'

वह उसे बिस्तर पर ले गया और उसका ब्लाउज उतार दिया, और फिर किस किया और बेतहाशा किस करता गया। क्योंकि बीच-बीच में वह कभी-कभी उसके कूल्हों को अपनी ओर दबाता रहा, इसलिए सुविधा को भी खुद पर काबू नहीं रहा और उसने अपना आत्म-नियंत्रण खो दिया। आखिरकार, विजय उसमें प्रवेश कर गया। उसके प्रहार सुखद और जोरदार थे, और वह चरम सुख के परम आनंद से अत्यधिक आनंदित महसूस कर रही थी। अप्रत्याशित रूप से उसने उसके साथ मैथुन का आनंद लिया, और फिर दोनों अपने अंगों को धोने के लिए साथ बने शौचालय में चले गए। निर्वस्त्र अवस्था में होने से वे फिर एक दूसरे की ओर फिर से कामोत्तेजित हो उठे और पूरे जोश के साथ दूसरी बार यौन संबंधों का आनंद उठाया।

उसके बाद उन्होंने कॉफी, पेस्ट्री और काजू का स्वाद लिया और फिर वह प्रसन्न होकर वहां से चला गया।

अगले दिन सुविधा ने अपने निजी अंगों के बाल साफ किए और पैंटी भी नहीं पहनी। वह उसकी नई प्रेमिका बन गई थी और ऐसे में उसे अपने पिता की नसीहत भी याद नहीं रहीं -प्यार अंधा होता है, और रति की तरह, उसने अपने कामदेव से प्यार किया। छह दिनों

तक उसके दिमाग में बच्चों के भविष्य के बारे में कोई विचार नहीं आया और यह समय कैसे बीता इसका ही पता नहीं चला।

सुभद्रा को उसकी प्रसन्नता का कारण समझ में नहीं आया क्योंकि सम्यक की मृत्यु के बाद वह पूरी तरह से उस पर निर्भर हो गई थी। दीना नाथ भूमि की बिक्री और धन निवेश योजनाओं की योजना बनाने में व्यस्त थे। बेटा अर्शदीप और मंदीप स्कूल में हुआ करते थे। नहाने के टब में यौन संबंध बनाना उनके आनंद को ज्यादा बढ़ा देता।

विजय शेखर रात भर उसके साथ रहना चाहता था लेकिन सुविधा ने रात के लिए उसे साफ मना कर दिया, "मैं वह जोखिम उठाने की हिम्मत नहीं कर सकती। पापा ने देख लिया तो हम दोनों को वहीं मार देंगे। मूर्ख मत बनो। एक महीने के लिए स्पोकन इंग्लिश के अपने नोट्स को ध्यान से पढ़ो। हमारे पास भविष्य की आनंदभरी गतिविधियों की योजना बनाने के लिए काफी समय है।"

विजय ने लंदन, न्यूयॉर्क, ग्रैंड रैपिड्स, सैन फ्रांसिस्को, मॉन्ट्रियल आदि जैसे बड़े शहरों के जीवन के प्रति सुविधा में रुचि जगाई, लेकिन उसने ऐसी सभी कल्पनाओं को दरकिनार कर दिया। उसके लिए, यह साथ सुखमयी था। उसने उसे साफ-साफ कह दिया- 'नौकरी नहीं - प्यार नहीं!'

अगले दिन वह एक सूट और टाई पहनकर तैयार हुआ था और उपहार के रूप में सोने की अंगूठी लाया था। उसने सुविधा से अपनी उंगली आगे बढ़ाने के लिए कहा, और उसने ऐसा ही किया। उसने अंगूठी उसकी उंगली में पहनाई और किस कर लिया। बदले में उसे भी किस मिला। प्यार की अगली क्रिया पर आने से पहले ही सुविधा ने अपनी उंगली से अंगूठी उतार दी और कहा, 'देखो विजय। आपके मन में मेरे लिए जो भावनाएं हैं, मैं उन्हें पसंद करती हूँ। लेकिन पापा मेरे गहनों में हर चीज को पहचानते हैं। यदि उन्होंने पहचान लिया और वह जरूर पहचान लेंगे तो वह बदला लेने के लिए विवश हो जाएंगे। अब मैं आपसे अनुरोध करती हूँ कि जब तक हम शादी न कर लें और आधिकारिक तौर पर अपने हनीमून का आनंद ना ले लें, तब तक इस अंगूठी को भविष्य के लिए, मेरी एक धरोहर, एक प्यारे से उपहार के रूप में, संभाल कर रखो। प्लीज, कोई बहस नहीं।'

प्यार और नुकसान के इस आदान-प्रदान को महसूस करने में विजय विफल रहा!

..8..

सुविधा ने शाम की चाय पी और उसके बाद भारतीय अंग्रेजी उपन्यासकार 'नमिता गोखले के उपन्यासों में महिलाओं की मुक्ति की अवधारणा' पर शोध जर्नल 'नोशंस' के लिए एक शोध लेख लिखने का फैसला किया। उसने अभी लेख की तैयारी के लिए

केवल मुख्य बिन्दु ही लिखे थे कि दरवाजे की घंटी बज उठी, वह दरवाजे पर पहुँच गई। सात महिलाओं ने स्वागत की औपचारिकता के बाद ड्राइंग रूम में प्रवेश किया और सोफ़े पर बैठ गईं। वंदना जैन के साथ अक्षी (30), मोनिशा (29), मोनिका (28), वरुणा (27), काव्या (29) और अरुणा (28) थीं। जैसे ही वंदना जैन ने बात शुरू की, उन सभी महिलाओं ने व्यक्तिगत रूप से अपना-अपना परिचय दिया- 'मैं अक्षी हूँ, श्री आयुष दर्शन की पत्नी और आभूषण की दुकान में अपने पति की मदद करती हूँ। हम यहाँ आपको हमारी सरोजिनी नायडू किटी पार्टी में शामिल होने के लिए आमंत्रित करने आए हैं।'

'मैं यहाँ चांदी के थोक व्यापारी श्री सबल भगत की पत्नी मोनिशा हूँ। हमारी इच्छा है कि परोपकारी कार्यों के लिए आपका साथ मिले।'

'मैं मोनिका हूँ, वी.एम. वूमेन कॉलेज में गृह विज्ञान की प्रोफेसर हूँ। मेरे पति गुरु ज्ञान एक प्रोफेसर हैं और एम.ए. कॉलेज में रसायन शास्त्र पढ़ाते हैं। हम में से प्रत्येक एक अनाथ को गोद लेता है और उसके भोजन और शिक्षा का प्रबंधन करता है। मुझे आशा है कि आपको हमारे साथ समाज कल्याण के लिए काम करने में आनंद आएगा। हमारी किटी पार्टी वैसे तो रूचिकर घटनाओं पर कार्यक्रमों का आयोजन करती है, लेकिन हम मूल रूप से अपने कार्यों को मानव कल्याण के लिए समर्पित करती हैं।'

'मैं वरुणा हूँ, मेरे पति डॉ. विनोद ग्रोवर कार्डियोलॉजिस्ट हैं। हमारा किटी क्लब कस्तूरबा गांधी आश्रम की दयनीय विधवाओं की देखभाल करता है ताकि वे सम्मान का जीवन जी सकें। मुझे आशा है कि आप हमारे किटी क्लब के सदस्य के रूप में अपनी सेवाओं से योगदान देंगी।'

'मैं काव्या, रियल एस्टेट क्षेत्र में एक बिल्डर श्री सोमेश अरुण की पत्नी हूँ। हमारा किटी क्लब उन वृद्ध लोगों को खाना और जोड़े देता है जिन्हें उनके भौतिकवादी बच्चों ने छोड़ दिया है। हम में से हर कोई एक वृद्ध व्यक्ति को गोद लेता है और उसकी बेहतरी के लिए हर संभव कोशिश करता है। आशा है कि हम बेघर वृद्धजनों के लिए काम करते हुए दिखेंगे।'

मैं अरुणा हूँ, श्री तरल राघव की पत्नी, जो उद्योगों को पैसा उधार देने वाले साहूकार हैं। हमारी किटी पार्टी 'खाओ, पियो और मौज करो और कल हम मर जाएंगे' के सिद्धांत का पालन नहीं करती है। हम चौबीस से ज्यादा लोग हैं और हम में से हर एक शहर के चार अन्य सक्रिय परोपकारी लोगों के साथ जुड़ा हुआ है। यह सच है कि महिलाएं जीवन की चारदीवारी में रहकर बोर हो जाती हैं। इसलिए हम आपसी सुविधा के अनुसार स्कूलों और कॉलेजों में वाद-विवाद, भाषण प्रतियोगिता, प्रश्रोत्तरी कार्यक्रम और खेल से लेकर

स्पर्धाएं तक की व्यवस्था करते हैं। हम में से एक किसी एक स्कूल/कॉलेज में एक कार्यक्रम आयोजित करता है और जो उस दिन फ्री होती हैं, वे उसका साथ देने के लिए शामिल हो जाती हैं। निःसंदेह, हम छात्रों को अकादमिक कार्यक्रमों में रुचि पैदा करने के लिए छोटे उपहार वितरित करते हैं। पिछले तीन वर्षों में अब तक वाद-विवाद और प्रश्नोत्तरी काफी सफल रहे हैं। निःसंदेह, हम विवादों से बचने के लिए राजनीतिक नेताओं को शामिल नहीं करते हैं। यदि आप ऐसी गतिविधियों में रुचि रखती हैं, तो हमारी किटी पार्टी में शामिल होने के लिए आपका स्वागत है।

वंदना जैन ने सुविधा से कहा कि, 'क्योंकि वे किसी अच्छे रेस्टोरेंट में महीने में दो बार मिलते हैं, तो इस महीने में दो बैठकों में शामिल होकर देखें और फिर तय करें कि इस किटी पार्टी में शामिल होना है या नहीं? कोई दांव या बाजी नहीं, कोई जुआ नहीं, कोई हार्ड ड्रिंक नहीं, कोई इश्कबाज़ी नहीं, कोई राजनीतिक हित नहीं, कोई चुनावी कार्यक्रम नहीं, कोई धार्मिक प्रचार नहीं! निःसंदेह, एक सदस्य से केवल तीन-चार मिनट के लिए सामाजिक-आर्थिक और सांस्कृतिक मुद्दों पर अपने विचार व्यक्त करने की उम्मीद की जाती है, और अगली बैठक का विषय होगा- 'आज की भारतीय अर्थव्यवस्था में महिलाओं की भूमिका'। इस बार की बैठक 15 फरवरी को दोपहर 2.30 बजे एटना रेस्टोरेंट में होगी। तय करें और फिर देखें कि एक बेहतर भारत के लिए काम करने के साथ ही साथ हम कैसे आनंद उठाते हैं।

जैसे ही वे चलने के लिए खड़े होते हैं, नौकरानी सेठ जी के कहने पर चाय और नाश्ता ले आती है। वे एक स्वर में बोलते हैं- 'यह औपचारिकता किसलिए?'

लेकिन सुविधा ने उत्तर दिया- 'यह शिष्टाचार का हिस्सा है। कृपया इसे स्वीकार करें।'

फिर उन्होंने उसे बताया कि कैसे उन्होंने अनाथों, विधवाओं, भिखारियों और वृद्ध लोगों के कल्याण के लिए खुद को समर्पित कर दिया है। वे घरों में फालतू की चीजें नहीं रखते और जरूरतमंद लोगों को दान कर देते हैं। हर एक सदस्य महीने में लगभग एक हजार रुपये खर्च करता है। कोई प्रवेश शुल्क नहीं है, और कोई भी जब चाहे अपनी इच्छानुसार अपनी सदस्यता छोड़ सकता है। अक्सर कुछ उद्योग उनके कार्यक्रमों में योगदान देते हैं। इन उपेक्षित लोगों को यू.पी. सरकार द्वारा भी थोड़ा पैसा दिया जाता है।

सेठ दीना नाथ ने उनकी बातचीत सुन ली थी और उन्होंने सुविधा को अनुमति दी कि "वह उनके साथ शामिल हो लेकिन उनकी नेता न बने। कोई भी दुखी लोगों के प्रति अपने कर्तव्य से मुंह नहीं मोड़ सकता।"

चूंकि पिछले हफ्ते से सुविधा श्रीमती केनेडी, श्रीमती इंदिरा गांधी, लक्ष्मी बाई, सरोजिनी नायडू, कस्तूरबा गांधी, श्रीमती मेनका गांधी आदि की तरह खुश रहने के तरीके

और साधन तलाशने की योजना बना रही थी। वह जानती थी कि श्रीमती केनेडी यू.एस.ए. के राष्ट्रपति जॉन एफ कैनेडी की हत्या के बाद नियमित रूप से रोती नहीं रही थी अपितु उन्होंने यू.एस. के सामाजिक जीवन में सक्रिय रुचि ली थी। पर्ल एस बक और म्यूरियल स्पार्क ने खुद को उपन्यास लिखने में समर्पित कर दिया और दुनिया भर में नाम और प्रसिद्धि अर्जित की। पर्ल एस बक को उनके उपन्यास *'द गुड अर्थ'* के लिए नोबेल पुरस्कार से सम्मानित किया गया था क्योंकि उन्होंने अपने उपन्यास में दुखी और गरीब चीनी किसानों के जीवन को चित्रित किया था। म्यूरियल स्पार्क ने पाठकों को हर परिस्थिति में अपनी आत्मकथा लिखने के लिए प्रेरित किया और पंद्रह से अधिक उपन्यास लिखे।

लक्ष्मीबाई और रजिया सुल्तान ने भारत के राष्ट्रीय गौरव और सम्मान की रक्षा के लिए हर संभव प्रयास किए और शहीद हो गईं। श्रीमती इन्दिरा गांधी ने खुद को राजनीति के लिए समर्पित कर दिया, भारत की प्रधानमंत्री बनीं और पूर्वी पाकिस्तान को बांग्लादेश बनाने में मदद की। सरोजिनी नायडू को भारत कोकिला कहा जाता है और उन्होंने गद्य और पद्य में बहुत कुछ लिखा है।

सुविधा ने अंग्रेजी कवि जॉन मिल्टन और उसके पिता दीना नाथ द्वारा इस्तेमाल किए गए शब्द 'अवज्ञा' पर ध्यान केंद्रित किया। उसने अपने पिता से कहा- 'पापा, मैं सपने में भी आपके विचारों और सुझावों की अवज्ञा करने की नहीं सोच सकती। बेशक, मैं समाज में अपनी खुद की छवि स्थापित करना चाहती हूँ।'

आखिरकार, वह एक अशिक्षित और गरीब नौकरानी नहीं है। वह जॉन मिल्टन और जे.जे. रूसो के उन विचारों को मान्यता नहीं दे सकी जो महिलाओं को समान अधिकार नहीं देना चाहते थे। समय बदल गया था, और भारत को आजाद हुए तिरपन साल से ज्यादा समय हो चुका था। राजा राम मोहन राय, दयानंद सरस्वती, एम.के. गांधी, आर.एन. टैगोर और जेएल नेहरू जैसे कई परोपकारी एवं समाज सुधारकों ने इस बात की पैरवी की कि महिलाओं को अपने भाग्य को बेहतर बनाने के लिए व्यक्तिगत तौर पर प्रयास करने चाहिए। कठोर परंपराओं और अप्रचलित परंपराओं को कोसना क्यों? मौजूदा परिस्थितियों के लिए शोक क्यों? क्यों न एक नए समाज का निर्माण करें जहाँ महिलाएं सम्मान का जीवन व्यतीत करें?

पाकिस्तानी उपन्यासकार बाप्सी सिधवा की तरह, वह उन शक्तियों के प्रति सचेत हो गई जो प्रकृति ने महिलाओं को दी थीं। अब कम सामाजिक बाधाएं थीं क्योंकि कई युवाओं ने दहेज परंपरा का विरोध किया था। उसके पति ने शादी में कभी दहेज नहीं मांगा और विधवाओं को अब पुनर्विवाह की अनुमति थी। भारत सरकार ने बाल विवाह पर प्रतिबंध लगा दिया था और सभी वर्ग की महिलाओं को स्नातक तक मुफ्त शिक्षा दी जा रही थी। उसने सामाजिक

परिदृश्य से नाराज़ नहीं होने का फैसला किया क्योंकि वह एक ऐसा ध्रुव थी जिससे उसके तीन बच्चों को सहयोग की उम्मीद थी- सब कुछ उस बीज पर निर्भर करता है जिसे वह बोती है। उसे धर्मपरायणता, प्रेम, आशावाद, कड़ी मेहनत, विश्वास, प्रकाश, तर्क, दया, उदारता, धैर्य के बीज बोने थे और पूर्वाग्रहों, घृणा, क्रूरता, पूर्वाग्रही राजनीति, पतन आदि से ऊपर उठना था।

उसका ध्यान संत जोन, मदर टेरेसा, श्रीमती इन्दिरा गांधी की तरह स्पष्ट था और उसे स्वयं से ऊपर उठकर सत्यनिष्ठा, भक्ति और सेवा के मार्ग का अनुसरण था।

उसने स्वीकार किया कि खुशी के बीज उसे खुद ही बोने हैं, और केवल वह ही अपने तीन बच्चों के चरित्र को ढाल सकती है। वर्जीनिया वूल्फ ने अपनी कृति *'ए रूम ऑफ वन्स ओन'* के दो भाषणों में जोर देकर कहा कि एक महिला को लेखक बनने के लिए पैसे और कमरे की जरूरत होती है। उन्होंने लगभग नब्बे साल पहले अपनी महिला श्रोताओं को प्रेरित किया था कि महिलाओं को जीवन के विभिन्न पहलुओं पर किताबें लिखनी चाहिए ताकि वे पुरुषों के बराबर हो सकें। सुविधा ने इस तथ्य को महसूस किया कि सौभाग्य से, उसके पास संसाधन थे और इसलिए उसे अपने जीवन की समस्याओं के लिए किसी को दोष देने का कोई अधिकार नहीं था। गैंगस्टर चले गए थे, और फिर भी, उसके पास अपनी और अपने परिवार की सुरक्षा के लिए पिस्तौल थी। केवल एक ही चीज थी कि वह अपना संतुलन बनाए रखे और एक तर्कसंगत दृष्टिकोण अपनाए।

पापा दीना नाथ की रजामंदी से वह किटी पार्टी में शामिल हुई और हर शाम बच्चों को कार से पास के पार्क में भी ले जाती थी। उसने उन्हें फ्रिसबी, बॉल और शटल कॉक से खेलने की अनुमति दी। वह भी अर्शदीप के सहपाठियों की बर्थडे पार्टी में शामिल हुई और उसका दायरा पहले से ज्यादा वृहद हो गया।

अमेरिकन लेखक मार्क ट्वेन के पात्र 'हक' की तरह, उसने जरूरतमंद लोगों की मदद करने का फैसला किया क्योंकि वह हर महीने एक हजार रुपये तो खर्च कर ही सकती थी। रेस्टोरेंट में हुई बैठक में उसने अनुमान लगाया कि एक व्यक्ति की बैठक का खर्च चार-पांच हजार रुपये से अधिक नहीं होगा, और वह भी साल में केवल दो बार होना था। दीना नाथ ने उसकी खुशी और मानसिक शांति के लिए इसे मंजूर कर लिया।

उसने ब्रिटिश दार्शनिक टी.एच. ग्रीन का सिद्धांत पढ़ा: 'मानव चेतना स्वतंत्रता को स्वीकार करती है, स्वतंत्रता में अधिकार निहित हैं और अधिकार राज्य की मांग करते हैं।' बस उसने इस सिद्धांत के अंतिम शब्द में फेरबदल कर दिया और राज्य शब्द के स्थान पर 'कर्तव्यों' को जोड़ दिया क्योंकि उसे अपने घर और बच्चों का प्रबंधन करना था न कि देश का। उसने ब्रिटिश महिला लेखक मैरी वोलस्टोनक्राफ्ट के निबंध *'ए विन्डिकेशन ऑफ*

द राइट्स ऑफ वीमेन' का भी अध्ययन किया था और इसे आत्मसात किया था। उसने लेखक के सद्गुण, ज्ञान, तर्क और जीवन के लिए सकारात्मक दृष्टिकोण का अनुसरण करने के विचार की प्रशंसा की। उसने बाइबल के महत्व पर उसके विचारों को भी माना और यहाँ सुविधा ने अपनी सुविधा के लिए श्रीमद्भगवद्गीता को जोड़ा। वोलस्टोनक्राफ्ट की तरह, वह बड़ी होकर अपनी बेटी निहारिका को उच्च शिक्षा देना चाहती थी।

सुविधा ने महसूस किया कि महिलाओं पर वोलस्टोनक्राफ्ट के निबंध/भाषण के प्रकाशन के बाद से समय बहुत बदल गया है क्योंकि शिक्षित भारतीय महिलाएं संविधान द्वारा प्रदत्त सात मौलिक अधिकारों का आनंद ले रही हैं। उसके जैसी विधवाएं ससुराल वालों के हाथ की कठपुतली नहीं रहीं। वह शारीरिक सुख के लिए कोई खिलौना मात्र नहीं थी क्योंकि सम्यक ने उसे अपने शोध कार्य को आगे बढ़ाने की पूरी छूट दी थी। वह अपने व्यक्तिगत मामले में पितृसत्ता के स्याह पक्ष को कैसे दोष दे सकती हैं? नहीं, बिल्कुल भी नहीं। लगभग सभी इंटरमीडिएट और डिग्री कॉलेजों और विश्वविद्यालयों में सह-शिक्षा दी जाती हैं, और महिलाएँ योग्यता के आधार पर किसी भी पद पर नियुक्ति पा सकती हैं। अधिकांश माता-पिता बेटियों के अधिकारों के प्रति जागरूक हो गए हैं और इसलिए उन्हें उनकी संपत्ति में समान हिस्सा दिया जा रहा है। अपवाद भी कई थे, फिर भी 1947 से भारत में स्थितियां बहुत बदल गई हैं। ऐसे विचारों के साथ, वह सोने के लिए अपने बिस्तर पर लेट गई।

..9..

सेठ दीना नाथ ने 1958 में इलाहाबाद विश्वविद्यालय से एल.एल.बी. पास किया था लेकिन अदालतों में एक सफल वकील बनने में कामयाब नहीं हुए। किसी भी ईमानदार वरिष्ठ अधिवक्ता ने उन्हें अपने कनिष्ठ के रूप में स्वीकार नहीं किया क्योंकि कोई भी वरिष्ठ वकील अपने मुवक्किलों को कनिष्ठ वकील के हाथों खोना नहीं चाहता था। वे दिन गए जब अदालतों में वरिष्ठ अधिवक्ताओं को इस बात पर गर्व था कि कई जूनियर उनके पीछे पूंछ की तरह पीछे चल रहे होते थे। हालाँकि, दीना नाथ ने आखिरकार अपना काला कोट अलमारी में लटका दिया और अपने खेत की ओर बढ़ गए। उनका मानना था और मानना ठीक ही था कि 'हम भोजन के बिना मर जाते हैं लेकिन अधिवक्ताओं के बिना जीवित रह सकते हैं।' जब बच्चा पैदा होता है तो उसे दूध की जरूरत होती है और भोजन खाने से मां का दूध बनता है।

उन्होंने चार भैंस, एक ट्रैक्टर, एक जीप, एक छोटी ट्रॉली और एक ट्रैक्टर की ट्रॉली खरीदी और गन्ना, गेहूँ, धान चावल आदि की फसलों पर ध्यान केंद्रित किया। दस बीघा

जमीन मौसमी सब्जियां उगाने के लिए आरक्षित थी। बेशक, उन्हें समाज में सजावट के उद्देश्य से फूल उगाने में कोई दिलचस्पी नहीं थी, क्योंकि उनके लिए कोई समाज सजावट के फूलों के बिना जीवित रह सकता था। वह अपने तीन स्थायी सेवकों से प्यार करते थे और उन्होंने उनके लिए खेत के कोने में पाँच कमरे बनवाए थे। वर्ष 1958 में निजी ट्यूबवेल होना एक विलासिता माना जाता था, लेकिन उन्होंने इसे लगवाया। गांवों को अपने नालों को गांव के तालाब की ओर मोड़ने के लिए कहा गया, और वह वहां से भी पंपिंग सेट की मदद से पानी ला सकते थे। हालांकि, उनकी ग्राम पंचायत के प्रधान बनने की कोई आकांक्षा नहीं थी। फिर भी उन्होंने प्राथमिक विद्यालय खोलने के लिए बीडीओ से संपर्क किया और पंचायत की जमीन पर अपने पैसे से उसका निर्माण भी करवाया।

तीन सप्ताह उपरांत उन्होंने देखा कि विजय शेखर ने पहले सुविधा को किस किया और फिर उसके स्तनों को दबाया। उसका ब्लाउज बिस्तर पर पड़ा था और वह अधनंगी थी। उसके बेटे स्कूल गए हुए थे और बेटी पालने में सो रही थी। नौकरानी परिवार के लिए खाना बनाने में व्यस्त थी। पहले ही दृश्य ने उन्हें घृणा से भर दिया और उनके क्रोध और नफ़रत को उभार दिया क्योंकि उन्होंने सुविधा से इस तरह के अनैतिक आचरण की कभी उम्मीद नहीं की थी। सुविधा ने विजय शेखर को पढ़ाना जारी रखा था, लेकिन शिक्षक और विद्यार्थी के बीच यह एक अलग तरह का रिश्ता था। एक और दिन, उन्होंने सुविधा को बिना ब्रा पहने गहरे गले वाले ब्लाउज में पढ़ाते देखा था। अक्सर उसके ब्लाउज पर पल्लू नहीं होता था।

दीना नाथ के लिए स्थिति चिंताजनक थी। उनके घर में न्यू मिरांडा ने जन्म ले लिया था। क्या बकवास है! उन्होंने खुद से पूछा कि- क्या वह रोजालिंड थी? क्या वह रीगन या गोनेरिल थी? लेकिन तब उसके पास धोखा देने के लिए कोई पति नहीं था। उन्होंने याद किया कि शेक्सपीयर की डेसडेमोना ने अपने पिता ड्यूक ब्रेबेंटियो की अनुमति के बिना काले मूर ओथेलो से प्यार किया और उससे शादी की। आखिर सुविधा की उम्र कम थी। दीना नाथ अपने कमरे में पहुँचे और सोफे पर बैठ कर नई स्थिति का विश्लेषण किया कि इस यौन संबंध का भविष्य क्या होगा? क्या वह प्यार के लिए प्यार कर रही थी? विजय शेखर की मंशा क्या थी? क्या विजय ने उसे केवल टाइम पास करने के लिए एक कठपुतली मात्र समझा? क्या उसने तीन बच्चों वाली महिला से शादी करने की योजना बनाई थी? क्या उसे सुविधा के उस पैसे का कोई अंदाजा था जो उसके पास हैं या उसके पास होंगे? मोबाइल नंबर की मदद से सब कुछ पता लगाया जा सकता है! क्या होगा यदि वह अपनी शारीरिक संतुष्टि होने के बाद उसे छोड़ देता है? क्या उसके पिता उसे केवल सुविधा की

सुंदरता के लिए उससे विवाह करने की अनुमति देंगे? कोई उद्योगपति ऐसी शादी की इजाजत नहीं देगा! वह इस निष्कर्ष पर पहुँचे। दूसरे, वह आगे की स्थिति को देखेंगे और विजय शेखर पर उससे शादी करने का दबाव बनाने के बारे में सोचेंगे। लेकिन अगर शादी के लिए मजबूर किया गया तो क्या वह उसे छोड़ सकता है?

लेकिन फिर, इस तरह के यौन संबंध उसके लिए असहनीय थे, हालांकि सुविधा अब इन संबंधों के कारण भावुक और जुनूनी हो गई थी। उनके सामने मूल समस्या बच्चों की थी- हो सकता है कि बच्चे विजय को अपने नए पिता के रूप में स्वीकार न करें? दीना नाथ जीवन की बिसात पर अगला कदम उठाने में असफल रहे। लेकिन वह एक विचारहीन व्यक्ति नहीं बने रहे। अब उन्होंने महसूस किया कि पैसा सभी समस्याओं का समाधान नहीं करता है। क्या वह शेक्सपीयर के हेमलेट की माँ गर्ट्रूड की तरह थी, जिसने डेनमार्क के महल में क्लॉडियस के साथ एक रानी के शाही जीवन का आनंद लिया था? समाधान प्रस्तुत किए बिना उनके मन में प्रश्न उठते रहे। लेकिन तब भी वह पूरी स्थिति और बच्चों के भविष्य को अकेले भाग्य के हाथों छोड़ने के लिए तैयार नहीं थे। उन्होंने अपनी मूर्ख लड़की के लिए अपना पुश्तैनी घर तक छोड़ दिया था, जो अपनी यौन इच्छाओं को नियंत्रित करने में विफल रही थी। अगर वह अपनी कामुक इच्छाओं को नियंत्रित कर सकते हैं, तो वह क्यों नहीं?

चूंकि वह सुविधा के साथ गहराई से जुड़े हुए थे, इसलिए वह विजय शेखर के साथ-साथ सुविधा को भी डांट नहीं सके। उन्होंने सोचा- यह सम्यक की हत्या का प्रतिफल है। अगर वह जिंदा होता तो आधी जमीन नहीं बिकती। वह बिस्तर पर आराम नहीं कर सके और फिर उठकर एक छोर से दूसरे छोर पर चले गए। बीस मिनट के बाद नौकरानी वहां आई तो उसे खाना लाने को कहा। लेकिन फिर उन्हें लगा कि उन्हें भूख नहीं है। उन्होंने उसे उनका खाना फ्रिज में रखने के लिए कहा क्योंकि उन्हें भूख नहीं थी। जब नौकरानी ने यह बात सुविधा को बताई तो वह वहां आई और उन्हें तनाव में पाया। उसने पूछा, 'रात के खाने का समय हो चुका है। क्या आपने बाहर कुछ खाया? क्या आपकी तबियत ठीक नहीं है?'

'ठीक है और ठीक नहीं भी!'

'इसका मतलब है कि कोई बात आपको चोट पहुँचा रही है?'

'बेशक।'

'क्या मैं आपके तनाव का कारण जान सकती हूँ? इसके लिए अगर मैं जिम्मेदार हूँ, तो मुझे खेद है।' उसने विनम्रता से कहा और उनका हाथ अपने हाथों में ले लिया। लेकिन

उसे आश्चर्य हुआ, उसने पाया कि उन्हें बुखार था। उसने उनके शरीर का तापमान मापा और उनसे अपने साथ नजदीकी नर्सिंग होम में जाने का अनुरोध किया। उसने कार निकाली और नौकरानी से बच्चों की देखभाल करने और उन्हें खाना खिलाने के लिए कहा।

अनिच्छा से, दीना नाथ खेत से जल्दी लौट आए थे, और फिर से उन्हें अपनी व्यक्तिगत इच्छा के विरुद्ध सुविधा के साथ जाना पड़ा। जैसे ही चिकित्सक ने उनके बुखार और रक्तचाप की जाँच की, उसने तुरंत उन्हें दो गोलियाँ दी- एक बुखार के लिए और दूसरी रक्तचाप के लिए और दूसरे डॉक्टर को उनका ई.सी.जी लेने के लिए कहा। अंत में, उन्हें अस्पताल में भर्ती कराया गया, और दिल का दौरा हल्का था, पता ही नहीं चला था, लेकिन फिर भी अगले चार घंटे के लिए सावधानी बरतनी थी। रक्तचाप में अस्थायी रूप से सुधार हुआ और अगले दिन थोड़ा सा बढ़ा भी था। चिकित्सक ने सुविधा से पूछा- 'क्या परिवार में कोई तनाव या झगड़ा हुआ था?'

'नहीं, सर। घर का माहौल तो बहुत सामान्य था। वह मेरे स्नेहशील पिता हैं, और मैं उन्हें अपने दिल की गहराई से प्यार करती हूँ। शायद अब उन्हें जमीन की कोई समस्या परेशान कर रही है।'

दीना नाथ ने खुद से कहा- 'वक्त बदल गया है, और अनैतिक यौन संबंध को उनकी प्यारी बेटी सामान्य मानती है। चिकित्सक ने उन्हें ज्यादा शक्ति वाली दवा दी और उन्हें पूरे दिन के लिए सुला दिया। लेकिन सुविधा मामले की गहराई तक नहीं पहुँच पाई। दीना नाथ अब रक्तचाप और हृदय रोग के रोगी बन चुके थे और उन्हें नियमित दवाएँ लेने की सलाह दी गई थी। क्या यह निर्णय भ्रांतिपूर्ण था? इस निर्णय में उनकी गलती कैसी थी?

अस्पताल से छुट्टी मिलने पर सुविधा चाहती थी कि वह सुभद्रा के कमरे में शिफ्ट हो जाए। लेकिन वह अपने कमरे में ही रहना पसंद करते थे। अब उन्होंने अपनी जमीन के दूसरे हिस्से को बेचने की योजना बनाई और उसे लगभग पैंतीस करोड़ में बेच दिया। दूसरा, मुरादाबाद का अपना पुश्तैनी घर अपने छोटे भाई को दो करोड़ रुपये में बेच दिया और बेकार का सामान भी बेच दिया। तीसरा, उन्होंने अपने पड़ोसी और चार्टर्ड एकाउंट ए.सी. जैन से पांच करोड़ रुपये में एक सी.बी.एस.सी. स्कूल खरीद लिया। चौथा, उन्होंने सुविधा से पहले विजय शेखर से एक प्रश्न पूछा- 'क्या आप मेरी बेटी से शादी करेंगे, जो तीन बच्चों वाली एक विधवा है?'

विजय शेखर ने जवाब दिया- 'मैडम मेरा जवाब जानती हैं। हम दोनों एक-दूसरे के स्वभाव को समझने की कोशिश कर रहे हैं। दूसरी बात, बच्चों को मुझे चाचा नहीं बल्कि पापा के रूप में स्वीकार करना है। तीसरा, नौकरी मिलने के बाद ही मैडम से शादी कर

सकता हूँ। मेरा लक्ष्य आई.ए.एस. बनना है और मुझे आगामी परीक्षा में चयनित होने की आशा है। सिर्फ मैडम के प्रति अपने प्यार के लिए आप पर निर्भर रहने का कोई मतलब नहीं है। मेरे पास नौकरी होने पर ही मैं माता-पिता को राजी कर सकता हूँ।"

सेठ जी ने पूछा- 'तब तक?'

अब विजय चुप रहा, और सुविधा अवाक रह गई। वास्तविकता कठिन थी, और विजय शेखर को आदेश दिया गया था कि वह उसे हमेशा-हमेशा के लिए भूल जाए अन्यथा इसके परिणाम उसके लिए अच्छे नहीं होंगे। अब उसने अपनी प्यारी बेटी से विजय की उपस्थिति में ही कहा- 'उसके द्वारा तुम्हारे पैसे के लिए तुम्हे फंसाया जा रहा था। सम्यक तुमसे प्यार करता था लेकिन विजय का प्यार नहीं, वासना थी। कृपया इसे स्मरण करो तथा प्यार और वासना के बीच के अंतर का विश्लेषण करो। यदि तुम मूर्ख हो, तो कोई तुम्हे बचाने नहीं आएगा।'

अब विजय शेखर ने सुविधा की ओर धूर्तता से देखना छोड़ दिया। सेठ जी ने उससे आगे कहा- 'मैंने तुमसे दो बार बहुत गंभीरता से कहा है कि केवल बच्चों पर और खुद पर ध्यान दो। आप एक बूढ़े आदमी की उपेक्षा कर सकती हैं क्योंकि मुझे पता है कि मुझे अपना ख्याल कैसे रखना है। क्या आपको बचाव में कुछ कहना है? यह तुम्हारी दूसरी भूल है। 'पापा, मुझे बहुत खेद है। मेरे इस चारित्रिक पतन के लिए मुझे क्षमा करें।' वह उसके कंधे पर सिर रखकर रो पड़ी।

'कई रानियों और राजकुमारियों ने अपनी कामवासना के कारण अपना सब कुछ गंवा दिया। मैं इस रक्तचाप और हृदय की समस्या से ज्यादा नहीं बच पाऊंगा। मैं जितना अधिक आगे बढ़ने की कोशिश करता हूँ, उतना ही मैं खुद को उलझा हुआ पाता हूँ और मुझे पीछे हटना पड़ता है।

'चलो हम रात का खाना खाते हैं और फिर खुले दिमाग और तर्क के साथ मेरे कमरे में आइए। मुग़ल बादशाह हुमायूँ अपने मूर्ख स्वभाव और वीर शत्रु शेर शाह सूरी के कारण कभी भी स्थिर नहीं हुआ और अंत में हुमायूँ सीढ़ियों से नीचे गिर गया जिससे उसकी मृत्यु हो गई। लेकिन बुद्धिमान और विवेकपूर्ण, शेर शाह ने बड़े साम्राज्य पर शासन करना जारी रखा। इतिहास से कुछ सीखें क्योंकि यह खुद को दोहराता है।'

..10..

तीन दिनों के बाद दीना नाथ बाकी जमीन बेचकर पैसे कमाने के उद्देश्य से मुरादाबाद रवाना हो गए, और विजय शेखर ने सुविधा को अपने पिता को विदा करते हुए रेलवे स्टेशन पर देखा। ट्रेन के छूटते ही वह उसके साथ हो गया और दोनों घर पहुँच गए। जैसा कि सुभद्रा

को विजय के खिलाफ दीना नाथ की प्रतिक्रिया पता नहीं थी, वह सामान्य रही और रसोई के काम में व्यस्त रही। विजय ने भारत में स्वतंत्र न्यायपालिका पर अपने अध्ययन को सामान्य तरीके से लिया। आज उसे सुविधा बेहद खूबसूरत लगी क्योंकि उसने अच्छे कपड़े पहने हुए थे। हमेशा की तरह, उसने कागज पर महत्त्वपूर्ण बिंदुओं को लिखा और भारतीय संविधान में निर्धारित भारतीय न्यायिक प्रणाली के गठन के बारे में बताया और बताया कि निचली अदालतों, उच्च न्यायालयों और भारत के सर्वोच्च न्यायालय के न्यायाधीशों का चयन और पदोन्नति कैसे होती है? भारत के नए राष्ट्रपति को भारत के मुख्य न्यायाधीश द्वारा शपथ दिलाई जाती है। लेकिन भारत में न्यायाधीश राजनीतिक हस्तक्षेप से मुक्त हैं।

उसके बाद विजय ने वही दोहराया जो उसने सीखा था। उसने कागज पर लिखे बिंदुओं को देखे बिना इस विषय पर पांच मिनट तक बात भी की। अब वह सुधर रहा था और अपने आप में इस बदलाव के प्रति सचेत था। जैसे ही वह उसे किस करने के लिए उसकी ओर बढ़ा, उसने उससे कहा कि वह सही समय की प्रतीक्षा करे क्योंकि उसे पहले उसके बच्चों के साथ तालमेल बिठाना होगा। उसे प्यार करने के लिए अधीर होने के कारण, उसने जवाब दिया कि यह एक लंबी प्रक्रिया है और इसके लिए उसे बच्चों के साथ लगातार संपर्क में रहना चाहिए। 'मुझे उनके साथ खेलने दो, उन्हें खुश करने के लिए उपहार और चॉकलेट भेंट करने दो और उन्हें पिकनिक पर ले जाने दो। तुम चिंता क्यों करती हो?'

स्वाभाविक रूप से, सुविधा ने उसका तार्किक उत्तर सुनकर आत्मसमर्पण कर दिया और फिर उन्होंने दो बार प्यार किया। जैसे ही उसने उसके स्तनों को दबाया, उनमें से दूध निकल आया। यह देख सुविधा ने उससे कहा- 'निहारिका के हिस्से का दूध क्यों बर्बाद करते हो-उनके साथ खेलो, और मुझे प्रसन्न और संतुष्ट महसूस करने दो।'

एक घंटे के फोरप्ले के बाद, वह उसमें प्रवेश कर गया और तीस मिनट तक उसका आनंद लिया। सुविधा में कामोन्मादिता बढ़ रही थी- उसने अपनी वासना को जितना अधिक नियंत्रित करने की कोशिश की, वह उतनी ही रोमांटिक होती गई। बाथटब में एक साथ नहाने का आनंद लेने के बाद उन्होंने कॉफी पी। फिर विजय ने उसे रात 9.30 बजे के बाद उसका इंतजार करने के लिए कहा क्योंकि अंकल बाहर गए थे- 'अंकल के यहाँ न होने के मौके का फायदा क्यों न उठाया जाए?'

नतीजतन, दोनों ने दिन में दो बार प्यार किया और फिर अगले दो दिनों की पूरी रात साथ-साथ बिताना उनके हाथों में था। उन्होंने बहुत सारी बात की, और विजय ने उसे यूरोपीय दौरे पर ले जाने का वादा किया। वह गाजियाबाद में हुई इन बैठकों से संतुष्ट थी और उसने अपने रोमांच की भावना को नियंत्रित किया। वह दीना नाथ की वास्तविक

नियंत्रण शक्ति को जानती थी और इसलिए उसने कोई वादा नहीं किया। फिर भी दोनों एक-दूसरे की संगति में मस्ती और आनंद का अनुभव करते रहे।

दीना नाथ के आने के बाद विजय पढ़ने के लिए वहाँ नहीं पहुँचा। हालाँकि, उसने उसे रात में उसकी ही बिल्डिंग की पहली मंजिल पर मिलने के लिए कहा। चूंकि उनकी छतों को आसानी से पार किया जा सकता था, इसलिए वे पहली मंजिल के कमरे में प्यार कर सकते थे। इस तरह उन्होंने अपनी वासना को संतुष्ट किया, लेकिन रात में कोई पढ़ना-पढ़ाना नहीं किया।

दीना नाथ इतनी बड़ी रकम से खुश थे जो उनके पास आधी नगदी और आधी बैंक ड्राफ्ट के रूप में थी। दोनों धनराशियों से स्कूल का पैसा चुकाया गया था, आई.बी. बोर्ड के अंतर्गत स्कूल का नाम बदलकर दीना नाथ वरिष्ठ माध्यमिक विद्यालय कर दिया गया तथा अन्तर्राष्ट्रीय स्नातक उपाधि योजना के तहत कक्षाएं शुरू करने के लिए अनुमति ली गई। प्रत्येक छात्र को लगभग दस हजार रुपए मासिक शुल्क का भुगतान करना था। पिछले छात्रों में से आधे ने स्कूल छोड़ दिया, और आधे ने आई.बी. कक्षाओं के लिए किताबें खरीदीं। इसी तरह, अंग्रेजी वार्तालाप में कमजोर शिक्षकों को या तो नौकरी से निकाल दिया गया अथवा कुछ प्रशासनिक नौकरियों में लगा दिया गया।

समिति के सचिव के रूप में डॉ. सुविधा द्वारा नए योग्य कर्मचारियों को नियुक्त किया गया था। आयुष दर्शन और सरल भगत के अलावा ए. सी. जैन भी ट्रस्टियों में से एक बन गए, और दीना नाथ से समिति के बोर्ड के अध्यक्ष बनने का अनुरोध किया गया। शुरुआत में कुछ बड़ी समस्याएं सामने आईं, लेकिन सुविधा ने स्कूल के शिक्षकों की कुछ समितियों का गठन किया और एक-एक करके उनका सामना किया। लेकिन कक्षाएं नियमित रूप से संचालित की गईं, और प्रत्येक कक्षा में स्मार्ट डिजिटल बोर्ड लगाए गए।

जब स्कूल में स्मार्ट डिजिटल बोर्ड लगाए जा रहे थे, तब दीना नाथ ने भी बंगले के ऊपर के कमरे में ऐसा ही एक बोर्ड लगाने की योजना बनाई। उन्होंने अपने तीनों पोते-पोतियों के लिए इसे लगाने का आदेश दिया और पचास हजार रुपये मासिक वेतन पर एक अलग शिक्षक नियुक्त किया। आखिरकार, डिजिटल विज्ञान के इस युग में उनके पोते-पोतियों को भी दुनिया के साथ चलना चाहिए। लेकिन उन्होंने इस भय से वहां एयर कंडीशनर लगाने का आदेश नहीं दिया, कि जब पढ़ाई चल रही होगी तो बच्चा सो सकता है। दूसरे, कोई गद्दीदार कुर्सी नहीं रखी गई थी ताकि बच्चा सक्रिय और सतर्क रहने के लिए लकड़ी के तख्त पर बैठे। जब सुविधा ने इस पर नाराजगी जताई, तो उन्होंने अनुभव की कमी के कारण उसे हस्तक्षेप न करने के लिए कहा।

दूसरे, उन्होंने अर्शदीप और मंदीप को आदेश दिया कि सुबह लगभग 5:30 बजे तक जल्दी उठें, नहा धोकर तैयार रहें, कुकीज़ के साथ चाय लें, और फिर अपने कमरे में पढ़ाई के लिए बैठें। उन्होंने अपने कमरे के लिए एक जोड़ी नई खाने की मेज और कुर्सियां खरीदीं, और सेठ जी पोते-पोतियों को खुद ही हिंदी, अंग्रेजी और सामाजिक विज्ञान पढ़ाते। अब उन्हें नियमित रूप से विज्ञान, कंप्यूटर विज्ञान और गणित पढ़ाया जाता था, और शिक्षक को रविवार और अन्य शेष दिनों के लिए अतिरिक्त भुगतान किया जाता था।

एक गुरुवार को दीना नाथ ने सुविधा को अपने साथ लिया और पांच करोड़ रुपये नकद लेकर जौहरी के पास निकल गए। जौहरी आयुष ने दोनों का स्वागत किया और पूछा- 'सर, खरीदना या बेचना?'

दीना नाथ ने उत्तर दिया, 'बड़ी रकम में खरीदना है।'

'तो कृपया साथ वाले कमरे में आइए।'

अब दीना नाथ ने आयुष से कहा कि वह कच्चे सोने में पांच करोड़ रुपये निवेश करना चाहते हैं। आयुष ने उन्हें उस दिन लगभग तीन करोड़ कीमत के सोने के सिक्के और सोने की छड़ें दीं और बाकी की मांग को दो दिनों के भीतर पूरा करने का वादा किया। फिर उसने उन्हें कॉफी और काजू भेंट किए। हालांकि, वह डॉ. सुविधा के आकर्षक व्यक्तित्व से स्वयं को प्रभावित महसूस कर रहे थे। उसे याद आया कि उसकी पत्नी ने इस युवती से मुलाकात की थी और समय निकालकर उस मुलाकात का जिक्र किया था। यह क्षण काफी प्रभावशाली था कि उनके पिता पांच करोड़ रुपये में सोना खरीद रहे थे।

दरअसल, मुरादाबाद के दीना नाथ के चहेते पंडित ने उनसे कहा था- 'सोने के दाम कई सालों से चार हजार रुपये दस ग्राम पर अटके हुए हैं। दो साल के भीतर यह दाम प्रति दस ग्राम पंद्रह हजार रुपये से अधिक तक जरूर जाने वाले हैं।''

उन्होंने सोने की कीमत को मुद्रास्फीति की दर से जोड़ा। दीना नाथ ने खुद को जोखिम लेने के लिए तैयार किया क्योंकि जोखिम केवल बैंक ब्याज खोने का था। भविष्यवाणी के सच होते ही सोने की कीमत बढ़ने लगी और बारह हजार रुपये को पार कर गई। चूँकि पंडित जी ने कीमत पन्द्रह हजार रुपये होने की भविष्यवाणी की थी, इसलिए उन्होंने इंतजार किया और बाजार के रुझान को देखा। एक बार फिर, पंद्रह दिनों के बाद, सोने की कीमत भी पंद्रह हजार रुपये तक पहुँच गई।

लेकिन दीना नाथ ने इतना सोना रखने के लिए चार और बैंक लॉकर किराए पर लिए थे और उन्हें किसी भी चीज़ के लिए नकदी की आवश्यकता नहीं थी। दो दिनों के बाद आयुष दर्शन उनके बंगले पर आया और छात्रों के लिए दो छात्रावास बनाने की इच्छा व्यक्त की। दीना नाथ ने उन्हें कॉफी दी, जबकि सुविधा को उसकी आँखों में वासना नजर आई। अपने

लिए उसकी वासना को भांपकर वह सतर्क हो गई। दीना नाथ ने उसे एक दिन इंतजार करने के लिए कहा क्योंकि इस मामले पर बोर्ड के अन्य सदस्यों के साथ चर्चा की जानी थी।

क्योंकि आयुष ने सरल भगत के साथ इस मुद्दे पर चर्चा की, सरल भगत ने इस स्कूल के विकास में प्रोफेसर गुरु ज्ञान और डॉ. विनोद ग्रोवर में रुचि जागृत की। बिना किसी औपचारिक आमंत्रण के प्रोफेसर गुरु ज्ञान और डॉ. विनोद ग्रोवर सुविधा के घर पहुँचे और यह तय हुआ कि डॉ. विनोद ग्रोवर की सौ बीघा जमीन पर नया तकनीकी कॉलेज शुरू किया जा सकता है और गाजियाबाद के प्रतिष्ठित कॉलेज आई.एम.टी. की तर्ज पर अंग्रेजी माध्यम में तकनीकी व्यावसायिक पाठ्यक्रम पढ़ाया जाना चाहिए। हर कोई इस नए प्रोजेक्ट पर चार-चार करोड़ खर्च करने को तैयार था।

नतीजतन, डॉ. ग्रोवर की भूमि सुविधा प्रबंधन संस्थान के नाम पर स्थानांतरित कर दी गई और सोमेश अरुण और तरल राघव को नए ट्रस्टी के रूप में इस शर्त पर स्वीकार किया गया कि- दो छात्रावासों में एक लड़कों के लिए और दूसरा लड़कियों के लिए क्रमशःसोमेश अरुण और तरल राघव द्वारा बनाया जाएगा। तमाम योजनाओं ने सुविधा को पहले से ज्यादा व्यस्त कर दिया। अपने पिता से सलाह-मशविरा करने के बाद विजय शेखर इस प्रोजेक्ट में दस करोड़ रुपये लगाने को तैयार था। लेकिन दीना नाथ ने किसी भी कीमत पर विजय शेखर की रुचि को तवज्जो नहीं दी। गुप्त रूप से सुविधा और विजय शेखर ने एक बी.एड. कॉलेज दस करोड़ रुपए में खरीद लिया। इसमें सारा पैसा विजय शेखर का लगा था।

जब विजय शेखर ने अपने पिता किरण शेखर को फोन पर बी.एड. कॉलेज की जानकारी दी तो उनके पिता ने उन्हें बधाई दी और साथ ही सलाह के तौर पर एक प्रस्ताव भी रखा कि- 'यदि आप एक व्यवसाय के रूप में शिक्षा में रुचि रखते हैं; तो मैं आपको नोएडा या द्वारका, नई दिल्ली में एक विश्वविद्यालय स्थापित करने की सलाह दूंगा, क्योंकि इन दोनों क्षेत्रों में छात्रों की कोई कमी नहीं है। मेरा व्यक्तिगत रूप से मानना है कि बीस साल से अधिक उम्र के बेटे को केवल एक दोस्त के रूप में मानना चाहिए। मैं आप पर अपनी कोई मर्जी नहीं थोप रहा हूँ। यदि आप उचित समझो तो फिर से सोचो।'

दूसरी बात, मेरे एक मित्र सुचित्रा मोहन है, जो विश्वविद्यालय में एक हजार करोड़ रुपये निवेश करने के इच्छुक है। यदि आप उसी राशि के मेरे निवेश में उनके साथ सहयोग करना चाहते हैं, तो कृपया मुझे बताएं। हम आपके द्वारा तय किए जाने के तुरंत बाद एक तारीख तय करेंगे और दिल्ली में मिलेंगे। आखिर मेरे बेटे को सिर्फ एक बी.एड. कॉलेज पर निर्भर रहने की जरूरत नहीं है।

इस प्रस्ताव ने विजय शेखर को गंभीर और विचारशील बना दिया। उसने अपने पिता के सुझाव की गम्भीरता को समझा क्योंकि इन दिनों केवल बी.एड. कॉलेज ज्यादा पैसा कमाकर नहीं देगा। हाल ही में मेरठ और गाजियाबाद के आस-पास सौ से अधिक शिक्षा महाविद्यालय स्थापित हो चुके थे। उन्होंने सुविधा के साथ इस योजना पर चर्चा करने की कोई जरूरत नहीं समझीं और ताजमहल होटल में अगले सोमवार की बैठक तय करने के लिए अपने पिता की सलाह को स्वीकार कर लिया।

अभिवादन और परिचय के बाद किरण शेखर ने अपने बेटे के सामने अपनी योजना प्रस्तुत की। सुचित्रा मोहन की युवा और आकर्षक बेटी, जॉय राखी (22) भी मौजूद थी और इस परियोजना में दिलचस्पी रखती थी। रोबोटिक्स और नैनो टेक्नोलॉजी में (इंजीनियरिंग) कोर्सेज, एम.बी.बी.एस. एवं प्रमुख लोकप्रिय विषयों जैसे नेत्र विज्ञान, स्त्री रोग, हड्डी रोग में स्नातकोत्तर अध्ययन (एम.डी.) के साथ-साथ एक बोन कैंसर स्टडीज रिसर्च सेंटर की योजनाएं तैयार की गई।

कॉफी पीने के बाद चार छात्रावासों की योजना को अंतिम रूप दिया गया। मेडिकल कॉलेज के साथ एक अस्पताल भी चलाया जाना था। सुचित्रा मोहन ने जॉय राखी को विश्वविद्यालय के कुलाधिपति के रूप में कार्य करने के लिए कहा। सुचित्रा मोहन और किरण शेखर ने पहले ही कुलाधिपति बनने से इनकार कर दिया था क्योंकि वे दोनों लखनऊ और कानपुर में अपने उद्योग चला रहे थे। चमड़े के सामान के निर्माता के रूप में, सुचित्रा मोहन संतुष्ट थे और उन्होंने कहा, 'नौ नकद ना तेरह उधार।' अगर बेटे विजय शेखर को कोई आपत्ति नहीं है तो मेरी बेटी यहाँ काम कर सकती है। यदि जरूरत पड़े तो आवश्यक चिकित्सा उपकरण, ऑपरेशन थियेटर, कंप्यूटर, प्रयोगशाला सामग्री आदि के लिए एक हजार करोड़ रुपये का बैंक ऋण लिया जाना चाहिए। सुचित्रा मोहन और किरण शेखर द्वारा खाते संबंधी कागजात भरे गए और उन पर हस्ताक्षर किए गए। शेष विवरण जॉय राखी द्वारा दर्ज किया गया और फिर हस्ताक्षर किए।

किरण शेखर और सुचित्रा मोहन की तरह, विजय शेखर और जॉय राखी ने पहली मुलाकात से प्रसन्नता महसूस की। लेकिन बच्चों को पीछे छोड़कर दोनों पिता विभिन्न बोर्डों से अनुमति लेने, संविधान तैयार करने, इमारत का नक्शा बनवाने, नींव खोदने आदि की शुरुआत करने के लिए घर लौट आए। पिता सुचित्रा मोहन के चले जाने के बाद जॉय राखी ने विजय शेखर को ताजमहल होटल में उनके साथ दोपहर का भोजन करने के लिए कहा। विश्वविद्यालय का नाम विजय शेखर विश्वविद्यालय रखा गया।

उसे विजय की तरह कोई प्रशासनिक अनुभव नहीं था, और इसलिए रजिस्ट्रार और सहायक रजिस्ट्रार के पदों का विज्ञापन दिया गया। राखी ने द्वारका में चार बेडरूम का एक

अपार्टमेंट खरीदा और दोनों ने भविष्य की योजनाओं पर चर्चा की। चार कंप्यूटर, प्रिंटर आदि खरीदे गए और अक्सर वे दोपहर का भोजन और रात का खाना एक साथ करते थे। अगले दिन उसने अपने लिए होंडा सिटी खरीदी, और दोनों विजय शेखर के एक परिचित रेस्तरां में गए। खाना पकाने, बर्तन धोने, कपड़े धोने आदि की देखभाल के लिए पंद्रह हजार रुपये मासिक वेतन पर एक नौकरानी को रखा गया था।

केंद्रीय मानव संसाधन मंत्री की अनुमति के बाद ठेकेदार की देख-रेख में नींव की खुदाई शुरू हुई। ठेकेदार साहनी को सर्वोत्तम सामग्री लगाने के लिए कहा गया था क्योंकि यह भारतीय छात्रों की भावी परियोजना थी। यदि कोई समस्या हो तो साहनी को उन समस्याओं पर चर्चा करने की अनुमति दी गई थी। दोनों ने द्वारका में रोजाना एक बार साइट का दौरा अवश्य किया।

अक्सर, विजय शेखर ने जाने-अनजाने में जॉय राखी की तुलना सुविधा से की। उभरे हुए स्तनों और गुलाबी गालों के साथ जॉय राखी काफी आकर्षक दिखती थीं। बेशक, वह हल्की नीली जींस और सफेद टॉप पहनना पसंद करती थीं। उसका शिष्टाचार सभ्य था, और उसने बातचीत में शायद ही हिंदी के किसी शब्द का इस्तेमाल किया हो। चूंकि उसने अपनी स्कूली शिक्षा लोरेटो कॉन्वेंट इंटरमीडिएट कॉलेज से और उच्च शिक्षा किंग जॉर्ज मेडिकल कॉलेज, लखनऊ से ली थी, संभवत: इसीलिए वह खुले स्वभाव वाली, सभ्य और बुद्धिमान थी। विजय ने उसे एक टेढ़ी खीर के रूप में देखा जिसे वश में करना इतना आसान नहीं था लेकिन उसने उससे अपने सपनों में मिलना शुरू कर दिया। अपने सपनों में, उसने उसे निर्वस्त्र पाया, और दोनों को एक-दूसरे को किस करने और आलिंगन करने में मज़ा आया। एक सुबह नौकरानी ने मुख्य दरवाजा खुला छोड़ दिया। विजय शेखर बेबाक उसके ड्राइंग-रूम में चला गया, और जब वह केवल तौलिया बांधे लापरवाही से वॉशरूम से बाहर निकली, तो उसे वहां देखकर वह चौंक गई और उसने पूछा- आप कब आए?'

'बस अभी?'

बस संयोग ही था कि उसका तौलिया उसके शरीर से फिसल गया, और वह विजय के सामने नग्न खड़ी थी। उसने 'सॉरी' कहा और जल्दी से अपने बेडरूम में चली गई। लेकिन विजय शेखर ने उसका पीछा किया और दरवाजा बंद करने से पहले बेडरूम में प्रवेश कर लिया। उसने झिझकते हुए उससे पूछा- 'आप यहाँ क्यों आए हो? अब आपको क्या चाहिये?'

'जरा सोचो। भला एक जवान आदमी वसंत के प्यारे फूल से क्या पाने की उम्मीद कर सकता है?'

'सिर्फ महक से काम चलेगा, तो आओ, सूंघो और फिर जाओ। फर्नीचर और बिजली के सामान खरीदने के महत्वपूर्ण मुद्दों पर चर्चा करने के लिए मुझे अपने कपड़े पहनने होंगे।'

वह उसकी ओर बढ़ा और उसके गले में अपने हाथों का घेरा डाल दिया और वहाँ उसे सुराहीदार गर्दन पर किस कर लिया। जब वह एक किस के बाद नहीं रुका, तो राखी ने कहा, 'अब तुम अपनी सीमा पार कर रहे हो, मिस्टर।'

'तुम्हारे और मेरे बीच कोई सीमा नहीं है।' उसने विनम्रता से कहा।

'ऐसा है क्या?''

'जी हाँ। फिर उसने उसके उभारों पर किस किया और उसके कूल्हों को अपनी ओर दबाया। जैसे ही वह उसके गालों पर किस करना चाहता था, उसने उसे ऐसा नहीं करने के लिए कहा, क्योंकि इससे उसके गालों पर निशान पड़ सकता था, ऐसे में उसने फिर से उसकी छाती को चूमा। स्वाभाविक रूप से, उसकी सांस तेजी से चलने लगी थी और सांसों की रफ्तार से उसके उभार भी तेजी से ऊपर-नीचे हो रहे थे। उत्तेजना उफान पर थी और राखी ने किस का जवाब किस से दिया। उसने दरवाज़ा बंद कर लिया और दोनों ने पूरे जुनून से प्यार किया। जल्द ही वह उसमें प्रवेश कर गया और उसके कूल्हों को थोड़ा जोर से दबाया। राखी ने उसके सीने और माथे पर किस किया और पूछा, 'अब तक तुमने कितनी लड़कियों के साथ मजे लिए है विजय?

'अब तक कोई भी नहीं।'

'झूठ और तुम झूठ बोल रहे हो। झूठे कहीं के!'

'ईडन गार्डन में मेरे साथ रहने वाली हव्वा के साथ झूठ क्यों बोलना चाहिए?'

'कवि होने के साथ-साथ रोमांटिक भी लगते हो, ठीक है।'

कुछ ही पलों में दोनों एक हो गए, और वह उसके तीव्र प्रहारों से आनंद और प्रसन्नता महसूस कर रही थी। तूफान गुजरा तो दोनों ने वॉशरूम में जाकर खुद को साफ किया, कपड़े पहने, नाश्ता किया और फिर प्रोजेक्ट पर चर्चा के लिए एक सोफे पर आकर बैठ गए।

..11..

दो महीने से अधिक समय हो चुका था, लेकिन सुविधा को विजय शेखर का कोई फोन नहीं आया और इसलिए कई बार वह अकेला महसूस करती थी। उसके जाने के बाद से, उसने बाथटब में स्नान नहीं किया था और केवल शॉवर बाथ का आनंद लिया था। दीना नाथ सीनियर सेकेंडरी स्कूल में अपने कार्यलिय में बैठकर, उसने विजय शेखर और राखी जॉय के नाम से द्वारका स्थित विजय शेखर विश्वविद्यालय का विज्ञापन पढ़ा। अब विजय शेखर की अनुपस्थिति का कारण उसे साफ-साफ दिखने लगा था, लेकिन उसने उसे फोन नहीं किया।

सुविधा के जीवन में नया विकास यह था कि आयुष दर्शन लगभग हर मंगलवार को सुबह अपनी पत्नी अक्षी (30) के साथ उनसे मिलने आते थे और उनसे अपनी बेटियों सुचित्रा (8) और एराकाजली (10) के पढ़ाई में कमजोर प्रदर्शन के बारे में बात करते थे। उन्होंने सुविधा से व्यक्तिगत रूप से कुछ करने के लिए बार-बार विनम्र अनुरोध किया और संकेत दिया कि यदि वह उन्हें अंग्रेजी और सामाजिक विज्ञान पढ़ाती है, तो फीस के रूप में वह लगभग सत्तर हजार रुपये महीना अदा कर सकते हैं। लेकिन उसने उससे कहा कि स्कूल के मामलों में उसकी भागीदारी के कारण, वह उन्हें नहीं पढ़ा पाएगी अपितु उनके लिए एक उपयुक्त शिक्षक की व्यवस्था अवश्य करा देगी।

गणेश सलिल (31) ने उसके बच्चों को घर पर पढ़ाया था इसीलिए सुविधा ने उनसे आयुष दर्शन के बच्चों के लिए खाली समय देने का अनुरोध किया। योग्य शिक्षक ने उसकी विनती स्वीकार कर ली और आयुष दर्शन की बेटियों को कोचिंग देना शुरू कर दिया। दीपावली के त्योहार पर जौहरी सूखे मेवों का एक बड़ा पैकेट और हीरे की अंगूठी लेकर उनके घर आया। सुविधा ने सूखे मेवे तो ले लिए लेकिन अंगूठी लेने से इनकार कर दिया। लेकिन आयुष ने उसके साथ अनुचित छूट का फायदा उठाया और उसने यह कहते हुए जबरदस्ती अंगूठी उसकी अंगुली में डाल दी कि 'ऐसा करना मेरा स्वार्थ नहीं है। लेकिन मैं आपके परोपकारी प्रयासों और मेरी बेटियों को दिए गए मार्गदर्शन की प्रशंसा करता हूँ, और मैं खुद को आपका आभारी महसूस करता हूँ। समय बदल गया है, और मेरी ओर से एक छोटा सा उपहार एक योग्य शिक्षक के रूप में आपकी छवि को खराब नहीं करेगा।'

जैसे ही वह जाने के लिए खड़ा हुआ, सुविधा ने उसे थोड़ी देर रुकने के लिए कहा और नौकरानी को कॉफी बनाने का आदेश दिया। स्वेच्छा से वह रुका और शुद्ध सोने में उसके भारी निवेश की बात की और उसे बढ़ती कीमतों की प्रतीक्षा करने की सलाह दी। सुविधा ने जीवन में सबसे बुद्धिमानी भरा कदम उठाया था, और यदि वह अपने एक हिस्से को इसमें निवेश करने का मन बना ले तो वह ध्यान रखेगा कि उसे सबसे अच्छी कीमत मिले। इससे उसे अपने क्रोध को नियंत्रित करने में मदद मिली क्योंकि वह उसे खिझाना नहीं चाहती थी। वह वहां जौहरी बाजार में किसी और को जानती भी नहीं थी।

अगले सप्ताह आयुष दर्शन ने उसे रोजा होटल में शाम 7 बजे जन्मदिन की एक पार्टी के लिए आमंत्रित किया। उसे आश्चर्य हुआ क्योंकि उसने उस व्यक्ति के नाम का उल्लेख नहीं किया था जिसका वह जन्मदिन मना रहा था। फिर भी उसने एक बहुत ही महंगा उपहार खरीदा और एक खूबसूरत सी ड्रेस पहने पार्टी में पहुँच गई। कमरा नं. 403 में और कोई नहीं बल्कि आयुष दर्शन उसका बेसब्री से इंतजार कर रहा था।

उसने खुले दिल से उसका स्वागत किया- 'आपका स्वागत है, खूबसूरत देवी। बहुत-बहुत स्वागत है। आपने अपने मित्रवत व्यवहार से मुझे प्रसन्न किया है।'

इससे पहले कि वह कुछ कहती, उसने दो गिलासों में शैंपेन उड़ेल दी। काजू, सेब के टुकड़े, नमकीन आदि टेबल पर रखे थे। साथ की टेबल पर केक रखा था जिसकी मोमबत्तियों को अभी-अभी जलाया गया था। उसने उसे केक काटने में मदद करने के लिए कहा क्योंकि यह उसका 31 वां जन्मदिन था। सुविधा ने कहा- 'तुम्हारी पत्नी कहाँ है? तुम्हारे बच्चे कहाँ हैं?'

'जी, मैंने उस पारंपरिक जन्मदिन को बंगले में ही मना लिया है। यह शाम केवल आपके साथ के लिए बचाकर रखी थी। कृपया आगे आओ और केक काटने में मेरी मदद करो।'

उसे शिष्टाचार के कारण उसकी बात माननी पड़ी क्योंकि उसने दीपावली पर उसकी हीरे की अंगूठी स्वीकार की थी। आयुष ने पहले उसे केक खिलाया लेकिन फिर उसे भी केक का टुकड़ा उसके मुंह में डालना पड़ा और कहा- 'हैप्पी बर्थडे आयुष जी। 'यह दिन बार-बार आए।'

अब आयुष ने उसे शैंपेन का पहला जाम पेश किया और दूसरा जाम खुद लिया और दोनों ने कहा 'चीयर्स!'

'आयुष जी के स्वास्थ्य और समृद्धि के लिए!'

आयुष ने शैंपेन की चुस्की ली और उसे वासना भरी निगाहों से देखा, और वह जानती थी कि वह आगे क्या करने जा रहा है। उसने अपने पिता की चेतावनी और 'अवज्ञा' शब्द का उपयोग करते हुए फटकारने वाले सुझाव को याद किया।

आयुष ने उसके नग्न कंधे को चूमा और फिर उसके गले में हाथ डालकर उसकी गर्दन के नीचे किस किया। उसने उसके कूल्हों को अपनी ओर दबाया और उसके ब्लाउज को हटाने का प्रयास किया। वह उसके बढ़ते कामुक कदमों का विरोध कैसे कर सकती थी? क्या हीरे की अंगूठी के लिए कुछ कीमत चुकानी पड़ी? जल्द ही उसकी काया से ब्लाउज उतर चुका था, और उसने अपनी जेब से एक हार निकाला और 'खूबसूरत महिला' कहते हुए उसके गले में पहना दिया। यह आप पर बहुत अच्छा लग रहा है क्योंकि यह यूलिसिस की पत्नी पेनेलोप की नायिका के अनुरूप हो सकता है।'

अंत में, उसने उसकी ब्रा उतार दी और उसके स्तनों को दबाया। वह उसे किस करने को विवश महसूस कर रही थी, और फिर वह एक भूखे बाघ की तरह नियंत्रण से बाहर हो गया था। उसने अपने कपड़े उतार दिए क्योंकि उसे लगा कि वह झिझक रही है।

अंत में, वह उसके पास गया और उसके कूल्हों को दबा दिया। लेकिन उसने सम्यक और आयुष में कोई अंतर नहीं देखा। बेशक! उसने अतिरिक्त भौतिक मामलों के लिए उसे दिल से दोषी ठहराया। वह जल्दी में नहीं था क्योंकि उसने उसके साथ पूरी रात का आनंद लेने की योजना बनाई थी- प्यार, प्यार और प्यार के अलावा और कुछ नहीं, जैसे उसने डॉ. फॉस्टस की तरह ट्रॉय की हेलेन को देख लिया था या फर्डिनेंड की तरह जिसने समुंद्र के किनारे पहली बार मिरांडा को देखा था। जैसे ही वह स्खलित हुआ, वह वॉशरूम की ओर बढ़ी, लेकिन उसने उसे टोका- 'जल्दी क्या है डार्लिंग? शाम अभी तक जवां भी नहीं हुई है! हम स्विमिंग पूल में तैरने का मजा ले सकते हैं और फिर साथ में डिनर कर सकते हैं।'

"नहीं आयुष जी। यह असंभव है। मुझे आपके इस तरह के कार्यक्रम की कोई जानकारी नहीं थी। मैं आपकी बेटी के जन्मदिन का आनंद लेने आई थी। व्यंगात्मक ढंग से कार्यक्रम अलग लग रहा है। यदि मुझे देर हो गई तो पापा मुझ पर कड़ाई करने के लिए बाध्य हो जाएंगे। किसी और समय, प्लीज। विनती है मुझे जाने दो।"

आयुष ने स्वयं को लगभग ठगा सा महसूस किया लेकिन उसे उसके अगली बार आने का वायदा मानना पड़ा। वह थोड़ी देर से घर लौटी लेकिन सेठ जी ने उसे कुछ नहीं कहा- आखिरकार उन्होंने सोचा, जीवन में जन्मदिन विशेष होते हैं।

रात के खाने के बाद, वह अनुभवी नायिकाओं वहीदा रहमान (80) और हेमा मालिनी (74) की अध्यक्षता में टेलीविजन धारावाहिक इंडियाज बेस्ट डांसर्स देखने वाले बच्चों में शामिल हो गई। वे दोनों समय के साथ कमजोर हो गई थीं और उनकी अधिकांश शारीरिक ऊर्जा खो चुकी थी। फिर भी वे जीवन में रुचि रखती थी और युवा कलाकारों (12-18) को सर्वश्रेष्ठ नर्तक साबित करने के लिए मंच पर नृत्य करने के लिए प्रोत्साहित करती थी। जैसे ही कोई वहीदा रहमान को मंच पर ले गया, सुविधा ने अनजाने में इस कड़वी सच्चाई को महसूस किया कि वह भी उम्र के साथ वृद्ध हो जाएगी और शारीरिक आकर्षण खो देगी। इन कलाकारों की तरह, वह भी अब 'खूबसूरत' और 'ड्रीम गर्ल' नहीं रहेगी, हालांकि चार युवा पुरुष कलाकारों ने हेमा मालिनी को जताया कि वह अब भी 'ड्रीम गर्ल' थीं, जो 'स्वैच्छिक रूप से इस सम्मान से हटने के अविश्वास' को साबित कर रही हैं। वह भी भूल गई कि वह साल गुजरने के साथ-साथ उम्रदराज हो गई है, लेकिन अफसोस! चमक-दमक और भव्यता के वे दिन गुजर गए, और वह लेखिका नमिता गोखले की तरह अपनी बेटियों के बच्चों के लिए एक दादी थीं।

इस शो को देखने के बाद, अर्शदीप और मंदीप ने जोर देकर कहा कि वह उन्हें एक कहानी सुनाए। छोटी निहारिका भी आकर उसके पास बैठ गई और अगले कदम की

प्रतीक्षा करने लगी। सुविधा ने उन्हें सोपी (द कॉप एंड द एंथम) के बारे में बताया, जो बेरोजगारी का शिकार हो गया और उसने मुफ्त भोजन और रहने की जगह के लिए जेल जाने का फैसला किया। इसके लिए गिरफ्तार होना जरूरी था। तो सबसे पहले, उसने सड़क पार कर रही एक खूबसूरत महिला को आहत करते हुए टिप्पणी की और उसे अपने साथ एक कप कॉफी पीने के लिए कहा। समस्या यह है कि पुलिस कांस्टेबल पास में था, फिर भी महिला ने पुलिस को सोपी के बुरे आचरण की सूचना नहीं दी। उसे सजा दिलाने में उसकी कोई दिलचस्पी नहीं थी और वह कानूनी पचड़ों से बचना चाहती थी और इसलिए उस महिला ने उसके साथ फिर कभी निश्चित रूप से कॉफी का आनंद लेने के लिए कहा। अब अर्शदीप ने उससे पूछा- 'आगे क्या हुआ मां?'

'तब सोपी ने एक थिएटर के बाहर बहुत शोर मचाया जहाँ सभी को शालीनता और शांति बनाए रखनी थी। कष्टकर यह है कि एक अन्य पुलिस वाले ने उसे एक सनकी व्यक्ति की एक अजीब आदत मानकर गिरफ्तार नहीं किया। पुलिस के लिए सोपी कोई अपराधी नहीं था, और इस तरह की छोटी-मोटी गड़बड़ी के लिए लोगों को दंडित करने के लिए कोई कानून नहीं था।' 'माँ आगे क्या हुआ?' मंदीप ने उससे पूछा।

और फिर सोपी ने एक रेस्तरां में कॉफी और रात के खाने का आनंद लिया और वेटर को पुलिस को बुलाने के लिए कहा क्योंकि उसके पास बिल चुकाने के लिए पैसे नहीं थे। चूंकि रेस्तरां ग्राहकों से भरा हुआ था, इसलिए वेटर ने बेहतर समझा कि वहां कोई नाटक न हो, ऐसा न हो कि अन्य ग्राहक अपनी सीट छोड़कर चले जाएं। इसलिए, वेटर ने सोपी से कहा कि जब उसके पास पैसे हों तब वह बिल चुका दे। विडंबना यह है कि सोपी को अभी भी गिरफ्तार नहीं किया गया।

निहारिका ने इसे कहानी का अंत माना लेकिन अर्शदीप ने उससे पूछा, 'फिर क्या हुआ?'

सुविधा ने कहानी सुनाना जारी रखा, 'और अंत में सोपी ने सामाजिक-नैतिक मूल्यों के बारे में अपनी सोच और विचार को बदल दिया। उसने देखा कि सामान्य तौर पर लोग अच्छे और मिलनसार थे, और तब उसने अपने बेतुके व्यवहार को बदलने का फैसला किया। चूंकि उस जगह के निकट एक चर्च था, सोपी मसीह के सामने अपना अपराध स्वीकार करने के लिए चर्च में चला गया। लेकिन व्यंगात्मक ढंग से यह है कि सोपी को गिरजाघर के भीतर राष्ट्रगान सुनते हुए गिरफ्तार कर लिया गया। जिस दिन चर्च बंद रहता था उस दिन चर्च में प्रवेश करने के लिए पुलिस ने उसे गिरफ्तार कर लिया। उसके इरादों पर संदेह था, हालांकि वह वहाँ चोरी करने के लिए नहीं गया था। फिर भी पुलिस ने सोपी के अपने पिछले कुकर्मों की स्वीकारोक्ति की शुद्ध भावना की परवाह नहीं की।

'तो, मेरे प्यारे बच्चो, लोग अक्सर अच्छे कर्मों के लिए भी पीड़ित होते हैं, और सोपी को अदालत में चर्च के अंदर बुरे इरादों के लिए दंडित किया गया था।'

क्योंकि वे कहानी सुनकर खुशी महसूस कर रहे थे, इसलिए वे संतोष की भावना लिए उसके पास ही सो गए। अर्शदीप के चेहरे के नैन-नक्श को देखते हुए, उसने उनमें और दिवंगत सम्यक के बीच समानताएं देखीं। यह उस तरह का एक दुखद अनुभव था, और फिर भी उसने महसूस किया कि सम्यक की तरह वह भी अपने तीन बच्चों के लिए- माता और पिता दोनों होने के नाते उत्तरदायी थी। बच्चों के स्वास्थ्य को ध्यान में रखते हुए, वह उठी, केतली से दूध डाला, चीनी डाली और उनमें से प्रत्येक को एक-एक गिलास दिया। अंत में, उसने लाइट बंद कर दी और होटल में सम्यक के साथ अपनी हनीमून की रात को याद किया।

..12..

अगले दिन सहेली मोनिशा का फोन आने के बाद सुविधा ने खुद को भिक्षुक गृह जाने के लिए तैयार किया। उसने अपने एकाउंटेंट शर्मा जी को थोक होजरी डीलर से साठ ऊनी स्वेटर खरीदने के लिए कहा था, और उसने उन्हें कल रात उसके बंगले में पहुँचा भी दिया था। उसने इन बेबस लोगों के लिए दस किलो सेब खरीदे और मोनिशा को उसके घर से लिया। दिव्यांग भिक्षुओं ने एक स्वर में 'मेम साहब की जय' से इन दोनो का अभिनंदन किया।

यहाँ सुविधा को रोजा होटल और भिक्षुक गृह के बीच अंतर का एहसास हुआ क्योंकि यहाँ शाहीपन का कोई ग्लैमर और भव्यता नहीं थी। पुरुष और स्त्री भिक्षुओं को एक शारीरिक समस्या थी या तो कोई लंगड़ा था और उसने तीन सप्ताह से अधिक समय से दाढ़ी नहीं बनाई थी। कुछ महिलाओं की आंखों में स्थायी दुख के कारण गड्ढे पढ़ गए थे और उनके गालों में शायद जवानी की सुंदरता कभी थी ही नहीं। उनमें से एक उनके पैर छूने के लिए आगे आया, लेकिन मोनिशा दो कदम पीछे हट गई, कहीं ऐसा न हो कि उसे संक्रमण हो जाए। उसे यह देखकर अफ़सोस हुआ कि कुछ भिक्षुओं का न तो दाहिना हाथ था और न ही बायीं हथेली। उनमें से कुछ को त्वचा की गंभीर समस्या थी क्योंकि वे लगातार इधर-उधर की त्वचा में खुजली कर रहे थे। उनके बीच सेब बांटे जाने के बाद उन्हें खुशी हुई।

तब मोनिशा और उसकी नौकरानी ने उनके बीच स्वेटर बांटे ताकि वे ठंड के मौसम से अपनी रक्षा कर सकें। उनमें से कुछ ने फिर से 'मेम साहब की जय' के नारे लगाए। लेकिन फिर इस सब ने सुविधा के मन में विषाद की भावना उत्पन्न कर दी और उसने खुद से पूछा, 'वे इस उपेक्षित क्षेत्र में एक दुखद जीवन कैसे जीते हैं जहाँ मक्खियाँ और मच्छर हमेशा के लिए डेरा डाले बैठे हैं? वे 'सर्दियों के मौसम में नहाते समय खुद को कैसे साफ करते हैं?'

मल त्याग करने के बाद वे अपने मलाशय को कैसे साफ करते हैं? उनके आरामदायक जीवन के लिए राज्य सरकार ने क्या व्यवस्था की है? वे इस जटिल दुनिया में क्या देखना चाहते हैं जहाँ मुख्य वास्तविकता- योग्यतम की उत्तरजीविता थी? समाचार चैनलों पर होली, शिवरात्रि पर उनके जश्न के बारे में कोई खबर क्यों नहीं है? वे मनुष्य होते हुए भी पृथ्वी पर कष्ट क्यों झेलते हैं? क्या उनके लिए अपने पिछले बुरे कर्मों का फल भुगतना नर्क नहीं था? क्या भगवान ने लोगों को यह एहसास दिलाने के लिए धरती पर नर्क बनाया है कि कोई भी अपने बुरे कर्मों के परिणाम से बच नहीं सकता है? अच्छे आचरण और बुरे आचरण, अच्छे और बुरे, तर्कसंगत और तर्कहीन, तार्किक और अतार्किक, गर्व और विनम्रता, प्रेम और घृणा, सहिष्णुता और असहिष्णुता, सांप्रदायिक सद्भाव और नस्लीय दुश्मनी आदि में क्या अंतर है? इन भिखारियों का भविष्य कौन तय करता है क्योंकि वे हमेशा दान देने वालों / परोपकारी लोगों के लिए अच्छे भाग्य की कामना करते हैं? वे अपनी बेहतरी के लिए प्रार्थना क्यों नहीं करते? क्या वे भगवान ब्रह्मा और भगवान विष्णु की दिव्य शक्तियों को भी जानते हैं? चूंकि इस परिसर के अंदर भगवान शिव का एक छोटा मंदिर था, उन्होंने वहां गायत्री मंत्र का पाठ किया और दान पेटी में एक सौ रुपये दान किए। लेकिन उसने महसूस किया कि इन गरीब लोगों के जीवन को आरामदायक बनाने के लिए बहुत कुछ किया जाना बाकी था। उसने अगले मार्च में मच्छरों के हमले से बचने के लिए बीस पंखे दान करने का फैसला किया।

मोनिशा ने उसे बताया कि शहर में एक योग्य चिकित्सक और नर्सिंग स्टाफ के साथ एक स्थायी सरकारी अस्पताल है, वहां से उन्हें आमतौर पर मुफ्त दवाएं मिलती हैं। जब कभी भी किसी को दिल का दौरा या रक्तचाप की समस्या जैसी गंभीर समस्याएं होती हैं, तो कोई हमारे क्लब के सदस्यों से संपर्क करता है, और सभी आवश्यक व्यवस्था की जाती है। भिखारी भी ग्रामीण क्षेत्रों में नहीं रहना चाहते क्योंकि वहां दान कम मिलता है। आम तौर पर, वे बड़े शहरों में चले जाते हैं जहाँ डी.एम. और एम.एल.ए. आदि उनकी समस्याओं का ध्यान रखते हैं। दुविधा यह है कि उन्हें दान के रूप में बहुत सारे कपड़े मिलते हैं और जब उनके कमरों की मरम्मत की आवश्यकता होती है तो उन्हें आर्थिक मदद की आवश्यकता पड़ती है। आर्य समाज, सनातन सभा, जैन क्लब आदि समाज उनकी प्रमुख समस्याओं को उठाते हैं। जल्द ही उन्हें एक पावर बैकअप जनरेटर भेंट किया जाएगा, लेकिन समस्या इसके महंगे रखरखाव की है।

बढ़ती कीमतें उनके लिए समस्याएँ खड़ी करती हैं क्योंकि वे उन पैसों से अपनी वे महंगी दवाएं नहीं खरीद पाते हैं जो आमतौर पर अस्पताल के स्टॉक में मौजूद नहीं होती

हैं। सुविधा ने दिव्यांगों के लिए दवा नामक इस नए कोष में प्रतिमाह एक हजार रुपये दान करने का वादा किया और मोनिशा ने किटी पार्टी की अगली बैठक में इस मुद्दे को उठाने का फैसला किया। वे दोनों यह जानकर चौंक गए कि सुषमा और रानी के दो बच्चे इंटरमीडिएट पास कर चुके हैं और फिर भी नौकरी पाने में असफल रहे हैं। सहानुभूति से, सुविधा ने उनमें से एक को अपना विजिटिंग कार्ड दिया और कहा कि यदि वे नौकरी में रुचि रखते हैं तो वे उसके स्कूल जाएँ।

वे दोनों उससे अगले दिन स्कूल में मिले, और उसने एच.आर. विभाग के प्रमुख से उन दोनों को उनकी क्षमता के अनुसार काम आवंटित करने के लिए कहा। उनके पहले परीक्षण के बाद, एच.आर. विभाग ने उन्हें उपयुक्त पाकर पंद्रह हजार रुपये के वेतन के साथ-साथ वर्दी, साइकिल आदि के साथ नौकरी पर रखने की मंजूरी दे दी। उसे संतोष हुआ कि भिक्षुक गृहों में उसका जाना व्यर्थ नहीं गया।

अगले मार्च में, प्रत्येक कमरे में पंखे लगाए गए, और बिजली के बिल का भुगतान उसके स्कूल द्वारा किया जाना था। जैसे ही दीना नाथ को सुविधा के इन कार्यों का विवरण दिया गया, उन्होंने उन लोगों के प्रति उसके उत्साह की प्रशंसा की जो पृथ्वी पर बदकिस्मत प्राणी रहे हैं। किटी पार्टी में जब मोनिशा ने सुविधा की बात की तो उसने कहा कि उसने वहां कुछ भी असाधारण नहीं किया है। उसने वही किया जिसकी एक कोमल माँ से अपेक्षा की जाती थी। उसने मोनिशा से अनुरोध किया कि वह यहाँ मदर टेरेसा के साथ उसकी तुलना कदापि न करे क्योंकि वह कैथोलिकों की महान् संत टेरेसा की तुलना में कुछ नहीं थी।

बुधवार को उसे आयुष दर्शन की पत्नी अक्षी की ब्लड कैंसर से मौत का दुखद समाचार मिला। इधर, चिकित्सक डॉ. अरोड़ा ने उसे स्थिरता और सुधार के बीच का अंतर बताया क्योंकि वह हर दिन दो कैप्सूल लेती थी, जिसकी कीमत छह हजार रुपये थी। वह हर सोमवार को डॉ. अरोड़ा से मिलती थी और शिकायत करती थी- 'डॉ. सर, मेरी हालत में कोई सुधार नहीं हो रहा है। आम तौर पर, मैं दोपहर तक थका हारा हुआ महसूस करती हूँ।'

डॉक्टर ने विनम्रता से उसे बताया कि कैंसर के चौथे चरण में कोई सुधार संभव नहीं है। यदि वह अनियमित रूप से दवा लेती रही, तो परिणाम विनाशकारी होंगे। याद रखिये मैडम, कैंसर से कोई नहीं मरता। लोग नियमित रूप से दवा नहीं लेने और पौष्टिक भोजन न लेने के कारण मरते हैं।' लेकिन कोई भी अक्षी के कष्टकारी भाग्य को नहीं बदल सका और वह अपने पीछे परिवार में दो बेटियां छोड़ गई।

गुलाब की दो माला लिए सुविधा आयुष के घर शोक व्यक्त करने पहुँची। किटी पार्टी के अन्य सदस्य वहां पहले से ही मौजूद थे, और सभी ने एक-दूसरे का केवल आंखों ही

आंखों में अभिवादन किया। बेशक, वे सभी उसकी बेटियों सुचित्रा और एराकाजली के बारे में चिंतित थे, जो उस समय बहुत छोटी थीं। उन्होंने आयुष की दूसरी शादी के मुद्दे पर गुप्त रूप से चर्चा की लेकिन बच्चों के प्रति एक नई माँ का व्यवहार व आचरण कैसा होगा उसकी भविष्यवाणी नहीं कर सकीं। लेकिन फिर, उनका यह भी मानना था कि आयुष की अमीरी और समृद्ध व्यवसाय के कारण उसके लिए एक सुंदर लड़की की कमी नहीं थी। इधर सुविधा को मनिका से पता चला कि आयुष ही फाइव स्टार रोजा होटल का असली मालिक है। किसी ने भी अक्षी के सद्गुणों की चर्चा नहीं की क्योंकि वह अब मौजूद नहीं थी। सुविधा, अक्षी की सहेलियों की इस विस्मृति की सराहना नहीं कर पाई, छह-सात साल के दोस्ताना जीवन को इतनी जल्दी भुला दिया गया। नजर से दूर, जहन से दूर।

..13..

गणेश सलिल ने अभी तक शादी नहीं की थी, हालांकि वे पत्नी और बच्चों का खर्च उठा सकते थे। किसी तरह उन्हें ऐसा लगा कि उनके पास कोई पक्की स्थायी सरकारी नौकरी नहीं है और इसलिए वे जोखिम को आमंत्रित नहीं करना चाहते थे। लेकिन उनके दोस्त वेंकट (32) भी उनकी तरह ही अनुसूचित जाति के कोच थे और उन्होंने (7 और 9 वर्ष की आयु) के दो बच्चों के साथ पारिवारिक जीवन का आनंद लिया तथा उनकी पत्नी सरू को मध्यमवर्गीय जीवन में कोई शिकायत नहीं थी। वेंकट ने भौतिकी और कंप्यूटर विज्ञान पढ़ाया और नवीन बोर्ड शिक्षण तकनीकों को सफलतापूर्वक संभाला।

सेठ दीना नाथ ने वेंकट के बारे में सुना था और उनके बच्चों के प्रति लापरवाह होने की स्थिति में उन्होंने गणेश सलिल को ध्यान में रखा था। फिर भी उन्हें दिन में दो बार कुकीज़ और सूखे मेवे के साथ कॉफी की पेशकश की गई। पिछली दीपावली को दीना नाथ ने उन्हें शर्ट और टाई के साथ ऊनी सूट भेंट किया था। किसी तरह दीना नाथ चाहते थे कि उनके दोनों बेटे भौतिकी और रसायन विज्ञान में प्रयोग करने लगें और इस बारे में उन्होंने गणेश सलिल से खुलकर बात भी की। योग्य शिक्षक ने बच्चों के लिए प्राथमिक प्रयोगो हेतु लगभग छह लाख रुपये खर्च करने और एक अलग कमरा देने का परामर्श दिया जहाँ दो बच्चों के अलावा कोई भी कुछ भी न छुए।

दीना नाथ ने सुविधा के साथ इस नई परियोजना पर चर्चा नहीं की और स्थानीय ठेकेदार को बीस दिनों के भीतर 20'x20' का कमरा बनाने के लिए कहा। लेकिन पूरा निर्माण कार्य तीन दिनों में पूरा हो गया। तकनीशियनों ने गणेश सलिल के निर्देशानुसार मेज, बिजली के बोर्ड और अन्य चीजों को ठीक करने में दो दिन का समय लिया। उन्हें प्रयोगों के लिए वैज्ञानिक उपकरण खरीदने के लिए छह लाख रुपये का चेक दिया गया।

जब सुविधा ऊपर आई, तो वह इस अच्छी व्यवस्था से आश्चर्यचकित और प्रसन्न हुई और अंततः उसने अपने पिता के पैर छुए और कहा- 'पापा, बच्चों के बौद्धिक विकास के लिए सही समय पर आपका यह दृष्टिकोण देखकर मुझे वाकई खुशी हुई। मैं कितनी बदकिस्मत हूँ, मैं आपकी जरूरतों को पूरा नहीं कर पाई। यदि आज मां जिंदा होती तो उन्हें भी इस तरक्की को देखकर खुशी होती। अब तक, मैंने सोचा था कि अतिरिक्त भौतिक जरूरतों के लिए एक कमरा जोड़ा जा रहा है। धन्यवाद, पापा। आप एक दूरदर्शी इंसान हो।"

'ठीक है। सुविधा। लेकिन जब भी आप अपनी दिवंगत मां के नाम का जिक्र करती हो तो आप अक्सर मुझे कमजोर कर देती हो। वैसे भी, यह सिर्फ एक प्रयास है, और केवल समय ही इसका परिणाम बताएगा।'

अगले हफ्ते गणेश सलिल ने दीना नाथ से अनुरोध किया- 'आपकी कृपा होगी कि आप अक्षी की बेटियों को सप्ताह में केवल एक बार प्रयोग करने की अनुमति दे दें।'

'ठीक है। कोई बात नहीं। लेकिन आगे कोई और मांग नहीं। इसका ध्यान रखें। अक्षी हो या न हो। मुझे यहाँ अपने तीन बच्चों की चिंता है। स्कूल का काम अलग है।'

किसी तरह दीना नाथ अपने चार शब्दों 'स्कूल का काम अलग है' कहकर गंभीर से हो गए।

अगले दिन उन्होंने कंप्यूटर विज्ञान, रसायन विज्ञान और भौतिकी में तीन प्रयोगशालाओं के निर्माण हेतु दीना नाथ सीनियर सेकेंडरी स्कूल का एक सामान्य सर्वेक्षण किया और गणेश सलिल से पूछा- 'क्या आपके पास इस स्कूल में प्रयोग कार्य के लिए शामिल होने का समय है।'

'सर, इसके लिए आपको मुझे एक लाख रुपये प्रति माह देने होंगे। मैं केवल तीन घंटे रुकूंगा- प्रत्येक विषय के लिए केवल एक पीरियड और साथ ही मेरे कॉफी के कप।'

'ठीक है। ठीक है।'

स्कूल की समय-सारिणी में कुछ बदलावों की शुरूआत के साथ, मौजूदा भवन में तीन कमरों को खाली रखा गया था। एक सप्ताह के भीतर कम्प्यूटर साइंस के लिए पहला कमरा, भौतिकी में प्रयोग के लिए दूसरा कमरा और रसायन विज्ञान के लिए तीसरे कमरे की व्यवस्था की गई। सुविधा ने अपने पिता के लिए दिल खोलकर प्रसन्नता महसूस की जब उन्होंने उसे खाने की मेज पर बताया- 'सुविधा, स्कूली बच्चे भी मेरे पोते-पोतियां हैं। अगर मैं प्लेटो, अरस्तू, मिल्टन और रूसो द्वारा बताए गए महान् शिक्षा का खर्च उठा सकता हूँ तो मुझे बच्चों के हितैषी के रूप में अपने कर्तव्यों का पालन करना चाहिए। आखिर आदमी अकेले रोटी के साथ नहीं रहता। प्रत्येक छात्र को प्रयोग करने की सुविधा दी जानी चाहिए

ताकि वह प्रौद्योगिकी का वास्तविक अर्थ सीख सके चूंकि डीएम की बेटी आई.बी. के अंतर्गत नौवीं कक्षा में पढ़ती थी उसने अपने पिता को इन तीन प्रयोगशालाओं के बारे में बताया तथा अपने व अपने सहपाठियों के लिए वहां व्यावहारिक कक्षाओं की व्यवस्था करने के लिए कहा। बिना कुछ सोचे-समझे उन्होंने स्कूल का दौरा करने और प्रयोगों के लिए सुविधाओं की संभावनाओं का पता लगाने की योजना बनाई। उन्हें बड़ा आश्चर्य हुआ, जब उन्होंने देखा कि यहाँ पांच बड़े हॉल निर्माणाधीन थे, साथ ही बोर्ड प्रयोगशालाएं शीघ्र ही प्रयोग के लिए खुलने वाली थीं। फिर भी, उन्होंने स्कूल परिसर में अपनी उपस्थिति के बारे में सुविधा को सूचित करने के लिए अपना अर्दली भेजा।

इस सूचना से सुविधा को बड़ी हैरानी हुई। क्योंकि डीएम. बिना किसी पूर्व सूचना के आए थे। उसने अपने पी.ए., शर्मा जी से कॉफी और जलपान की व्यवस्था करने के लिए कहा और डीएम का स्वागत करने के लिए बाहर आ गई। उसने हाथ जोड़कर उनका स्वागत किया और कहा, 'सर, आप मुझे अपने कार्यालय में बुला लेते। हमारे स्कूल में आपका स्वागत है।'

'नहीं। मेरी बेटी ने आपके स्कूल प्रशासन में मेरी रुचि पैदा की है। किसी तरह XI और XII (कक्षाओं) के अलावा अन्य कक्षाओं के छात्रों के लिए व्यावहारिक कक्षाओं की व्यवस्था करने की संभावना का पता लगाएं। इस कार्य की प्रगति की रिपोर्ट एक सप्ताह के भीतर दे दीजिए। मैडम, लोगों की ओर से कोई शिकायत नहीं होनी चाहिए।

'ठीक है। सर। इस दिशा में तत्काल कदम उठाए जाएंगे वैसे भी विषय विशेष और अंग्रेजी में दक्षता रखने वाले कुछ नए शिक्षकों को इसके लिए नियुक्त किया जाना है। लेकिन आप निश्चिंत रहें, आपके द्वारा स्वयं दिए गए आदेशों का पालन किया जाएगा।'

'थैंक यू मैडम।' डी.एम. जैसे ही वापिस मुड़े सुविधा ने उनसे एक कप कॉफी पीने का अनुरोध किया। लेकिन उन्होंने जवाब दिया, 'जब मेरी बेटी और उसकी सहपाठियां इन प्रयोगशालाओं में प्रयोग करने आएँगी, तब मैं कॉफी पीऊंगा। तब कोई नरमी नहीं।' और वह बिना कॉफी पिए ही चले गए। इस उद्देश्य के लिए गणेश सलिल को कम से कम दो अन्य शिक्षकों की व्यवस्था करने के लिए कहा गया।

अगले दिन वेंकट सुविधा से आकर मिला, और उसने उसे इस नौकरी के लिए उपयुक्त पाया। लेकिन उसने छह पीरियड के लिए एक लाख पचास हजार रुपये वेतन की मांग की। सुविधा के पास उसकी मांग को स्वीकार करने के अलावा अन्य कोई विकल्प नहीं था और यदि वह दो अतिरिक्त पीरियड लेता तो स्वाभाविक रूप से उसके पैकेज में कुछ रुपये बढ़ाने पड़ते। अस्थायी तौर पर, उसे गणेश सलिल को अपने ही बच्चों को वैकल्पिक दिनों में पढ़ाने के लिए कहना पड़ा, और इस बदलाव ने दीना नाथ को नाराज कर दिया और वह

बिफर पड़े, 'तुम इस योजना के बारे में सोच भी कैसे सकती हो? तुमने मेरी योजना को कैसे बिगाड़ा? अब तुम्हारे पास तो अपने ही बच्चों के लिए समय नहीं है, मानो उनका तुमसे कोई खून का रिश्ता नहीं है। तुम सम्यक को भूल गई हो, और हो सकता है, इस तरह से बच्चों और मुझे भी भूल जाओ।

देखो सुविधा, दो राष्ट्रीय अख़बारों में शिक्षकों के दो पद के लिए विज्ञापन दो और स्कूल के लिए उपयुक्त शिक्षकों की नियुक्ति करो, चाहे उनकी वेतन की मांग कुछ भी हो! स्कूल इस बौद्धिक मांग को वहन कर सकता है। सरकारी अधिकारी एक के बाद एक मांग करते रहेंगे। इसका मतलब यह नहीं है कि मेरे पोते-पोतियां केवल इसलिए पीड़ित हों क्योंकि उनके सिर से पिता का स्नेहशील साया उठ गया है और...'

सुविधा की आंखों में आंसू छलक पड़े और उसे खेद हुआ- 'इसके लिए सच में सॉरी पापा। मुझे इस स्थिति का सामना करने का कोई और रास्ता नहीं दिखा।'

'लेकिन ऐसे में तुम मेरे साथ इस मुद्दे पर चर्चा कर सकती थी?' 'हां पापा। माफ़ करना।'

'लेकिन भविष्य में ऐसा न हो', और बच्चों को घर के अंदर, स्कूल के अंदर और घर के बाहर उनका हक मिलना चाहिए।'

नए साल के दिन, उन्होंने छात्रों की एक सभा की व्यवस्था की और उन्हें (छात्रों को) आदरणीय रतन टाटा के दस सुझाव बताए; जैसे कि-

i. जीवन में अव्यावहारिक मत बनो।

ii. अपनी कक्षा के मेधावी छात्रों से ईर्ष्या न करें क्योंकि हो सकता है कि आपको कार्यालयों में उनके नियंत्रण और निर्देशन में काम करना पड़े।

iii. कभी भी समय बर्बाद न करें। उदाहरण के लिए, टेलीविजन सेट पर फेरारी, ऑडी, बीएमडब्ल्यू और अन्य महंगी कारों आदि का विज्ञापन नहीं होता है क्योंकि उनके निर्माता जानते हैं कि उनके खरीदारों के पास टीवी सीरियल देखने का समय नहीं है।

iv. अपने माता-पिता के दयनीय चेहरों को देखकर दुखी न हों क्योंकि उन्होंने अपना सारा पैसा और ऊर्जा आपके करियर को आकार देने में खर्च कर दी है।

v. किसी भी यूटोपियन (काल्पनिक) दुनिया में न रहें जैसा कि धारावाहिक कार्यक्रम में दर्शाया गया होता है। जीवन में सामाजिक-आर्थिक समस्याओं का समाधान इतना आसान नहीं होता है।

vi. जीवन की यात्रा में कोई वर्ग और खंड नहीं होता हैं क्योंकि औद्योगिक दुनिया में कड़ी प्रतिस्पर्धा चौबीसों घंटे चलती रहती है।

vii. वास्तविक जीवन में कोई ग्रीष्म अवकाश, शीतकालीन अवकाश या शरद ऋतु अवकाश नहीं होता है। यहाँ सुबह से लेकर रात तक मेहनत करनी पड़ती है।

viii. हमेशा याद रखें कि आज्ञाकारिता और अनुशासन सफलता की कुंजी है।

ix. जीवन को वैसा ही लें जैसा वह है, जैसा होना चाहिए वैसा नहीं क्योंकि नियत तंत्र औद्योगिक दुनिया को चलाता है।

x. पहले चरण में पांच अंकों में वेतन पाने की उम्मीद न करें।

सब कुछ अच्छी तरह से संपन्न हो गया, तथा छात्रों और स्टाफ के सदस्यों ने खेल का आनंद लिया और उनके बीच पौष्टिक जलपान का वितरण किया गया। उन्हें जीवन की जटिलताओं का सामना करने के लिए व्यावहारिक, विचारशील, तर्कसंगत और मनोरंजक होने की सलाह दी गई। समारोह के अंत में, दीना नाथ ने उनके कल्याण के लिए शीघ्र ही शुरू की जाने वाली सुविधा की नई योजनाओं की सराहना की। पत्रकारों ने स्कूल की गतिविधियों को अखबारों के कॉलम में लिखा, और उन्हें अपने स्कूली बच्चों की तस्वीरें देखकर खुशी हुई।

<h2 style="text-align:center">..14..</h2>

दीनानाथ जब अंतिम बार मुरादाबाद में दो दिन के लिए रुके तो उन्होंने वहां के प्रसिद्ध बाला पंडित जी से संपर्क किया और उनसे अपनी जीवन रेखा के बारे में पूछा- 'कब तक एकाकी जीवन व्यतीत करना है? एक विधुर के रूप में पीड़ा कैसे सहें? क्या वह स्वस्थ जीवन व्यतीत कर पाएंगे क्योंकि उन्हें रक्तचाप और छाती में हल्के दर्द के लिए दवाएं लेने के लिए कहा गया था?

पंडित जी ने उनकी कुंडली का विश्लेषण किया और कहा 'आप जहाँ भी रहते हैं आप कभी अकेले नहीं होते। दूसरा, आप पुनर्विवाह कर भी सकते हैं या नहीं भी कर सकते हैं। यदि आप पुनर्विवाह करते हैं, तो आप निश्चित रूप से एक पुत्र को जन्म देंगे, और वह पुत्र उस शहर का एक सफल वकील होगा। आपकी जीवन रेखाओं से संकेत मिलता है कि आगे आपको कोई स्वास्थ्य संबंधी खतरा नहीं होगा, और आप हृदय गति रुकने जैसी किसी भी बड़ी बीमारी; आदि के रोगी नहीं हैं। आप उन दुर्लभ समृद्ध लोगों में से एक हैं जो अपने धन का उपयोग व्यक्तिगत सुख के लिए नहीं करते हैं। आप संत विनोबा भावे के समान हैं जिन्होंने भूमिहीन लोगों के उत्थान के लिए कड़ी मेहनत की। मुझे नहीं पता कि आप इन दिनों क्या करते हैं, लेकिन आपका बृहस्पति बहुत मजबूत है, और इसलिए आप जीवित रहने तक कई और किताबें पढ़ेंगे, सीखेंगे। चिंता की कोई बात नहीं है और रोजाना सुबह सूर्य देव को जल अर्पित करना न भूलें।

उन्होंने पंडित जी को धन्यवाद दिया और उन्हें एक सौ रुपये दिए। लेकिन पंडित ने पाँच सौ एक रुपये की माँग की, न कि सौ रुपये की जो वह उसे पहले ही भेंट कर चुके थे। जब से उन्होंने जीवन साथी की भविष्यवाणी सुनी थी, वह मन ही मन प्रसन्न थे और उन्होंने सहर्ष पाँच सौ का नोट मिलाकर उन्हें दिया और उनके पैर छुए। 'खुश रहो और जब तुम्हें पुत्र रत्न की प्राप्ति हो तो पत्नी सहित आकर मिलो।'

वह गाजियाबाद से अपनी वापसी यात्रा पर खुशी महसूस कर रहे थे और खुद ही मुस्कुराए। कभी-कभी उन्होंने इस रहस्य को सुविधा के साथ साझा करने के बारे में सोचा, फिर उन्हें लगा कि वह उनका मजाक बना सकती थी। अचानक, उन्होंने बंगले के सामने के हिस्से में 16'x20' का एक कमरा बनाने की योजना बनाई और ठेकेदार को दो कमरे बनाने के लिए काम पर रखा, पहला कमरा भूतल पर भगवान की पूजा करने के लिए और दूसरा कमरा पहली मंजिल पर बिलियर्ड्स के लिए।

जब सुविधा स्कूल से घर लौटी तो नींव की खुदाई देखकर हैरान रह गई। स्वाभाविक रूप से, उसने दीना नाथ से पूछा 'पापा, अब क्या?'

'बेटी। मैं यहाँ भगवान की पीतल की मूर्तियां स्थापित करना चाहता हूँ ताकि बच्चों में धर्म के प्रति रुचि पैदा हो सके। हमारे पास दूसरे कामों के लिए कमरे हैं, लेकिन अफसोस! आध्यात्मिक विकास के लिए कोई अलग कमरा नहीं है।'

'यह एक अच्छा विचार है।' उसने जवाब दिया।

फिर उसने पापा, सुभद्रा और बच्चों के साथ शाम की कॉफी पी। परिवार में विनोदप्रियता का एक सामान्य माहौल था क्योंकि बच्चे उस कहानी से खुश थे जो उन्होंने रात में सुनी थी। तीस मिनट आराम करने के बाद, वह बच्चों के साथ बगीचे में खेल का आनंद लेने के लिए निकली।

किसी तरह सेठ जी ने नौकरानी से पूछा - 'तुम्हारा नाम क्या है लल्ली?'

'सर, मेरा नाम लल्ली है।'

'नहीं, लल्ली का एक मतलब तो लड़की होता है। हो सकता है कि तुम्हारे माता या पिता ने बचपन में तुम्हारा कोई नाम रखा हो।'

'नहीं साहब। नेपाल में, गरीब लड़कियां इतनी भाग्यशाली नहीं होती कि उनकी जन्मदिन की कोई पार्टी हो या स्कूल जाने की पार्टी मिल सके। मेरे शिक्षक ने भी यही प्रश्न किया था, और उन्होंने लवली को लल्ली से जोड़ दिया।

तब से मेरी बहनों ने मुझे दो नाम दिए, जब उन्हें चाय बनवानी होती थी तो लवली वरना मुझे आम तौर से लल्ली ही बुलाते थे।

'तुम अपने माता-पिता से आखिरी बार कब मिली थी?' दीना नाथ ने उससे पूछा।

अब उसकी आंखों में आंसू थे और वह सुबुकने लगी- 'मेरे पिता एक धूर्त और शराबी इंसान थे। मेरी माँ ने ग्यारह साल की उम्र में आठ बेटियों को जन्म दिया। मेरे अलावा उन सभी ने काठमांडू में पर्यटकों का दिल बहलाया और पैसे की खातिर खुद को बेच दिया। मेरी माँ को महीने भर की कमाई से जो कुछ भी वेतन मिलता था, मेरे पिता जबरन ले लेते थे। उनकी एक दूसरी पत्नी भी थी, और कोई भी मेरी मासूम माँ को पीटने की हिम्मत नहीं कर सकता था जैसे कि वह उसके लिए सर्वकालिक धन हो। एक बार उन्होंने उसे भी बेचने की कोशिश की, लेकिन सौभाग्य से, उसे उस पल खांसी आ गई। खरीदार ने उसे टीबी का मरीज समझा और इसलिए उसे छोड़ दिया।'

'तुम गाजियाबाद कैसे पहुँची?'

'उसी दलाल ने मुझे दिल्ली में अच्छे काम का लालच दिया, और हमारा ट्रक तड़के एक दुर्घटना का शिकार हो गया, और सौभाग्य से, दलाल की उसी समय मृत्यु हो गई। मुझे इसी गली की सड़क पर फेंक दिया गया। उसके बाद मैं एक घर से दूसरे घर खाने के लिए भीख मांगने लगी। तीसरे दिन, एक भली महिला ने मुझसे पूछा, 'अगर मैं तुम्हें प्रतिदिन बीस रुपये और खाना दूं तो क्या तुम काम करोगी?'

'मैंने तुरंत उनकी यह बात मान ली। उसने सिर्फ मेरी मासूमियत और ईमानदारी पर भरोसा किया और मेरी तस्वीर अपने मोबाइल पर ली और मुझे मुस्कुराने को कहा। वह मेरे जीवन की पहली मुस्कान थी, और हो सकता है कि वह उस महिला के फोन में मौजूद हो।'

'तो तुमने उस परिवार को क्यों छोड़ा?' दीना नाथ ने पूछा तो उसने अपने आंसू पोंछे।

'मैंने उसे नहीं छोड़ा। वह अपने बेटे के साथ टाइम पास करने विलायत के लिए निकली थीं। फिर मुझे यहाँ मेम साहब के पास नौकरी मिल गई।'

निर्माण अवधि के दौरान दीना नाथ ज्यादातर समय घर पर ही रहे और उसने उन्हें दो बार की कॉफी पेशकश की- सुबह 11 बजे और फिर शाम 6 बजे। दीना नाथ जब भी होते, वह भी फर्श पर बगल में बैठ जाती और उनके पैर दबाती। बहुत बार, वह सुविधा के शरीर की मालिश भी करती थी और उसके उभारों और कूल्हों पर मोहित हुआ महसूस करती थी, लेकिन उसने कभी यह महसूस नहीं किया कि इससे उसे कामुक आनंद मिलता है। बस उसने कामना की- 'हे भगवान! जब आपने सुविधा और अन्य मेम साहिबों को खूबसूरती बांटी थी तब मैं कहाँ थी? तुम मेरे साथ क्रूर कैसे हो सकते हो? न शिक्षा, न तय नौकरी, न बुढ़ापे की सुरक्षा, न मां की सुरक्षा, न बहनों से स्नेह, न वोट डालने का अधिकार! अफसोस- मैं एक इंसान कैसे हो सकती हूँ जो हर समय सिर्फ पका रही है, कभी कुछ तो कभी कुछ?'

किसी तरह दीना नाथ ने अपने कमरे की मरम्मत कराई, एक वॉशरूम बनवाया और उसके बगल में एक कमरा तैयार करवाया। भविष्य में, उन्होंने पहली मंजिल पर दो कमरे बनाने का प्रस्ताव रखा क्योंकि नौकरों को रहने के लिए कमरे की जरूरत थी। अक्सर ड्राइवर की तुरंत जरूरत होती थी।

मुरादाबाद से वापस आने के बाद दीना नाथ अपने शरीर की संवेदनाओं के प्रति जागरूक हो गए और अब उन्होंने लवली को अपने सपनों में देखा, उन्होंने उसे किस किया और उसके 36' के उभारों से कामक्रीड़ा की, और लवली ने उन्हें निचोड़ने के लिए कहा। उन्हें ऐसा लगा कि बाथरूम में वह उसके साथ नग्न स्नान कर रहे हैं और वह उनके बदन को एक मुलायम तौलिये से पोंछ रही है। अंत में, उन्होंने कामक्रीड़ा का आनंद लिया। जब वह उठे, तो उनका सिर जरा भी भारी नहीं था। शायद सपने ने उनके आंतरिक इरादों को परिवर्तित कर दिया था।

उस दिन उन्होंने अर्शदीप की किताब में *"द डियर डिपार्टेड"* नाटक पढ़ा और तब बहुत खुशी हुई जब श्रीमती स्लेटर के बूढ़े पिता ने बुढ़ापे में शादी करने का फैसला किया ताकि उनकी भावनात्मक जरूरतों का भी ध्यान रखने वाला कोई हो। उन्होंने यूजीन ओ'नील की त्रासदी *"डिज़ायर अंडर द एल्म्स"* को याद किया जिसमें बूढ़ा किसान कैबोट, तीसरी बार शादी करता है और 74 साल की उम्र में उसका साथ देने के लिए एक विधवा (35) को लाता है।

पुरुष और महिलाएं मूल रूप से भावनाओं, भावनात्मक जरूरतों, भावनात्मक प्रतिक्रियाओं द्वारा नियंत्रित होते हैं। शायद ही कोई रात होगी जब लवली ने उन्हें एक गिलास गर्म दूध नहीं पिलाया और 'राम राम जी' नहीं कहा हो।'

दीना नाथ ने उससे कुछ पैसे अपने ऊपर भी खर्च करने के लिए कहा लेकिन उसने जवाब दिया- 'मुझे इस घर से जिंदा रहने के लिए काफी मिल जाता है।'

फिर दीना नाथ ने ड्राइवर से उसके लिए एक टूथब्रश, टूथपेस्ट, पॉन्ड्स क्रीम और कुछ परफ्यूम लाने को कहा। जब उसने पहली सुबह इत्र छिड़का, तो सुविधा चौंक गई और उससे पूछा, 'क्या तुम इत्र लगाती हो?'

'बेशक। इससे क्या नुकसान है? मैं अपनी तनख्वाह से खुद का परफ्यूम खरीदती हूँ। यदि आपको संदेह है, तो कृपया मेरे कमरे की जाँच कर सकती हैं।'

दीना नाथ ने अपनी आँखों के इशारे से सुविधा को चुप करा दिया।

अभी तक लल्ली और दीना नाथ तो ठंडी राख ही थे, लेकिन अचानक उन्हें अपने दिल में प्रेम की ज्वाला का अहसास हुआ। रात में दीना नाथ ने उसे अपने गिलास से कुछ दूध पीने के लिए कहा। क्योंकि वह हिचकिचा रही थी, तब उन्होंने उसे पकड़ लिया और दूध का पूरा गिलास पीने के लिए मजबूर कर दिया। यह उसके जीवन में पहली बार था कि

किसी ने उसे अपने हिस्से का दूध पीने के लिए मजबूर किया था। जैसे ही वह बिस्तर पर बैठी, उसने उसके पैर दबाए, और दीना नाथ ने उसे बार-बार किस किया। जब उन्होंने उसके उभार दबाए तो उसे एक सनसनी का अहसास हुआ। उस रात वह उसकी बाहों में ही सोई और प्यार का पहला सबक सीखा।

लवली और दीना नाथ को अब भी फिर से प्यार करने की ललक महसूस हुई और इसलिए उन्होंने एक-दूसरे को कसकर गले लगा लिया। एक-दूसरे के अंगों से खेलकर सुबह-सुबह दोनों ने दूसरी बार प्यार किया और फिर सो गए।

आज दीना नाथ सुबह 4 बजे जल्दी नहीं उठे और उनके कमरे का दरवाजा सुबह 6.15 बजे तक बंद रहा। नौकरानी लल्ली 6.30 बजे तक रसोई में पहुँच जाती थी, और वह भी वहां नहीं गई थी। लेकिन अर्शदीप सुबह 6 बजे उठ गया। और सुविधा से पूछा - 'माँ, कृपया मेरा होमवर्क पूरा करने में मेरी मदद करें वरना मुझे स्कूल में सजा दी जाएगी। दादा जी आज नहीं उठे हैं।'

'ठीक है। बेटा। चिंता मत करो।'

वह वाशरूम के लिए निकली और तरोताजा महसूस करने के बाद, अर्शदीप और खुद के लिए चाय तैयार की और फिर उसने उसकी सहायता के लिए उसकी किताब खोली। लेकिन वह हर समय पापाजी की दिनचर्या में अचानक बदलाव के बारे में सोचती थी। दीना नाथ और लवली दोनों ने रोमांटिक मूड में एक साथ स्नान किया, और फिर उन्होंने अपनी पिछली पत्नी की सफेद धोती, कुर्ता और शॉल उसे भेंट की। आदेश के अनुसार, उसने साध्वी की तरह धोती बांधी, कुर्ता पहना और फिर शॉल ओढ़ी। उन्होंने पूजा कक्ष में सुगंधित अगरबत्तियां जलाईं, और दीना नाथ ने उसके बालों में सिंदूर लगाया। फिर दीना नाथ खाने की मेज पर आए, लवली दीना नाथ, सुविधा, बच्चों और खुद के लिए चाय तैयार करने के लिए रसोई में चली गई। आज उसने दीना नाथ के बगल में बैठकर चाय पी और सुविधा उसकी मांग में सिंदूर लगने के कारण सच्चाई को आसानी से समझ सकती थी। उन्होंने आर.डब्ल्यू. एमर्सन की पंक्तियों को याद किया -

सुंदरता ने किया सर्वत्र उसका अनुगमन

लौ में, तूफान में, हवा के बादलों में...

जिसे कोई और नहीं सुन सकता था सुनी उसने एक ऐसी आवाज

धुरी से और चलायमान प्रकाशगृह से ...

(सुंदरता)

स्वाभाविक रूप से, उसने उन दोनों को बधाई दी- 'बधाई हो पापा, जीवन में इस नई शुरुआत के लिए। ईश्वर लक्ष्य प्राप्ति में आपकी मदद करे। बधाई हो, लल्ली माँ, एक अच्छे कदम के लिए।'

दीना नाथ ने उसे धन्यवाद दिया लेकिन आगे कुछ नहीं कहा। लवली ने बस मुस्कुरा कर सबके लिए नाश्ता बनाया और फिर बच्चों के लंच बॉक्स पैक किए। दीना नाथ ने अर्शदीप से वादा किया कि वह उसे शाम को जरूर पढ़ाएंगे क्योंकि वह बच्चों के प्रति अपने कर्तव्यों को भूलने के लिए बिल्कुल भी तैयार नहीं थे। लेकिन सुविधा ने अपनी अलमारी से एक बढ़िया नया सूट और एक कार्डिगन निकाला और लवली को यह कहते हुए भेंट किया कि आज की सुबह माँ के लिए मेरा पहला उपहार। वह उसे एक अंगूठी और एक जोड़ी झुमके देना चाहती थी लेकिन अपने पिता की प्रतिक्रिया की प्रतीक्षा कर रही थी। वह जानती थी कि पापा की अलमारी में बहुत सारे गहने हैं और इसलिए उसने इंतजार किया।'

स्कूल के लिए सुविधा के तैयार होने के बाद, दीना नाथ ने उसे लवली के लिए चीजों की एक सूची बनाने के लिए कहा, और उसने उस शाम जल्द ही उसे मार्ट ले जाने और सभी जरूरी कपड़े और सौंदर्य प्रसाधन का समान खरीदने का वादा किया।

'ठीक है।' उन्होंने जवाब दिया।

सुबह 8 बजे के बाद राजमिस्त्री और मजदूर निर्माण कार्य जारी रखने के लिए वहाँ पहुँचे। दीना नाथ वहाँ नियमित रूप से बैठते थे। आज वह एक घंटे तक बैठे रहे और लवली से मिलने और उसके साथ कॉफी का आनंद लेने के लिए सुबह 10 बजे वहां से निकल गए। फिर वह एक घंटे तक अपने कमरे में सोते रहे। उन्होंने अखबार पढ़ा और फिर सितंबर 1939 पर बल देते हुए उसी के साथ द्वितीय विश्व युद्ध की शुरुआत पर डब्ल्यू. एच.ऑडेन की एक कविता तैयार की।

उन्होंने विश्वविद्यालय के उन दिनों को याद किया जब उनके प्रोफेसर्स ने द्वितीय विश्व युद्ध के कारणों और परिणामों पर व्याख्यान दिया था। हिटलर ने नाज़ीवाद के सिद्धांत का पालन किया और आस पास के देशों को जर्मनी के साथ मिलाने के लिए आस-पास के क्षेत्रों पर हमला किया। फिर उसने जर्मनी के दुश्मन इटली से हाथ मिला लिया और फासीवाद के अनुयायी मुसोलिनी का स्वागत किया। चर्चिल ने अपनी सरकार को युद्ध के लिए तैयार रहने की चेतावनी दी क्योंकि हिटलर के राजनीतिक कदम अप्रत्याशित थे। शुरुआत में, उनकी चेतावनी को बेकार माना जाता था, लेकिन जल्द ही राजा ने उन्हें यूनाइटेड किंगडम के प्रधान मंत्री के रूप में पदभार संभालने के लिए कहा। यहाँ तक फ्रांसीसी और रूसी राजनेता की तरह अमेरिकी अधिकारी भी जर्मन के नाजियों के प्रति सतर्क थे। ये सभी प्रथम विश्व युद्ध के भयानक परिणामों का सामना कर रहे थे। आर्थिक मंदी से नागरिक और व्यापारी तंग आ चुके थे। लेकिन जर्मनी और इटली की संयुक्त सेना का सामना करने के लिए उन्हें फिर भी नए हथियारों का उत्पादन करना पड़ा।

1945 तक द्वितीय विश्व युद्ध में जीत के लिए इंग्लैंड, रूस, फ्रांस और अमेरिका को अपने संसाधन खर्च करने पड़े। जर्मनी और इटली की अर्थव्यवस्था पहले ही बर्बाद हो चुकी थी, फिर भी हिटलर और मुसोलिनी का जोश कम नहीं हुआ। अंततः, संयुक्त राज्य अमेरिका ने अगस्त 1945 में हिरोशिमा और नागासाकी पर दो परमाणु बम गिराए और जापान को आत्मसमर्पण करना पड़ा।

अन्य परमाणु विस्फोटों के डर से हिटलर ने अपनी प्रेमिका ईवान ब्राउन के साथ आत्महत्या कर ली, और मुसोलिनी का दुखद अंत हुआ। सीमा विवाद को सौहार्दपूर्ण ढंग से सुलझाने के लिए वैश्विक नेताओं और सत्ताधीशों ने 1945 में संयुक्त राष्ट्र संघ का गठन किया। सबसे महत्वपूर्ण कारक यह था कि लॉर्ड विंस्टन चर्चिल अगला आम चुनाव हार गए।

शाम को दीना नाथ ने गणेश सलिल को अर्शदीप और मंदीप को दूसरे विश्व युद्ध की घटनाओं को दिखाने के लिए कहा और निहारिका को अपनी गोद में रख लिया ताकि युद्ध की घटनाओं के कारण उसे डर न लगे। फिर उन्होंने डब्ल्यू. एच. ऑडेन की कविता 'सेप्टेम्बर 1, 1939,' को 'लोकतंत्र' 'तानाशाही', 'लोकतांत्रिक' मूल्यों की हानि, ज्ञान की कमी' और 'प्रबंधन' पर प्रकाश डालते हुए विस्तारपूर्वक समझाया और इस पंक्ति के साथ समाप्त किया।

'हमें उन सभी को फिर से भुगतना होगा।'
(सेप्टेम्बर 1, 1939)

..15..

दीना नाथ ने सुविधा के अनुमोदन से ठेकेदार को तीन और कमरे बनाने के लिए कहा क्योंकि तीन कमरों का पहला आदेश पूरा हो चुका था। गणेश सलिल और वेंकट को इन प्रयोगशालाओं के लिए वैज्ञानिक उपकरण खरीदने के लिए कहा गया। अब छठी कक्षा से दसवीं कक्षा तक के बच्चे कंप्यूटर साइंस, फिजिक्स और केमिस्ट्री में प्रैक्टिकल करने का आनंद ले सकेंगे। उसने तीसरी, चौथी और पांचवीं कक्षा के छात्रों को भी यह सुविधा प्रदान करने की योजना बनाई, जैसा कि कई अन्य अधिकारियों ने उससे फोन पर कहा था। स्कूल की प्रतिष्ठा बढ़ती जा रही थी, और अन्य शाखाओं के अन्य अधिकारी और अमीर विशिष्ट लोग अपने बच्चों को यहाँ दाखिल कराने के लिए आगे आए। सुविधा ने फीस पंद्रह हजार से बढ़ाकर बीस हजार प्रतिमाह कर दी। पचास कमरे जोड़ने के बाद, छात्रावासों को कूलर और हीटर की सुविधा के साथ और अधिक आरामदायक बना दिया

गया। किर्लोस्कर कंपनी से एक नया पावर बैकअप सिस्टम खरीदा गया, और शिक्षकों को दिल्ली बुक शॉप्स से बीस लाख रुपये की अपने विषयों की नवीनतम किताबें खरीदने के लिए कहा गया। ओपन शेल्फ सिस्टम शुरू किया गया था ताकि छात्र कंप्यूटर की मदद से किताब का पता लगा सकें। छात्रों को किताबें खोजने में मदद करने के लिए पुस्तकालय के घंटों के दौरान एक तकनीशियन वहां मौजूद रहता था। मानव पुस्तकालय शुरू किया गया था, और प्रत्येक शिक्षक से स्कूल के समय के बाद ही संपर्क किया जा सकता था। जैसा कि प्रत्येक शिक्षक को एक घंटे और रहने का आदेश दिया गया था, इसलिए प्रत्येक को बीस हजार रुपये का अतिरिक्त वेतन दिया गया था।

जनवरी से प्रत्येक छात्र के लिए दो सप्ताह में एक पेपर प्रस्तुत करना अनिवार्य हो गया। दूसरा, उसने स्कूल के सेमिनारों को कवर करने के लिए टाइम्स ऑफ इंडिया, अमर उजाला, दैनिक जागरण, इंडिया टुडे आदि के पत्रकारों से संपर्क किया और कहा कि ऐसा करने के बाद ही उन्हें स्कूल से विज्ञापन मिलेंगे। वेलेंटाइन डे की पूर्व संध्या पर, उसने सभी को एक सूट का कपड़ा उपहारस्वरूप दिया।

गलियारे में बिलियर्ड्स टेबल लगाई गई थी। शेरवुड स्कूल नैनीताल की तर्ज पर दसवीं, ग्यारहवीं और बारहवीं कक्षा के छात्र बिलियर्ड्स का आनंद ले सकते थे। फिर से डी.एम. का फोन आया कि आठवीं कक्षा के लिए भी बिलियर्ड टेबल उपलब्ध करवाई जाए। उसने ठेकेदार को दूसरी मंजिल पर लिफ्ट की सुविधा सहित तीन अतिरिक्त कमरे बनाने का आदेश दिया। अतिरिक्त खेल सुविधाओं के लिए उसने हिंडन मिल्स के किनारे जमीन खरीदी, और फिर छात्रों एवं शिक्षकों के लिए बस परिवहन इस आदेश के साथ उपलब्ध कराई कि प्रत्येक छात्र को कम से कम एक खेल में अपनी प्रतिभा दिखाना चाहिए। यहाँ बेसबॉल खेला जाना था। जिम के प्लेटफॉर्म चौगुने हो गए थे और वह इन दिनों आसमां पर उड़ रही थी। ए.डी.एम. और डी.एम. ने एक प्रशासक के रूप में उसकी सफलता के लिए उसे बधाई दी और उसने रोटरी इंटरनेशनल से सर्वश्रेष्ठ प्रिंसिपल का राष्ट्रीय पुरस्कार जीता।

बिलियर्ड्स के तीन टेबल कम पड़ गए, और इसलिए उसने ठेकेदार को तीसरी मंजिल पर तीन कमरे बनाने का आदेश दिया, और अन्य तीन बिलियर्ड्स टेबल खरीदे गए। हालाँकि, उसने कोच से अपने बेटों को भी बिलियर्ड्स सिखाने के लिए कहा।

जैसे ही दीना नाथ ने तीसरी मंजिल के निर्माण को देखा, तो उन्होंने उससे इन कमरों को बनवाने का उद्देश्य पूछा। चूंकि उसने बिलियर्ड्स गेम की बढ़ती मांग का हवाला दिया, इसलिए वह पहली मंजिल पर उस कमरे में आये जहाँ छात्र बिलियर्ड्स खेल रहे थे। सबसे

पहले, उन्होंने उन दोनों को सुप्रभात की शुभकामनाएं दीं और एक मिनट के लिए रुक गए, और उन्होंने उन्हें आगे बढ़ने के लिए कहा। सेठ दीना नाथ ने घर पर बिलियर्ड्स टेबल खरीदी, इंटरनेट पर कीमत चेक की। अब दीना नाथ ने निहारिका को दिन में दो बार दूध पीने के लिए कहा ताकि ताकत और क्षमताएं बटोर सकें और उसने दादा जी की सलाह मानी। हमेशा की तरह, लवली बच्चों के लिए एक प्यारी माँ बनी रही क्योंकि वह अपने पति और उसके परिवार को खुश करना जानती थी।

लेकिन दीना नाथ को दिल से पता था कि पंडित की आधी भविष्यवाणी व्यावहारिक रूप लेने को थी। एक सुबह उन्होंने सुविधा से पूछा 'तुम शिकायत करती थीं कि भाई दूज मनाने के लिए तुम्हारा कोई भाई नहीं था?'

'हां पापा। मुझे बहुत खुशी होती अगर मुझे एक भाई होने का सौभाग्य प्राप्त होता। क्या अब कोई संभावना है?' और वह मुस्कुराई। यह पहली बार था कि वह पापा के साथ खुलकर बात कर सकती थी। वह बस मुस्कुराए, और वह उसकी मुस्कान के छिपे हुए अर्थ को समझ सकती थी। अगले दिन लवली ने उससे कहा कि इस बार उसे पीरियड नहीं हुए है। यह सुनते ही सुविधा ने उसे गले से लगा लिया और फिर 'बधाई' देते हुए अपनी नई माँ के मुँह में मिठाई डाल दी।

लेकिन दीना नाथ परिवार में पूर्ण आनंद की आकांक्षा रखते थे क्योंकि महिलाएं अक्सर अपने सौतेले भाई और बहन से ईर्ष्या करती हैं। लेकिन सुविधा इस वास्तविकता को समझने के लिए काफी समझदार थी। पापा के पास खर्च करने और बचाने के लिए काफी धन था। दूसरे, स्कूल परियोजना परिवार के खर्चों को पूरा कर सकती थी। तीसरा, पापा ने एम.आई.एस फंड के नामांकित नाम में किसी तरह के बदलाव का सुझाव नहीं दिया था। चौथा, उनके पास चार तिजोरी में बहुत सारा सोना था। 'उसे और क्या चाहिए? सबसे खास बात यह थी कि उनकी प्रेयसी में कोई अहंकार नहीं था और अब उसने मासिक वेतन लेना बंद कर दिया। जब दीना नाथ ने अगले महीने के पहले वेतन की पेशकश की, तो वह बस मुस्कुराई और उसे चूमते हुए कहा कि मेरे लिए आपका प्यार ही मेरा सबसे अच्छा इनाम है सेठ, जो परमेश्वर ने मुझे अप्रत्याशित रूप से दिया है!'

आज सुविधा ने अपने बगल के बालों और अन्य अनावश्यक जघन अंग के बालों को शेव करने का फैसला किया, क्योंकि उसे अक्सर वहां खुजली महसूस होती थी। वह अपने वॉशरूम में एक नाजुक रेजर से वहां की सफाई कर रही थी, अचानक उसे लगा जैसे कोई उसे वेंटिलेटर से देख रहा है। वह सतर्क हो गई, और वह अक्सर उस ओर देखती थी। वहां कोई न दिखने पर उसे निराशा हुई। उसने अपने आप से कहा क्या यह मेरा संदेह मात्र था?

फिर उसने स्नान किया और हमेशा की तरह तौलिये में वॉशरूम से बाहर आ गई। उसने एक खूबसूरत रेशम की साड़ी पहनी और नाश्ते के बाद घर से निकल गई। लेकिन वहीं विचार बीच-बीच में उसके मानस पटल को डसता रहा। 12 बजे के बाद, उसे आयुष दर्शन का फोन आया, 'मैडम, आप तो मुझे पूरी तरह से भूल ही गई हैं क्योंकि आपके पास इस टूटे हुए विधुर के पास आने का समय ही नहीं था।'

लेकिन वह चुप रही। उसने आगे कहा- 'अक्षी के बिना अकेले रात गुजारना बहुत मुश्किल होता है।'

'अपने आप को संभालिए और इस कठोर वास्तविकता को स्वीकार करें।' उसने जवाब दिया।

आयुष बोला, 'बच्चों की देखभाल करना मेरे लिए बहुत मुश्किल है क्योंकि अक्षी ही उनकी देखभाल किया करती थीं।'

'ठीक है, एक और अक्षी की तलाश करो, सर। एक अमीर आदमी के लिए इस बड़े शहर में महिलाओं की कोई कमी नहीं है। इसके अलावा आप अपनी पसंद की लड़की खरीद भी सकते हैं', उसने कटाक्ष किया।

'नहीं। महिलाओं को खरीदना मेरी आदत नहीं रही है। कल दोपहर 2 बजे रोजा होटल के सेंट्रल हॉल में अक्षी की उठावनी में शामिल होने का अनुरोध करता हूँ।'

'ठीक है। देखती हूँ दरअसल, डॉक्टर इन दिनों मुझे आराम करने की सलाह दे रहे हैं।' उसने झूठ बोला।

'नहीं। नहीं, मैं तुम्हारा इंतज़ार करूँगा। यदि दोपहर में आने में परेशानी हो तो आप शाम 6 बजे श्रद्धांजलि अर्पित करने के लिए कमरा नंबर 403 पर आ सकती हैं। इससे आपके समय की समस्या भी दूर हो जाएगी।' उसने सुझाव दिया।

अब उसके सामने सब कुछ स्पष्ट हो गया और वह आयुष के कुटिल इरादों को लेकर काफी समझदार हो गई। किसी तरह वह यह तय नहीं कर पाई कि आगे क्या करना है। एक घंटे बाद आयुष का पी.ए. एक बड़ा हीरे का हार, एक मोंड की अंगूठी, और महंगे झुमके के साथ 'फॉर लव वाई' शिलालेख वाले उपहार सहित कार्यालय पहुँचा। उसने सुविधा के तनाव को और बढ़ा दिया क्योंकि जीवन के किसी भी चरण में सोने के गहनों ने उसे कभी आकर्षित नहीं किया। उसके पिता फोन पर इतनी महंगी चीजें खरीद सकते थे, उसने उससे कहा- 'कोई बात नहीं अगर आप उठावनी की रस्म में शामिल नहीं हो सकतीं तो मुझसे शाम 6 बजे होटल में मिलो। यदि आप नहीं आती हैं, तो मैं रात 9 बजे आपके शयनकक्ष में जबरदस्ती घुस आऊंगा फैसला आपको करना है। बेहतर होगा कि कोई बतंगड़ न बनाएं।'

यह एक तरह की धमकी थी इसलिए उसने अपनी पिस्तौल साथ लेकर उसका सामना करने का फैसला किया। उसे एक वासनापूर्ण मजनू के रूप में मर जाने दो। न तो वह उठावनी की रस्म में शामिल हुई और न ही शाम 6 बजे होटल पहुँची। हालांकि, उसने भरी हुई पिस्टल अपनी जींस की पिछली जेब में छिपा लिया और उसे छिपाने के लिए ऊनी जैकेट पहन ली। रात 9.10 बजे आयुष ने चौकीदार को टिप देकर उसके ड्राइंग रूम में प्रवेश किया क्योंकि चौकीदार अक्सर उसे इस घर में आते जाते देखता था।

सुविधा ड्राइंग रूम में आई और उसने उसके सामने हार का पैकेट फेंक दिया- आप अपने आपको समझते क्या हो? क्या आपके पास इतना पैसा है कि मुझे खरीद सको? आपने मेरे साथ वेश्या जैसा बर्ताव करने की हिम्मत कैसे की? यदि आपकी पत्नी की मृत्यु हो गई है, तो आप दूसरी शादी करोगे और यदि दूसरी की भी कैंसर या कार्डिएक अरेस्ट से मृत्यु हो जाती है तो उसके बाद भी एक शादी करोगे। मैं हर विपरीत परिस्थिति में एक वैकल्पिक व्यवस्था, एक टाइम पास कैसे बनूँ? यह मत सोचो कि आप इतनी बेसिरपैर की बातों से मेरे जैसी लड़कियों को खरीद सकते हो। उस दिन मुझे होटल में ठगा हुआ महसूस हुआ क्योंकि मैं आपकी बेटी की जन्मदिन की पार्टी में शामिल होने गई थी। लेकिन यह साबित करता है कि आप एक नंबर के झूठे हो। अपने सोने के साथ तौलने के लिए मुझे कोई धातु समझने की भूल न करें। अब आप जा सकते हैं।'

लेकिन आयुष सोफे पर बैठ गया और कहा, 'कुछ मिनट के लिए ही मेरी बात सुनो। फिर मैं तुम्हारे आदेश के अनुसार चला जाऊँगा।'

सुविधा को सहमति दिए बिना ही सुनना पड़ा, 'मैं एक न एक दिन तुमसे शादी करना चाहता हूँ। जो चाहे ले लो सोना, चाँदी, मोती, दो होटल, दो रिसॉर्ट, दस करोड़ रुपये के शेयर, दो बंगले आदि जो कुछ भी आप लेना चाहती हैं, ले लो। आप जो चाहती हैं मर्जी से चुन लो। लेकिन मुझसे शादी कर लो, दो दिन का समय ले लो, और फिर तुम मेरी बेटियों को अपना लो, और मैं तुम्हारे बच्चों को खुशी से अपना लेता हूँ।'

वह उसे गुड नाईट कहे बिना छोड़ कर चला गया। फिर भी सुविधा ने उसके प्रस्तावों पर कोई ध्यान नहीं दिया और बच्चों के साथ सोने के लिए अपने बेडरूम में पहुँच गई। कुछ तनाव के कारण, वह आज शाम उन्हें कोई कहानी भी नहीं सुना पाई।

स्कूल जाते समय उसने देखा कि चार-पांच लोग एक बूढ़ी औरत से सवाल पूछ रहे हैं 'तुम कौन हो? आपका पता ठिकाना क्या है? तुम गाजियाबाद क्यों आई हो?' आदि।

उत्सुकतावश उसने कार रोकी और उस अजनबी महिला के पास पहुँच गई। उसे हैरानी हुई क्योंकि वह महिला उसे अपने ताऊ सोम जी की पत्नी के जैसी लगी। उसने

मोबाइल पर उसकी तस्वीर ली और पापा को पोस्ट कर दी। उसने उन्हें फोन किया- 'पापा, राज वेडिंग रोड पर एक लापता महिला है, उसका चेहरा सोम ताऊ की पत्नी, ताई जी जैसा दिखता है। पता लगाओ क्योंकि मैं उसे घर ले जा रही हूँ।'

जल्द ही दीना नाथ ने उनके पैर छुए, लेकिन महिला ने कोई जवाब नहीं दिया क्योंकि वह अपनी याददाश्त खो चुकी थी। किसी तरह वह मुरादाबाद रेलवे स्टेशन पहुँची थी, रेलवे डिब्बे में चढ़ी और गाजियाबाद में उतर गई। कोई नहीं जानता था कि वह राज वेडिंग रोड कैसे पहुँची। उन्हें नाश्ता दिया गया लेकिन उन्होंने केवल चाय ली। उनके पति और भाई उन्हें मुरादाबाद में खोज रहे थे। दीना नाथ के फोन से उन्हें राहत मिली। दीना नाथ ने उनसे कहा कि वे उनकी चिंता न करें क्योंकि वह कवि नगर में सुरक्षित है।

..16..

श्रीमती सोम का पुत्र विनीत एक सप्ताह बीत जाने के बाद भी गाजियाबाद नहीं पहुँचा। हालांकि, सोम के चाचा और विनीत ने रोज उनका हालचाल पूछा। लेकिन सुविधा ताई के हिंसक व्यवहार से असहज महसूस करने लगी। अब तक उसने अर्शदीप की पिटाई भी कर दी थी, लेकिन दीना नाथ ने मंदीप को उससे बचा लिया। लवली को अतिरिक्त सावधानी बरतनी पड़ी क्योंकि वह इस तरह के असामान्य माहौल में कभी नहीं रही थी। श्रीमती सोम ने तब हंगामा किया जब उसे लवली के साथ लगे नए कमरे में बंद कर दिया गया। जब सुविधा ने दीना नाथ से पूछा- 'पापा, ऐसा कब तक चलेगा? कृपया आंटी को वापस मुरादाबाद भेज दें। जिस दिन आप आज्ञा दें उसी दिन मैं अपने पी.ए. और दो नौकरों को उनके साथ भेज सकती हूँ।'

दूसरी ओर उसने स्वतंत्र रूप से सोचा कि बात को आगे न बढ़ाना ही बेहतर होगा क्योंकि दीना नाथ को शायद बुरा लगा होगा। अंत में उन्होंने सुविधा से कहा 'सुविधा, जब आप पैदा हुई थीं तो भाभी जी ने आपकी माँ की देखभाल की थी। जब भी तुम्हारी माँ बीमार होती थी, वह तुम्हारी, मेरी और अपने तीन पुत्रों की देखभाल करती थी। हमारा परिवार पचास से अधिक वर्षों से संयुक्त परिवार था और हम सभी ने बिना किसी द्वेषभाव के अपने सुख-दुख साझा किए। भाभी जी की याददाश्त चली गई है तो यह एक त्रासदी है। हमारे अपने बुढ़ापे के बारे में सोचें क्योंकि ऐसे मामले दुर्लभ नहीं हैं। पागलपन के ऐसे दिनों में अभिभावकों और बुजुर्गों को पागल खाने में नहीं भेजा जाता है। अगर आपको यह सब पसंद नहीं है तो मैं आपके और बच्चों के लिए दो सप्ताह के लिए एक सुइट बुक कर दूंगा। फैसला करो और मुझे बताओ क्योंकि मैं उन्हें घर से बाहर नहीं निकाल सकता। भगवान

की बस यही मर्जी थी कि वह सकुशल गाजियाबाद पहुँच गई और तुमने देख लिया। मैं सही समय पर मदद के लिए भगवान और आपका आभारी हूँ।' बेशक, वह दुखी थे लेकिन निराश नहीं थे।

उन्होंने अपने बड़े भाई सोम जी को अपने नए पूजा कक्ष के लिए राम-सीता, विष्णु-लक्ष्मी, शिव-पार्वती और कृष्ण-राधा की पीतल की खड़ी मूर्तियों को खरीदने के लिए कहा था। विनीत ने उनसे कहा कि ये सभी मूर्तियाँ शीघ्र ही बनकर तैयार हो जाएँगी, और उनकी डिलीवरी होते ही वह वहाँ पहुँच जाएगा- 'चिंता मत करो। निर्माता भी आपको अच्छी तरह से जानते हैं और इसलिए उनके द्वारा 20 प्रतिशत की छूट दी जाएगी।'

इससे सुविधा को थोड़ी दिलासा मिली और उसने आगे कहा- 'उससे स्कूल के लिए गणेश जी की बैठी हुई पीतल की मूर्ति के लिए भी कहो।'

इसके बाद सुविधा ने ताई के साथ तालमेल बिठाने का हर संभव प्रयास किया और अब ताई उन सभी से परिचित हो गई। कई बार वह सामान्य दिखाई देती थीं। अपने अंतर्मन के आह्वान पर, दीना नाथ ने श्रीमती सोम की बीमारी की जाँच के लिए एक मनोचिकित्सक को बुलाया। उसने उनकी देखभाल के लिए अपनी दो नर्सों को भेजने का वादा किया, जबरदस्ती दी जाने वाली दवाइयाँ लिखीं और फिर भी दवाओं की व्यवस्था करने का वादा किया।' सुविधा के हैरान होने पर उन्होंने कहा- 'मैडम मानसिक विकार के अन्य रोगियों से कहीं बेहतर हैं। चूंकि भारतीयों में नैतिक मूल्य विद्यमान होते हैं और वे उन्हें मारने के लिए इंजेक्शन नहीं दे सकते।'

वैसे भी, मुसीबतें देर-सबेर दूर हो जाती हैं और विनीत अगले एक सप्ताह के बाद भगवान और उनके सहचरों की मूर्तियों के साथ गाजियाबाद आ गया। उन्होंने दीना नाथ का शुक्रिया अदा किया- 'मां का ख्याल रखने के लिए शुक्रिया चाचा जी। यहाँ वह शांत और खामोश दिखाई देती हैं, जबकि वह आमतौर पर बच्चों पर खाने-पीने की चीजों से भरी प्लेटें फेंकती हैं। हो सकता है कि वह पिछले जन्मों में किए कुछ पापों से पीड़ित हों। कौन निश्चित तौर पर कुछ कह सकता है? दीना नाथ ने विनीत की भरपूर आवभगत की और उसे स्कूल एवं सुविधा तकनीकी प्रबंधन संस्थान की साइट पर ले गए।'

अब विनीत ने शिकायत की- 'चाचा जी, आपने मेरे साथ अपनी योजनाओं पर चर्चा ही नहीं की। क्या मैं अब आपको प्रिय नहीं रहा?' क्या दूरियों ने हमारे बीच अंतर पैदा कर दिया है? मेरी समझ और सहनशीलता से परे, खैर! अन्य अजनबी लोग आपके संस्थान के ट्रस्टी हो सकते हैं। यहाँ तक कि जिला अधिकारियों के आदेशों का भी पालन किया जाता है लेकिन यह सब पापा और मेरे लिए एक रहस्य बना हुआ है। यदि आपने अपना घर बेचा है, तो ऐसा करने की आपकी इच्छा थी। अगर आपको इस प्रोजेक्ट के लिए दो करोड़ की

जरूरत थी तो पुश्तैनी मकान की बिक्री विलेख के बिना मैं आपके लिए दे सकता था। क्या हम अब वही गुप्ता परिवार के सदस्य नहीं हैं? कृपया मुझे बताएं कि क्या किसी ने आपको गाजियाबाद में शिफ्ट होने के लिए कहा है?

विनीत ने दीना नाथ को भावनात्मक रूप से ब्लैकमेल किया और कहा कि आप में कितनी अच्छी बात है कि आपने हमें माँ को मुरादाबाद वापस ले जाने के लिए जल्दी करने के लिए नहीं कहा। यह वाकई काबिले तारीफ है! इसका अर्थ है संयुक्त परिवार प्रणाली - एक कील एक व्यक्ति को चुभती है और सभी सदस्यों के शरीर और मन में टीस पैदा करती है। यहाँ तक कि सुविधा दीदी भी हममें से किसी को फोन नहीं करती हैं। क्यों? आप उन्हें हमारे संपर्क में रहने के लिए कह सकते हैं। उनके पति की हत्या हुई, और हमें खबर भी नहीं हुई। क्या यह परिवार का दुर्भाग्य नहीं था? क्या वह मुरादाबाद में आकर हमारी अपनी जमीन पर इस इंटरनेशनल बैकलौरीएट स्कूल की स्थापना नहीं कर सकती थी? नहीं, क्यों? इन दिनों शायद अहंकार ज्यादा मायने रखता है।'

दीना नाथ के पास विनीत को देने के लिए कोई जवाब नहीं था क्योंकि वह सुविधा की प्रकृति को जानते थे। वह विनीत को सुविधा तकनीकी प्रबंधन संस्थान के न्यासी बोर्ड में शामिल होने के लिए कैसे कह सकते हैं? बेशक, यह जेनरेशन गैप था, जो उनके द्वारा पाटने के लिए बहुत बड़ा था। बस उन्हें चुप रहना था ताकि भविष्य के झगड़ों से बचा जा सके क्योंकि उन्होंने अपनी दूसरी शादी के साथ पहले ही खुद को एक विकट स्थिति में डाल दिया था।

औपचारिकता से दीना नाथ ने विनीत को एक या दो दिन और रुकने के लिए कहा ताकि वह भगवान और उनके सहचरों की मूर्तियों के स्थापना समारोह को देख सकें। वह रुका लेकिन उसका रुकना व्यर्थ था! प्रशासन में हस्तक्षेप के डर से सुविधा ने उससे वित्तीय सहायता नहीं मांगी। अगर वह कई लोगों को शामिल करती, तो उसका सिरदर्द हमेशा के लिए बढ़ने वाला था। अंततः विनीत अगली शाम अपनी मां के साथ चला गया।

बच्चों के सोने के बाद उसने सी.सी.टी.वी. की फुटेज ऑन की और पिछले दिन की फुटेज देखने के लिए पिछली रिकॉर्डिंग पर गई जब वह अपने बाल साफ कर रही थी। उसकी आंखे फटी की फटी रह गई, यह गणेश सलिल थे जो इन दिनों नियमित रूप से न केवल उसे नग्नवस्था में देखते थे, बल्कि उसकी तस्वीर भी लेते थे। असहनीय, घृणित! उसके बच्चों का भोला-भाला सा दिखने वाला शिक्षक, वो भी ऐसा! छी! स्कूल के अंदर उस पर कैसे भरोसा किया जाए जहाँ लड़कियां आमतौर पर बढ़ती उम्र में होती हैं। आखिर गणेश सलिल एक परिपक्व शिक्षक थे, जो छात्रों के बीच लोकप्रिय थे और पापा के प्रिय थे। उसने पापा को इस बारे में बताना उचित नहीं समझा क्योंकि इससे गणेश सलिल को

उसके घर आने के लिए बिल्कुल मना कर दिया जाएगा। दूसरी बात, पापा उसे स्कूल से भी निकाल सकते हैं। फिर सत्र के बीच में एक और शिक्षक की आवश्यकता होगी। इतने सारे विचार उसके दिमाग में एक साथ उमड़ पड़े और उसे तनाव में डाल दिया।

अगली शाम, उसने एक कुटिल युक्ति अपनाई- 'मुस्कुराओ और मुस्कुराते रहो और खलनायक बनो!' उसने गणेश सलिल को बच्चों को पढ़ाने के बाद रात के खाने पर रुकने को कहा। चूंकि कोच बच्चों को बिलियर्ड्स रूम में व्यस्त रखता था, सुविधा ने उससे पूछा- 'तुम्हें हमारे घर में और मेरे बच्चों के साथ कैसा लग रहा है?'

'ठीक है मैडम। वे अपनी पढ़ाई में रुचि ले रहे हैं। स्मार्ट बोर्ड के कारण वे दूसरों की तुलना में जल्दी सीखते हैं। उम्मीद है अच्छे परिणाम मिलेंगे।'

'अच्छा। मैं आपके आशावादी दृष्टिकोण से खुश हूँ।'

फिर सुविधा ने उसे कॉफी रंग का एक ऊनी सूट भेंट किया और उसे सिलवाने के लिए तीन हजार रुपए भी दिए। वह नहीं जानती थी कि उसने जो सूट पहना है उस सूट का कपड़ा सेठ जी ने उसे उपहार में दिया था। वह झिझका, तो सुविधा ने उसका हाथ अपने हाथ में लिया और कहा- 'यह गुरुदक्षिणा का एक हिस्सा है। इसे मेरी तरफ से वैलेंटाइन डे के तोहफे के रूप में पहनना।'

सुविधा ने अपनी बात जारी रखी- 'वास्तविक जीवन में आप आगे क्या योजना बना रहे हैं? क्या आपका शादी करने का इरादा नहीं है? मुझे लगता है कि अब आप महीने में दो लाख रुपये से ज्यादा कमाते हैं। आप मासिक किश्तों पर भी एक अपार्टमेंट खरीद सकते हैं।'

'जी हां। मैं भी कुछ ऐसा ही सोच रहा हूँ। लेकिन सच कहूँ तो मुझे कोई जल्दी नहीं है।'

'क्या आप कल सुबह 11 बजे के बाद से अपराह्न 3 बजे तक फ्री हैं?'

'यदि आप आदेश दे रही हैं तो ठीक है।'

'ठीक है। तो फिर कल हम स्कूल के लिए कुछ सामान खरीदने चलते हैं, मुझे कल सुबह 11 बजे स्कूल के गेट पर मिलें।'

'बढ़िया। थैंक यू। गुड नाइट।'

'गुड नाइट,' उसने जानबूझ कर उसे रोमांटिक महसूस कराने के लिए उसके हाथों को अपने हाथों में ले लिया।'

अगले दिन सुविधा अपने देव के मन को जीतने के लिए आगे बढ़ने वाली किसी देवी के समान सजी-संवरी, मानो मेनका अपने भगवान विश्वामित्र को जीतने के लिए आतुर हो। उसने गणेश सलिल को स्कूल के गेट से साथ लिया।, जहाँ वह हमेशा चेयरपर्सन के रूप

में प्रवेश करती थी। लेकिन आज उसका एक और लक्ष्य था और इसलिए उसने सेलिया होटल की ओर रुख किया, जहाँ उसने दोपहर की मौज मस्ती का आनंद उठाने के लिए कमरा नंबर 205 बुक किया था। गणेश सलिल के लिए स्कूल के चेयरपर्सन के साथ रहने का यह पहला मौका था, और वह पूरी तरह से विनम्र और आज्ञाकारी था। कार में सुविधा ने उससे पूछा- 'कहां से आते हो?'

'गाज़ियाबाद के ही लोनी गांव से।'

'तुम्हारे घर में कौन-कौन है?'

'मेरे माता- पिता मजदूरों की मदद से सौ बीघा जमीन पर खेती करते हैं।'

'आप कितने बहन-भाई हैं? मेरा मतलब वे कितने पढ़े-लिखे हैं?'

'मैडम, दरअसल। मैं अपने माता-पिता का इकलौता पुत्र हूँ।'

'तो आप भाई दूज कैसे मनाते हैं?'

'सच कहूँ तो मेरे मन में एक बड़े परिवार की कोई भावना नहीं है।'

'काफी आधुनिक ख्यालात वाले दिखते हो गणेश! आप अपने कमरे में अपना समय कैसे व्यतीत करते हैं?'

'बस ग्यारहवीं और बारहवीं के छात्रों को संदर्भ बताने के लिए रसायन विज्ञान और भौतिकी की नवीनतम पत्रिकाएं पढ़ता हूँ।'

'प्रशंसनीय। क्या यह आपके जीवन का एकमात्र उद्देश्य है? क्या आप शिक्षक बनना चाहते थे या मजबूरी में इस पेशे में आए थे?' उसने कनखियों से उसे देखते हुए पूछा।

'मेरे जीवन में मजबूरी जैसा कुछ नहीं है। मेरे माता-पिता ने मुझे जो चाहा उसका अध्ययन करने के लिए खुली आज़ादी दी। बेशक, वे मेरी शादी तय करने की जल्दी में हैं लेकिन मुझे जल्दी नहीं है।'

'आप अपने विवाहित जीवन की योजना क्यों नहीं बनाते?' क्या मैं आपसे आपकी संवेदनाओं और जुनून या दीवानगी के बारे में पूछ सकती हूँ? क्या मनोवैज्ञानिक यह मानते हैं कि परिपक्व लोगों की तुलना में रात में युवा लोगों के अलग-अलग रोमांटिक सपने होते हैं?'

यहाँ वह भूल गई कि वह हाईवे पर कार चला रही थी और लगभग हर दिन सपने में उसके साथ दो बार प्यार करने के सपनों को याद किया। वह दूल्हे के रूप में कपड़े पहने उसके बिस्तर पर आया और उसने अपनी शेरवानी और तंग पायजामा उतार दिया और फिर उन्होंने गांव में अपने कमरे में अपना हनीमून मनाया। गणेश सलिल ने एक बार उससे कहा- 'मैडम, कृपया ड्राइविंग करते समय सतर्क रहिए। मैडम, भावनात्मक दुनिया में मत खो जाइएगा।'

'ओ के। थैंक यू। दरअसल, अवचेतन मन और चेतन मन के बीच कोई सीमा रेखा नहीं है। अक्सर अचेतन मन भी हावी हो जाता है और चेतन मन पर धारदार स्टील की तरह अविस्मरणीय छाप छोड़ देता है। जीवन जो दिखता है उससे बिल्कुल अलग है। कई बार हमारी भावनाएँ हमारे कारण को नियंत्रित करती हैं और हमें उकसावे में व्यवहार करने के लिए मजबूर करती हैं।'

'हाँ। वर्जीनिया वूल्फ और जेम्स जॉयस ने अपने उपन्यासों में इस सिद्धांत का पालन किया। जेम्स कॉमेन और रॉबर्ट लुंडिन ने मनोभ्रंश, अवसाद, न्यूरोसिस आदि के कारणों का विस्तार से वर्णन किया है क्योंकि क्रूर भावनाओं के कारण लोग अक्सर मानसिक रूप से टूटा हुआ महसूस करते हैं। अपनी भावनाओं को दोस्तों और संबंधों के साथ साझा करना बेहतर होता है।'

'ठीक है गणेश। मैं आपसे सहमत हूँ।'

रिसेप्शन से, वेटर उनके पीछे-पीछे कमरा नंबर 205 तक गया, और अपनी आँखों के इशारे से, उसने उसे पेय और नाश्ता परोसने के लिए कहा। जैसे ही गणेश सलिल आराम से सोफे पर बैठा, उसने देखा कि एक मेज पर जलती हुई मोमबत्तियाँ और केक रखा है। सुविधा ने अपने बड़े पर्स से एक पैकेट लिया और कहा 'बस गणेश आती हूँ और वाशरूम के लिए निकल गई। वह दो मिनट के भीतर ही घुटनों तक का एक झीना गुलाबी गाउन पहने बाहर निकली जिसके अंदर उसने कुछ नहीं पहना था। आंखों में लाल डोरे लिए वह आई और गणेश के पास बैठ गई। उसने पूछा- 'मैं तुम्हारी नजरों से कैसी दिखती हूँ?'

'यूनान की देवी वीनस की तरह खूबसूरत, आभामय और शानदार।' गणेश ने उत्तर दिया।

'सचमुच!' सुविधा ने अदा दिखाई।

दरवाजे पर दस्तक सुनकर वह दरवाजा खोलने के लिए उठी। वेटर शैंपेन के साथ-साथ वोदका भी ले आया। उसके जाते ही उसने दरवाजा बंद कर लिया और उससे कहा- 'आज मेरा जन्मदिन है। पापा मुझे मेरे 26वें जन्मदिन पर विश करना भूल गए। इसलिए मैंने इस खुशी के मौके पर आपके साथ रहने की योजना बनाई। जब भी बच्चे अपना जन्मदिन मनाते हैं तो मैं उनके साथ पूरे दिल से इस तरह जुड़ती हूँ जैसे मैं अपने जन्मदिन का आनंद ले रही हूँ। जन्मदिन पर खुशी की भावना अतुलनीय है। तो आओ और केक काटने में मेरी मदद करो!'

'वह उठा और उसके करीब आया। केक काटने से पहले, सुविधा ने उसके माथे पर उसे चूमा। उसे एक छोटा सा गाउन पहने देखकर गणेश के शरीर में सनसनी महसूस हुई। चौथी बार वह उसके उभारों और भरपूर जवानी को देख रहा था जो उसने अपने सपनों में

देखे थे। यहाँ वह उसके साथ थी, और निश्चित रूप से, वह अपनी महत्वाकांक्षा को पूरा कर सकता था। अक्सर, उसने अपने और तीन कारों वाली अमीर चेयरपर्सन के बीच की खाई को महसूस किया था। वह भी अपनी खुद की कार रखना चाहता था ताकि वह अपनी प्रिय के साथ लॉन्ग ड्राइव पर जा सके। लेकिन अफसोस! कोई कार नहीं थी, और वह अब तक गाड़ी चलाना नहीं जानता था। उनके दोस्त वेंकट ने उन्हें ड्राइविंग सीखने और मासिक किश्तों पर कार खरीदने का सुझाव दिया, जैसा कि शहर में कई अधिकारियों ने किया था। लेकिन उसने उससे कहा कि उसकी नौकरी बहुत अस्थायी है और इसलिए वह 'बेकार' होने की संभावना को नहीं भूला था, यानी बेरोजगारी के साथ कार भी खो देनी होगी। जब कोई अच्छे स्कूल में होता है तो ट्यूशन अच्छा पैसा दिलाती है। अन्यथा माता-पिता एक शिक्षक को तीन-चार हजार रुपए महीने में किराए पर लेते हैं। यह कड़वी सच्चाई उनके रास्ते में रोड़ा साबित हुई।

एक ही फूंक में सुविधा ने मोमबत्तियां बुझा दीं और उसका हाथ दाहिने हाथ में लेकर केक काटा। उसने केक का पहला टुकड़ा लिया और गणेश के मुंह में डाल दिया जो उसके पास ही खड़ा था, और जैसे ही सुविधा ने उसे आलिंगन किया उसकी उभार गणेश के सीने से जा टकराए। बदले में गणेश ने भी केक का एक और टुकड़ा लिया और सुविधा के मुंह में डाल दिया- 'हैप्पी बर्थडे मैडम सुविधा। आप देवी अरोरा की तरह हमेशा जवां और हसीन बनी रहें।'

अब उसने उसे किस करने की हिम्मत दिखाई, और उसकी प्रतिक्रिया से, उसने उसके उभारों को चूम लिया। जैसे ही उसने उसके दोनों कूल्हों को दबाता रहा, उसने महसूस किया कि सुविधा ने पैंटी नहीं पहनी थी। उसका आमंत्रण स्पष्ट था और इसलिए वह उसकी दोनों कूल्हों को दबाता रहा और दोनों में उत्तेजना का ज्वार चढ़ने लगा। अब सुविधा ने उसका सूट, टाई, शर्ट और बनियान उतार दिया।

उन दोनों के लिए अपनी उत्तेजना और कामेच्छा को नियंत्रित कर पाना काफी मुश्किल था। गाउन के बिना, वह बेपनाह खूबसूरत लग रही थी, जैसा कि उसने अपने सपनों में कल्पना की थी। अब सपना हकीकत में बदल गया था, और उसने विनम्रता से उसके स्तनों को सहलाया, उसमें बहुत सारी संवेदनाएँ पैदा कीं। सुविधा ने कसमसाते हुए उससे कहा, 'कृपया इन्हें जोर से दबाते रहें क्योंकि इन्हें भी अपनी भूख मिटाने की जरूरत है।

दोनों समय को भूलते चले गए, एक-दूसरे को पुरजोर किस किया और वह जल्द ही उसके अंदर प्रवेश कर गया। चूंकि यह गणेश का पहला मौका था, इसलिए वह जल्दी ही स्खलित होकर बाहर आ गया। सुविधा ने उसे चिंता नहीं करने के लिए कहा क्योंकि

पहली बार स्वाभाविक रूप से ऐसा होता है। क्योंकि वह पूरी तरह से उत्तेजित हो चुकी थी इसलिए वह उसे लगातार किस करती रही। वह बाइक पोज में उसके पेट पर बैठ गई और फिर उसकी छाती को चूमा। जल्द ही गणेश को अपने लिंगोत्थान का एहसास हुआ। तभी सुविधा ने उसे प्रतीक्षा करने के लिए कहा। उसने सीरम की कुछ बूंदों को उसके लिंग और अपनी योनि पर टपकाया और फिर उसे अपने अंदर प्रवेश करने के लिए कहा। अब यह बहुत तेज़ असरदार था, और उसने ओथेलो और डेसडेमोना के पहले प्यार भरे हनीमून के बारे में बात की ताकि उसका ध्यान भटका सके। इसके बाद, उन्होंने एलिजाबेथ बैरेट ब्राउनिंग और रॉबर्ट ब्राउनिंग के शुद्ध प्रेम का उल्लेख किया, जिन्होंने ब्रिटेन से दूर इटली में हनीमून का आनंद लिया था। और फिर सुविधा ने उसे बताया कि कैसे देवी वीनस अपने पति की इच्छा के विरुद्ध वल्कन से प्यार करती थी।

उनकी यह कामक्रीड़ा बीस मिनट से अधिक समय तक चलती रही और दोनों एक साथ स्खलित हो गए। अपने जिस्म को धोने के बाद, वे दोनों वाशरूम से बाहर आए, और सुविधा ने उससे पूछा- शैंपेन या वोदका, आप क्या लेंगे?'

'मैं दोनों में अंतर नहीं जानता। कृपया साथ देने के लिए मेरे गिलास में कुछ भी डालें।'

उसने ग्लासों में शैंपेन डाली और उसे जाम पेश किया- 'चीयर्स!'

'चीयर्स!' उसने दोहराया और अपना जाम लेकर उसकी गोद में बैठ गई। वे बार-बार एक-दूसरे के प्याले से घूंट पीते थे और खुशी का अनुभव करते थे और स्वर्ग का सा अनुभव करते थे। उसने पूछा- 'इंद्रलोक में परियों को कैसा मजा आता है?'

'मैडम। मुझे जरा भी पता नहीं है।'

'क्या आपने कभी इंद्रलोक, स्वर्ग और सर्वश्रेष्ठ मंच की कल्पना नहीं की।'

जिसे स्वर्ग कहा जाता है?'

'नहीं कभी नहीं।' उसने विनम्रता से उत्तर दिया।

चूंकि वह अभी भी प्यासी थी, इसलिए वह उसे राख की तरह ठंडा नहीं होने देना चाहती थी और उसे धधकता हुआ रखने के लिए उसे चूमती रही। पहला जाम खत्म करने के बाद वह उसे बिस्तर पर ले गई। अब वह बाकी जरूरी काम खुद भी कर सकता था और उसे किसी सहारे की जरूरत नहीं थी। सुविधा ने उसे जोर से स्ट्रोक देने के लिए कहा, और उसके स्ट्रोक्स ने उसे आहें भरने को मजबूर कर दिया। खुशी और तृप्ति की भावना के साथ वे लगातार आहें भरते रहे।

शैंपेन का दूसरा जाम पीने के बाद, उसने उसे दोपहर के भोजन के लिए ऑर्डर देने के लिए कहा। जब वेटर ने दोपहर का भोजन परोसा, तो उसने अपना गाउन पहन लिया और

उसने पहले ही अपनी शर्ट और पतलून पहन ली थी। जब वेटर चला गया तो उसने सुविधा से पूछा- 'जब वेटर यहाँ जोड़ों को आनंद लेते हुए देखता है तो उसे क्या लगता है?'

'उसे इन सबकी आदत है। ये महंगे होटल निम्न मध्यम वर्ग के लोगों के छोटे-छोटे भुगतान पर नहीं चलते हैं।'

दोपहर के भोजन के बाद उसने उसे फुसलाया- 'क्या आप सी.बी.एस.ई. सिस्टम स्कूल के प्रधानाचार्य बनना चाहेंगे जो वास्तव में बहुत पहले शुरू हुआ था?'

'सॉरी, मैडम। प्रिंसिपलशिप का मतलब है प्रशासन की देखभाल करना और प्रिंसिपल के रूप में मुझे ट्यूशन करने की अनुमति नहीं है। इस प्रस्ताव को स्वीकार न करने के लिए मुझे वास्तव में खेद है।'

'तो आप मेरा कौन सा प्रस्ताव स्वीकार करेंगे?'

'केवल प्रेम की पेशकश क्योंकि मैं केवल इसे ही चुका सकता हूँ।'

'सचमुच? इस तरह सोचने के लिए आप कितने अच्छे हैं। मेरे प्यार के प्रस्तावों को चुकाने के बारे में सोचने के लिए धन्यवाद। शायद आपको यह वादा याद होगा जो आपने अभी-अभी किया है?'

'बेशक। तुम बहुत प्यारी हो। आपके फिगर ने मुझे हमेशा आकर्षित किया है। आप अपनी सुंदरता और शारीरिक आकर्षण को बनाए रखने के लिए क्या खाती हैं?'

बस सुबह बीस मिनट योग करती हूँ। दूसरे, मैं मानसिक रूप से इतनी साहसी हूँ कि हर स्थिति का सामना कर सकूं, चाहे कुछ भी हो जाए। मैं धूर्तों के सामने आसानी से आत्मसमर्पण नहीं करती, चाहे वह कोई भी हो। एन.सी.सी. के अवर अधिकारी के रूप में मैंने आज्ञा और अनुशासन, साहस और वीरता के कर्मों का कौशल सीखा- 'कायर दिन में कई बार मरते हैं लेकिन बहादुर केवल एक बार मृत्यु का स्वाद चखते हैं।'

'यह एक वीरोचित गुण है, जो शायद ही शहरी महिलाओं में पाया जाता है।'

जल्द ही उसने सुविधा की आँखों में वासना देखी क्योंकि उसने अभी तक अपना गाउन नहीं पहना था। वह सोफे पर उसके पास आई और उसकी जाँघों को रगड़ा, और उसे बार-बार चूमा। उसने पूछा- 'क्या आप कल का इंतज़ार नहीं करोगी?'

'मैं कल का इंतजार कैसे कर सकती हूँ? 'कल और कल' में हमेशा देर होती है!'

'ठीक है। तो फिर करीब आओ।'

अंत में, उन्होंने होटल में इस छोटे से प्रवास से प्रसन्नता महसूस की, और उन्होंने उसके लिए अगली बार मिलने का प्रबंधन करने का वादा किया। सुविधा ने पूछा- 'क्या आप सच में अपना वादा पूरा करने को प्रतिबद्ध हैं?'

‘दिखाने पर शक करने की गुंजाइश नहीं है!’

‘ठीक है। तो फिर अपने कमरे के लिए डबल बेड, गद्दा, सोफा आदि जैसी जरूरी चीजें मुझ से, अपनी वीनस से उपहार के रूप में खरीद लें।’

‘चिंता न करें। उपहार के रूप में मैं आपसे वह लूंगा जो पैसे से नहीं खरीद सकते। अगर आप कर सकती हैं तो मुझ पर भरोसा करें?’

‘ठीक है। आपकी ओर से अच्छा प्यार भरा इशारा। आपकी भावनाओं को गलत समझने के लिए क्षमा करें।’

‘ठीक है। मैडम जी।’

‘मेरे लिए जी का प्रयोग न करें।’

उन्होंने आर. डब्ल्यू. इमर्सन की कविता ‘टू रिवर’ याद की-

मेरी धारा आगे और उज्ज्वल है,

जो इसे पीएगा उसे फिर प्यास नहीं लगेगी।

कोई भी अँधेरा अपनी समान चमक पर दाग नहीं लगाता,

और उम्र बारिश की तरह उसमें गिर जाती है।

(टी आर)

चतुर होने के कारण सुविधा ने यह सब सी.सी.टी.वी. पर रिकॉर्ड कर लिया और अगले दिन सारी फुटेज एकत्र की, और फिर बीस हजार रुपये देकर इन्हें डिलीट करवा दिया। दिक्कत यह है कि अगले रविवार को मिलने की उम्मीद में, गणेश सलिल कल्पनाशील आनंद की दुनिया में जीता रहा। उसने बैंक से लोन लेकर राज नगर एक्सटेंशन में एक अपार्टमेंट खरीदा और आनंद के क्षणों के लिए इसे संवारा।

..17..

मंगलवार को ग्यारहवीं और बारहवीं के छात्रों ने समकालीन भारतीय आर्थिक परिदृश्य पर एक संयुक्त संगोष्ठी की, और उनमें से आधे छात्रों ने उस दिन अपने पेपर प्रस्तुत किए। सेमिनार की अध्यक्षता छात्र ऋषभ ने की।

यहाँ पहले स्पीकर ने उन राजनेताओं की आलोचना की जिन्होंने हाल ही में पूरे भारत में बैंक संसाधनों का दुरुपयोग करने की कोशिश की थी। दूसरे वक्ता ने बताया कि वर्तमान में पूंजीपतियों द्वारा भारतीय रिजर्व बैंक की आर्थिक नीतियों की अनदेखी की गई है। तीसरे स्पीकर ने एल.आई.सी. और डाकघर के उस पैसे का विवरण सामने रखा जो केवल कुछ पूंजीपतियों द्वारा उधार लिए गए थे, और मध्यम वर्ग के व्यापारियों को इस बड़ी राशि से ऋण मिलने में कामयाबी नहीं मिली थी। चौथे वक्ता ने भारतीय अर्थव्यवस्था

को निम्न मध्यम वर्ग और गरीब वर्गों की जरूरतों से संबंधित अर्थव्यवस्था के बारे में समझाया क्योंकि वे ऊपर उठने और बी.पी.एल. रेखा को पार कर पाने में विफल रहे थे।। पांचवें वक्ता ने श्रोताओं को बताया कि वास्तव में विकसित देश बनने के लिए देश में एक मजबूत विनियमित बैंकिंग प्रणाली की आवश्यकता है। छठे वक्ता ने एक पारदर्शी बैंकिंग प्रणाली की आवश्यकता पर बल दिया। सातवें स्पीकर ने डूबे हुए बैंक ऋणों की वसूली के तरीके और साधन सुझाए। आठवें स्पीकर द्वारा यूरोपीय पैटर्न पर एक नई बैंकिंग प्रणाली का सुझाव दिया गया। दसवें स्पीकर ने सवाल उठाया- औद्योगिक विकास के लिए निजी निवेश को कैसे आमंत्रित किया जाए? उन्होंने अपने सहपाठियों से कहा कि बैंकों और ग्राहकों के बीच सद्भाव और आपसी विश्वास पैदा करने की तत्काल आवश्यकता है।

अगले स्पीकर ने बैंकिंग अधिकारियों को चेतावनी दी- यदि बैंक का सारा पैसा पेंशनभोगियों और सरकारी सब्सिडी के बीच बांट दिया जाता है, तो उनका बर्बाद होना तय है। तब अंतिम वक्ता ने इंदिरा गांधी की 14 निजी बैंकों के राष्ट्रीयकरण की नीति के संदर्भ में इसके लाभों पर ध्यान केंद्रित करते हुए शोध पत्र पढ़ा।

तत्पश्चात अध्यक्ष ने सभी वक्ताओं को धन्यवाद दिया और संक्षिप्त सारांश प्रस्तुत किया। डॉ. सुविधा ने वक्ताओं के बीच पुस्तकों का वितरण किया और आई.बी. पत्रिका के पहले अंक में उनके पेपर्स प्रकाशित कराने का वादा किया। छात्रों ने अपने शिक्षकों के साथ कॉफी ब्रेक का आनंद लिया, और सुविधा ने उन्हें एक नए प्रकार की शिक्षा के लिए पढ़ने का आनंद लेने के लिए कहा।

संगोष्ठी की समाप्ति के ठीक बाद, सुविधा ने वेंकट और गणेश सलिल को संगोष्ठी के शोध-पत्र एकत्र करने और अन्य छात्रों को दूसरे सेमिनार के लिए प्रोत्साहित करने के लिए कहा। उसने उन्हें बताया कि कॉलेज इस साल दो पत्रिकाएं प्रकाशित करेगा जिनमें से एक सीबीएसई के लिए है और दूसरी आई.बी. के छात्रों के लिए। सुविधा ने कहा कि छात्रों की रचनात्मकता को पोषित करें और उन्हें पहचान दिलाएं। लेख के शीर्ष पर उनके चित्र प्रकाशित करें। आई.बी. पत्रिकाओं को तीन भागों में विभाजित किया जाना था- कंप्यूटर विज्ञान, भौतिकी और रसायन विज्ञान।

उसके अंतर्ज्ञान ने उसे आयुष पर क्रोध और नाराजगी को बुलावा नहीं देने के लिए कहा क्योंकि वह एक नई महंगी परियोजना - सुविधा तकनीकी प्रबंधन संस्थान शुरू करने जा रही थी, और अन्य विश्वविद्यालयों के प्रोफेसरों को वहां अतिथि व्याख्यान देने के लिए आमंत्रित किया जाना था। उसके लिए, उन्हें होटल में ठहराने की जरूरत पड़ेगी, और वह पिछली बार हुए तर्क-वितर्क के बावजूद आयुष से सभी प्रकार के सहयोग की अपेक्षा करती थी।

उसने अपने पापा से सलाह-मशविरा कर छह लोगों की मीटिंग तय की और शाम चार बजे से सात बजे तक के लिए कमरा नंबर 202 बुक कर लिया। शायद आयुष कुछ अन्य ग्राहकों के साथ व्यस्त था, उसने बस इतना ही कहा- 'ओके, मिलते हैं।' और फोन लाइन काट दी। संबद्धता का प्रश्न अब सबसे महत्वपूर्ण था क्योंकि इमारत का आधे से ज्यादा काम पूरा हो चुका था और लगता था कि छात्रावास भी एक महीने के भीतर तैयार हो जाएगा। चूंकि राष्ट्रीय समाचार पत्रों में विज्ञापन दिए गए थे, इसलिए पूछताछ की जा रही थी। कई विश्वविद्यालयों की स्थिति की तुलना करने के बाद, सुविधा ने ह्यूस्टन विश्वविद्यालय अथवा कोलंबिया विश्वविद्यालय से संबद्धता प्राप्त करने की योजना बनाई।

अगले दिन, उसे विजय शेखर का फोन आया, जो खुद को विजय शेखर विश्वविद्यालय, द्वारका के कुलाधिपति के रूप में संबोधित कर रहा था, उसने उसे विश्वविद्यालय आने के लिए आमंत्रित किया। एक मिनट के बाद, विजय शेखर ने उसे अपने विश्वविद्यालय से संबद्धता लेने के लिए राजी किया और उसे हर संभव मदद का आश्वासन दिया। सुविधा को उस समय बड़ा आश्चर्य हुआ जब विजय शेखर ने उससे कहा, 'किसी भी या सभी तरह की संबद्धता के लिए सुरक्षा जमा राशि के रूप में कोई पैसा निवेश करने की आवश्यकता नहीं है। मैं अभी भी आपका हर आदेश मानने को तैयार हूँ।'

सुविधा ने इस मित्रवत संकेत के लिए उसे धन्यवाद दिया और जरूरत पड़ने पर उसकी मदद लेने का वादा किया। फिर, एक पुराने दोस्त की तरह, सुविधा ने उसे समय निकालकर अपने स्कूलों में आने के लिए कहा। उसने इंटरनेट पर विजय शेखर और जॉय राखी को भी निमंत्रण भेजा।

बैठक में सबल भगत और प्रोफेसर ज्ञान गुरु ने इस बात को मंजूरी दी कि यहाँ स्नातक और स्नातकोत्तर स्तर पर सूचना प्रौद्योगिकी पढ़ाया जाना चाहिए। डॉ. विनोद ग्रोवर और सोमेश अरुण ने आर्टिफिशियल इंटेलिजेंस के मूल्य पर जोर दिया, और इसलिए इस विषय को भी छात्रों को पूर्ण विस्तार से पढ़ाया जाना था। तरल राघव की राय थी कि सिविल इंजीनियरिंग को प्रबंधन कौशल के साथ जोड़ा जा सकता है जिसे सिविल इंजीनियरिंग व्यवसाय प्रबंधन के रूप में नामित किया जा सकता है। अन्य लोगों ने भी इस मुद्दे का समर्थन किया। क्वांटम भौतिकी, क्वांटम रसायन विज्ञान और नैनो प्रौद्योगिकी को भी न्यासी मंडल द्वारा अनुमोदित किया गया था। उन्होंने वैज्ञानिक उपकरणों आदि के लिए दो-दो करोड़ रुपये का योगदान देने का फैसला किया। अंत में, आयुष दर्शन ने कहा कि कंप्यूटर साइंस में एम.एससी. को भी इस सूची में जोड़ा जा सकता है और इससे संबंधित विभिन्न व्यवस्था करने के लिए पांच करोड़ की पेशकश की।

अब तक सुविधा ने पाया कि धन की कोई कमी नहीं थी। लेकिन कोई भी विजय शेखर विश्वविद्यालय से संबद्धता नहीं लेना चाहता था क्योंकि उन सभी से व्यक्तिगत रूप से विजय शेखर ने संपर्क किया था। अंत में यह निर्णय लिया गया कि संबद्धता के लिए सबसे पहले ह्यूस्टन विश्वविद्यालय से संपर्क किया जाए और डॉ. ग्रोवर के सहपाठी वहां के कुलपति थे। दूसरी वरीयता कोलंबिया विश्वविद्यालय को दी गई। सौभाग्य से, सभी प्रमुख शीर्ष रैंकिंग विश्वविद्यालयों ने अपने विभिन्न पाठ्यक्रमों में प्रवेश पाने के साथ-साथ इच्छुक संस्थानों से संबद्धता का वादा करने के लिए दिसंबर और मार्च में दिल्ली के एक पांच सितारा होटल में एक तरह का वार्षिक मेला आयोजित किया। सुविधा को पहले यह काम संभालने को कहा गया।

सौभाग्य से, ह्यूस्टन विश्वविद्यालय के कुलपति ने मामूली सी सुरक्षा धनराशि में अमेरिका के पेन विश्वविद्यालय से सभी तरह की संबद्धता दिलाने की व्यवस्था की। अब उसे ऐसा लग रहा था कि वह अकेले ही अंतहीन रूप से आगे बढ़ रही है।

अब रजिस्ट्रार और सहायक रजिस्ट्रार संस्थान के काम में लग गए। मनिका के दोस्त पन्नू की मदद से विभिन्न कार्यालयों के लिए एक करोड़ रुपये अग्रिम देकर अच्छे फर्नीचर का ऑर्डर दिया गया। डॉ. ग्रोवर के मार्गदर्शन से दिल्ली साइंस एंड रिसर्च डेवलपमेंट कंपनी से पांच करोड़ रुपये में वैज्ञानिक उपकरण खरीदे जा सकते थे। सोमेश अरुण के भवन ठेकेदारों के साथ अच्छे संपर्क थे और इसलिए उन्होंने निर्माण कार्य की देखरेख करने का अनुरोध किया। संस्थान के होर्डिंग्स ने भी प्रेस का ध्यान आकर्षित किया।

सुविधा ने नए संस्थान हेतु पावर बैकअप के बारे में सोचना शुरू कर दिया और आगरा की किर्लोस्कर कंपनी को 70 किलोवॉट के एक अन्य जनरेटर का आदेश दिया। ओवरहेड टैंकों में पानी की नियमित आपूर्ति के लिए ट्यूबवेल लगाया गया था। इंटरनेट पर उन्होंने एएफ कॉर्पोरेशन मुरादाबाद से छात्रों के लिए फर्नीचर की कीमतों और डिजाइनों की जांच की और उनकी कीमतों के प्रति आकर्षित महसूस किया। शनिवार को उसने गणेश सलिल से पूछा- 'कल आप फ्री हैं? आपका कल आ गया है। बधाई हो।'

'मैडम, मैं तो आपके आदेश पर हूँ। मुझे समय बताइए।'

'मैं कल तीन संस्थानों के लिए फर्नीचर खरीदने के लिए मुरादाबाद जाने की सोच रही हूँ। मुझसे सुबह 9.30 बजे आई.एम.टी.' के सामने मिलो।'

'ठीक है। कोई परेशानी नहीं।'

अगले दिन उसने एक रेशमी साड़ी और सफेद राजस्थानी टॉप पहना और मौसम बदलने की स्थिति में एक स्वेटर ले लिया। उसने निश्चित समय पर गणेश सलिल को साथ

लिया, और उसने एक कॉफी रंग का सूट और सफेद शर्ट पहनी थी। अच्छी तरह से शेव किया उसका चेहरा दमक रहा था। सुविधा ने अपनी होंडा सिटी ली थी जिसकी कार की खिड़कियों पर काले शीशे चढ़े थे। वह उसके बगल में बैठ गया और जल्द ही उसकी जांघों को रगड़ने लगा। उसने उससे कहा, 'गणेश, हम व्यस्त राजमार्ग पर हैं। इस तरह गाड़ी चलाना मुश्किल होगा।'

'ठीक है। तो अपने टॉप के ऊपर के बटन खोलो क्योंकि कार के शीशे गहरे रंग के हैं। उनके साथ खेलना सुखद रहेगा। सुविधा ने भी उसकी बात मान ली, उसने उनका कसाव अनुभव किया, वह उन्हें दबाने के लिए उतावला था। लेकिन फिर वह और अधिक उत्साहित महसूस कर रही थी क्योंकि वह उन्हें भी लगातार रगड़ता रहा। जल्द ही उसने हापुड़ के प्रसिद्ध रिट्ज होटल में कॉफी पीने और अपनी कामाग्नि को शांत करने का फैसला किया। उसने वहां एक कमरा बुक किया और वेटर को एक घंटे के बाद ही दो कप कॉफी और स्नैक्स लाने के लिए कहा।

'ओ के मैडम।'

अब सुविधा ने अपनी रेशमी साड़ी और टॉप उतार दिया और उसे अपने स्तनों के साथ खेलने के लिए आमंत्रित किया। आम तौर पर, वह आपातकालीन उद्देश्य के लिए पर्स में अपनी गोलियाँ और कोल्ड क्रीम ले जाती थी। उन्होंने एक-दूसरे को खुलकर किस किया, और फिर उसने एक-एक करके उसके स्तनों को दबाया और मसला। उसकी उत्तेजना बढ़ती गई और फिर वह उसके ऊपर आ गया और अंतत: उसमें प्रवेश कर गया। वह जोरदार स्ट्रोक दे रहा था फिर भी उसने खुद पर नियंत्रण रखा हुआ था। अभी वह भी उसकी उत्तेजना की गिरफ्त में थी और लगातार आह और सिसकियां भर रही थी। आज उसे अंदर से थोड़ी चोट लगी और उसने उसे रुकने के लिए कहा। लेकिन वह उसे इस तरह से - असंतुष्ट, अतृप्त, तड़पता हुआ कैसे छोड़ सकता था। जुनून बढ़ता ही गया और उसने उसकी काया के समग्र अग्र और निम्न भाग पर चुंबन की बौछार कर दी। इस अनापेक्षित क्रिया से उसकी झिझक खत्म हो गई और उसके कूल्हे तेजी से उठते-गिरते महसूस हुए।

लगभग बीस मिनट के बाद, वह पूरी तरह से थका हुआ महसूस कर रही थी और बार-बार उसे रुकने के लिए कहा। लेकिन अफसोस! उसकी बात को माने बिना, उसने अपनी पोजीशन बदल ली और उसे और अधिक स्ट्रोक दिए, जिन्होंने सुविधा को आहें और गहरी आहें भरने को विवश कर सदिया। अंत में, वे दोनों करीब आए और एक-दूसरे को गले लगाया। सुविधा ने उसे वॉशरूम में खुद को धोने के लिए कहा और फिर खुद को धोने और अपने चेहरे को एक और कॉस्मेटिक टच देने के लिए वहां गई। उसने अपने बालों को फिर से संवारा और फिर कॉफी और चीज़ पटैटो के लिए रिसेप्शन से संपर्क किया।

क्योंकि वह जल्दी में थी इसलिए गणेश सलिल फिर भी असंतुष्ट रह गया। दरअसल, उसने शाम 5 बजे तक घर लौटने की योजना बनाई थी। ताकि वह अपने बच्चों के साथ खेल सके, लेकिन गणेश के पास उसके लिए पर्याप्त समय था।

एक कॉफी ब्रेक के बाद, उसने कार को ए.एफ. कॉर्पोरेशन की ओर मोड़ दिया और उनके फर्नीचर डिजाइन देखे। उसने छात्रों के लिए सात सौ कुर्सियों, छह सौ मेज, तीस-पोडियम, स्टाफ के लिए सौ कुर्सियों, कार्यालय के लिए सौ मेज, स्टील की एक सौ अलमारियों आदि का ऑर्डर दिया और इस गारंटी के साथ अग्रिम तौर पर एक करोड़ रुपये दिए कि इन सभी वस्तुओं की आपूर्ति तीन महीने के भीतर की जाएगी।

यहाँ एक और कप कॉफी पीने के बाद दोनों फ्री हो गए। लेकिन वह होटल हाईवे रीजेंसी में फिर से जाने के लिए ललचा रही थी क्योंकि उसके सम्यक के साथ अपने हनीमून की यादें ताजा हो गई थी। वह उसकी प्यारी यादों के सहारे रह रही थी। कमरा नंबर 303 में, उसने शैंपेन की एक बोतल, फ्रेंच फ्राइज़ और एक पटैटो सैंडविच का ऑर्डर दिया। अब गणेश उत्सुकता से उसकी ओर बढ़ा, और वह जानती थी कि उसके मन में क्या है। उसने समय निकालने के लिए नई प्रयोगशालाओं और उनकी संरचना का मुद्दा उसके साथ उठाया, फिर भी उसने बार-बार उसके उभारों पर हाथ रखा और उन्हें सहलाया।

वेटर द्वारा ऑर्डर की गई वस्तुओं को परोसने के बाद, उन्होंने हमेशा की तरह शैंपेन का घूँट भरा और एक सैंडविच आपस में साझा किया। सुविधा ने उससे कहा, 'अगर मैं तुमसे गर्भवती हो जाऊं तो क्या होगा? समाज की आवाज के खिलाफ मुझसे शादी करोगे? हो सकता है कि तुम्हारे माता-पिता को दुल्हन के रूप में एक आकर्षक और सुंदर लड़की की उम्मीदें हों? क्या तुम मेरे तीन बच्चों की जिम्मेदारी स्वीकार करने के लिए तैयार हो जो तुम्हें चाचा की तरह प्यार करते हैं?'

पलक झपकते ही उसकी सारी खुशी काफूर हो गई क्योंकि वह अपने रूढ़िवादी माता-पिता को भली-भांति जानता था। उसे पूरी तरह से निशब्द पाकर सुविधा ने उससे कहा- 'गणेश, आपको मेरे बच्चों के वित्तीय पहलू के बारे में चिंता करने की ज़रूरत नहीं है क्योंकि मैं उनकी शिक्षा, कपड़े, शादी आदि का खर्च उठा सकती हूँ। जिम्मेदारी की भावना ही एक चीज है जो उन्हें चाहिए। यदि आप मुझ गरीब, असहाय, विधवा, बेसहारा से विवाह करने की ठान लें तो निःसंदेह आपकी तनख्वाह दुगनी हो जाएगी?'

उसकी आँखों में आँसू थे क्योंकि उसके जहन में कुछ साल पहले बिताए सुखद दिनों की याद ताजा हो आई।

उसने आगे कहा, 'यदि आपका उत्तर नहीं में है तो भी चिंता न करें। भाग्य और समय ने मुझे कठिन वक्त में जिंदा रहने के लिए काफी निर्भीक बना दिया है। मैं अपनी वर्तमान

नौकरी, स्थिति और जीवन स्तर से पूरी तरह संतुष्ट हूँ। आप जैसे सुबह खुश थे वैसा ही महसूस करें।' कहते हुए उसने उसकी जांघों पर थपकी दी और उसे मुस्कुराने के लिए कहा।, 'मुझे लगता है- उधार के कपड़े कभी सही नहीं फबते। जब आपकी शादी हो जाए, तो बस एक रविवार मेरे लिए, एक सुखद रोमांचक काम के लिए बचाकर रखना। मुझे आशा है कि आपकी पत्नी को इससे कोई आपत्ति नहीं होगी?'

गणेश ने एक फीकी मुस्कान दी क्योंकि उसने उससे इस तरह के सीधे सवालों की कभी उम्मीद नहीं की थी। सुविधा ने उससे कहा- 'गणेश, मुझे लगा था कि तुम मुझमें रुचि रखते हो क्योंकि तुमने रोशनदान से तीन बार मेरी तस्वीरें ली थीं। सही बात है कि नहीं?'

हाँ! सच है। लेकिन मुझे उस बेहूदगी के लिए खेद है। लेकिन अब मैं तुमसे प्यार करता हूँ।'

'हालांकि मैं बहुत जवां हूँ लेकिन तब भी मेरे लिए सिर्फ प्यार ही काफी नहीं है। यह मत भूलो कि मैं अपनी और अपने बच्चों की ठीक से देखभाल कर सकती हूँ। आपने नासमझी से मेरी तस्वीरें लेने की पहल की। किसी और औरत के साथ ऐसा कभी न करें!'

देर से दोपहर के भोजन के बाद, सुविधा ने एक घंटे आराम किया और शाम 4 बजे होटल से घर के लिए निकल गई। रास्ते में, गणेश के पास चर्चा करने के लिए कुछ भी नहीं था। सुविधा ने उसे इन सुखद पलों को भूल जाने के लिए कहा जैसे कि कुछ हुआ ही नहीं था। जब वह नीचे उतरा, तो उसे विदाई चुंबन देने के लिए वह बाहर आई। शायद वह बेहतर स्थिति में थी क्योंकि उसे अकेला छोड़ दिया गया था। उसे सिर्फ तनाव उत्पन्न करने के लिए कोई स्वार्थपरक कदम उठाने का कोई मन नहीं था। उसने उन्हें साहसी और निर्भीक बनाए रखने के लिए उसके सपनों को रोशन किया था। अब उसे यह कहावत याद आ गई कि- 'दो भिखारी एक ही बिस्तर पर पूरी रात सो सकते हैं, लेकिन कोई भी दो राजा एक पल के लिए एक ही राज्य में नहीं रहते।' सुविधा ने उससे केवल प्यार का वरदान देने का अनुरोध किया था, लेकिन इनकार कर दिया गया था। उसका दूसरा दीपक उसे निराश और नीरस छोड़ते हुए बुझ गया। एक बार फिर उसे पतझड़ में बिना हरी पत्तियों के जीवित रहने के लिए मजबूर होना पड़ा। सुविधा ने प्रार्थना की- 'हे ईश्वर! अपने प्राणियों पर दया करो! 'गहन और सद्विचार को प्रबुद्ध होने दें।'

..18..

सफर के कारण थककर पूरी तरह चूर हो जाने के बावजूद, नींद उसकी आंखों से कोसो दूर थी क्योंकि वह अंदर से बिखरकर टूट सी गई थी। जिस्म और भावनाओं की गर्माहट भी उसे महसूस नहीं हो रही थी। वह उस छवि को नष्ट करना चाहती थी जिसे उसने पिछले

दो हफ्तों में बचाकर रखा था। बार-बार, वह इस गलत कदम के लिए पछता रही थी और गणेश सलिल से इतने अंतरंग रूप से मिलने के लिए दुखी महसूस कर रही थी। उसने खुद से पूछा, 'उसने अपनी समझ क्यों खो दी? तीन बच्चों की मां से कौन शादी करेगा? क्या विवाह ही आनंद का एकमात्र स्रोत था? उसने उस आनंद की तलाश क्यों की जो हासिल करना संभव नहीं था?

उसने गणेश सलिल से बदला लेने की सोची लेकिन ऐसा करने पर उसके पापा ही उसे घर और स्कूल के अंदर अपने बच्चों की पढ़ाई में खलल डालने के लिए दोषी ठहराते। जल्द ही उसने यह विचार त्याग दिया और इस रिश्ते के भविष्य के बारे में सोचा। उसके प्यार के बारे में बहुत कम संभावना थी क्योंकि वह केवल उन्मुक्त यौन संबंधों में ही रुचि ले सकता था। हो सकता है कि वह भी आयुष की तरह स्वार्थी था? वह पुरुष में विद्यमान वासना की तीव्रता की जांच कैसे कर सकती थी? एंटोनियो और सेबस्टियन ने नेपल्स की शाही शक्तियों पर कब्जा करने के लिए अलोंसो को मारने की योजना बनाई। वह भी गणेश की तरह व्यवहार करता था।

अचानक, उसे जर्मन दार्शनिक मैक्स मूलर का ध्यान आया, जो उत्कृष्ट प्राचीन भारतीय ग्रंथों के विद्वान् थे, जिन्होंने अपने ब्रिटिश छात्रों को भारत जाने और भारतीय संस्कृति की प्रवृत्तियों का निरीक्षण करने के लिए कहा, खासकर ग्रामीण क्षेत्रों में। यह तथ्य उसे चुभने वाला और अस्वीकार्य था क्योंकि गणेश सलिल एक कठोर और निर्दयी व्यक्ति था, वह गाँव का कोई सुसंस्कृत व्यक्ति नहीं था। उसने उसे ऊंचा उठाने के लिए क्या नहीं किया था? सभी शिक्षकों को लगा कि वह मैडम के करीब है। उसने वेंकट और हाल ही में आई.बी. संस्थान में शामिल हुए अन्य दो शिक्षकों की कीमत पर उसे प्राथमिकता दी। आखिरकार, मैक्स मूलर ने भारतीय ग्रामीणों की उनकी विनम्रता, उदारता, बंधुत्व भावना, दयालु आचरण के लिए प्रशंसा की थी। लेकिन गणेश सलिल कामुक और अश्लील था। उसे भावनात्मक रूप से मारने का उसे क्या अधिकार था? निर्दयी, निर्दयी, पूरी तरह से निर्दयी! भगवान का शुक्र है जिन्होंने समय रहते उसे उसके चंगुल से बचा लिया। देर आए दुरुस्त आए। ऐसे व्यक्ति को एक मार्गदर्शक, संरक्षक और दार्शनिक के रूप में कैसे स्वीकार किया जा सकता है?

यह उसका दुर्भाग्य ही था कि उसने लखनऊ की शांति खो दी थी। भाग्य ने कई साल पहले उसकी मां को छीन लिया था। शादी का आनंद केवल पांच साल तक चला। एक निर्दयी का निर्दयी हृदय और उस पर भरोसा करने की उसकी वैसी ही मूर्खता जैसी जूलियस सीजर ने मार्कस ब्रूटस पर की थी। यह निपट मूर्खता थी और कुछ नहीं। अंत में, उसने सोने के लिए एक ट्रैंक्विलाइज़र (शांति प्रदान करने वाली औषधि) लिया।

इसी तरह, गणेश सलिल अपने नए अपार्टमेंट में तनावग्रस्त था और उसने उसे खुश करने के लिए हाल ही में खरीदे गए फर्नीचर पर नजर डाली। वातानुकूलित कारों का अभ्यस्त न होने के कारण उसे छींक आने लगी। उसे उस गलत मार्ग पर यात्रा करने का पछतावा था जो किसान के बेटे के लिए नहीं थे- वह अपनी देहाती पृष्ठभूमि को क्यों भूल गया? कौन सी परिष्कृत महिला एक देहाती साथी के साथ तालमेल बिठाएगी? उसने यह सब अपनी माँ को क्यों नहीं बताया? उसने अपने और अपने माता-पिता के लिए तनावपूर्ण स्थिति क्यों पैदा की क्योंकि गांव में उनकी अपनी प्रतिष्ठा थी? उसने अपने आप से पूछा- बिना दिल ओर दिमाग के पत्थर का कौन बना है, सुविधा मैडम या वह खुद? क्या इन दो पत्थर की मूर्तियों में वासना ही एकमात्र भावना थी? निकट भविष्य में वह इस पद पर कैसे बना रहेगा? हो सकता है कि वह स्कूल से उसकी सेवाओं को भी समाप्त कर दे? क्या वह घृणा, वासना, लोभ का प्रतीक था और उसमें कोई शुद्ध भावना नहीं थी?

जो बीत गया सो बीत गया और इसे अब पहले जैसा नहीं किया जा सकता है। यदि उसकी सेवाओं की अब और आवश्यकता नहीं है, तो वह किसी अन्य माध्यमिक विद्यालय में नौकरी की तलाश करेगा। बस उसे एक लाख पच्चीस हजार रुपये का वेतन नहीं मिल सकेगा। क्या होगा यदि उसे केवल चालीस-पचास हजार में दूसरी नौकरी मिल जाए? उसने उसे आयुष के बच्चों के कोच के रूप में भी शामिल किया। इस तरह उसे हर महीने दो लाख रुपये का नुकसान होगा। छोटे वेतन में से बैंक की मासिक किस्त का भुगतान करना मुश्किल होगा। उसने ठीक ही सुना था कि मुसीबतें एक के बाद एक आती हैं! शायद वह घृणा, वासना और लालच का प्रतीक था जो मूर्खों के स्वर्ग में जीवित रहा।

फिर भी वह अगले दिन उदास मन से स्कूल की ड्यूटी करने पहुँचा, और तब तक उसके लिए कोई आधिकारिक सूचना नहीं थी। दिन बीतता गया, लेकिन प्रैक्टिकल कक्षाओं में उसका काम छात्रों को अच्छा नहीं लगा। वेंकट ने इस मामले में कुछ नहीं पूछा क्योंकि पुरुष अक्सर किसी न किसी कारण से परेशान रहते हैं। हमेशा की तरह वह सुविधा के घर भी पहुँचा,लेकिन वहां भी कुछ असामान्य नहीं था। उसे उसकी एक कप कॉफी और कुकीज़ मिलीं। पढ़ाना ही उसकी किस्मत में था, इसलिए उसने छात्रों को टाइम टेबल के अनुसार पढ़ाया। उसे कोई बंधन, कोई रोकटोक, असंतोष का कोई स्वर, कोई पत्र नहीं मिला और फिर वह अपने कमरे में लौट आया। योजना के अनुसार, वह रात के खाने के लिए रेस्तरां में नहीं गया और घरेलू सेवा के रूप में पिज्जा ऑर्डर किया। शायद वह मुक्ति के गीत सुनने के लिए तैयार था।

अगली सुबह दीना नाथ ने सुविधा को उन विषयों की प्रयोगशालाओं को देखने की सलाह दी जिन्हें वह अपने संस्थान में पेश करना चाहती थीं ताकि उसे वैज्ञानिक उपकरणों, प्रयोगशालाओं की संरचना और अन्य आवश्यकताओं का प्रत्यक्ष ज्ञान हो सके। चूंकि वह मानविकी की छात्रा थी, उसे उम्मीद नहीं थी कि वह डिजिटल युग की संरचना की नई मांगों के अनुसार प्रयोगशालाओं को प्रस्तुत करने में सक्षम होगी। उसने उनके प्रस्ताव को स्वीकार कर लिया और इस उद्देश्य के लिए अपने नए तकनीकी विशेषज्ञों शिवेंद्र (24) और कुशल कुशाग्र (25) से परामर्श करने की योजना बनाई। शिवेंद्र ने मैसूर विश्वविद्यालय और कुशाग्र ने वारंगल विश्वविद्यालय, बैंगलोर से कंप्यूटर विज्ञान में एम.एस.सी. की डिग्री ली थी।।

सबसे पहले सुविधा ने अपने संस्थान में कंप्यूटर प्रयोगशाला स्थापित करने के लिए बुद्धिमान और सक्रिय शिवेंद्र की राय ली। तत्पश्चात, वह उसके साथ मैसूर विश्वविद्यालय जाने के लिए तैयार हुआ क्योंकि उसके दो सहपाठी वहां काम कर रहे थे। दिन तय करने के बाद, उसने उसके साथ मैसूर जाने की योजना बनाई। अर्शदीप को मनाना इतना आसान नहीं था क्योंकि वह उसके साथ जाने की जिद पर अड़ा था। अंत में, दीना नाथ के हस्तक्षेप के कारण, यह सहमति बनी कि मैसूर से लौटने के बाद पूरा परिवार गोवा की सुखद यात्रा का आनंद उठाएगा।

शिवेंद्र और सुविधा तीन दिनों के लिए मैसूर के लिए रवाना हुए। वे एक-दूसरे के साथ सहज महसूस कर रहे थे। शिवेंद्र एक-दूसरे पर अपना कोट फैलाकर उसे किस करने लगा। बीच-बीच में वह उसकी जांघ के हर हिस्से को रगड़ता और सहलाता जिससे वह बहुत उत्तेजित महसूस करने लगी। सुविधा ने उसे ऐसे किस किया जैसे वह उसे लंबे समय से जानती हो। अनजाने में, उसने उसकी तुलना सम्यक से की, हालाँकि उन्होंने कभी भी हवाई यात्रा का आनंद नहीं लिया। कुछ मिनटों के बाद, उसने गणेश सलिल को अपने से बहुत कमतर पाया क्योंकि उसके पास उसके बच्चों के लिए प्यार का कोई शब्द नहीं था। उसने दो हफ्ते में एक बार उससे प्यार करने का वादा क्यों नहीं किया? आखिरकार, उसने उसे अपनी पसंद की लड़की से शादी करने की आजादी दी थी। उसने उसके वेतन को दोगुना करने का वादा किया था, और फिर भी उसने उसके प्यार के प्रस्ताव का जवाब नहीं दिया। बेवकूफ! उसे अपने आप पर क्यों घमंड था? क्या उसने उसे इतना ऊंचा दर्जा नहीं दिया था तो फिर क्यों...?

शिवेंद्र और सुविधा ने विमान के वॉशरूम में प्रवेश किया और जल्दी से प्यार किया क्योंकि दरवाजे पर लगातार दस्तक हो रही थी इसलिए दोनों असंतुष्ट रहे और दो घंटे बाद

मैसूर पहुँचे। मैसूर होटल में, वे दोनों एक साथ नहाये और फिर एक कप कॉफी का आनंद लिया। अपने दोस्त के साथ समय तय करने से पहले शिवेंद्र और सुविधा ने फिर से प्यार का आनंद लिया जैसे कि मैसूर आने का उनका प्राथमिक उद्देश्य यही हो। यहाँ सुविधा ने अपने आप को हर तरह की सीमा और जिम्मेदारी से मुक्त महसूस किया।

वैभव कुशल की मदद से, उसने कंप्यूटर विज्ञान, भौतिकी और रसायन विज्ञान की प्रयोगशालाओं का अवलोकन किया। जब उसने क्वांटम फिजिक्स, क्वांटम केमिस्ट्री, नैनो टेक्नोलॉजी, रोबोटिक्स और आर्टिफिशियल इंटेलिजेंस की उन्नत प्रयोगशालाओं का दौरा किया तो उन्हें झटका लगा। अन्य विषयों के प्राध्यापकों ने उन्हें विदेशी संस्थाओं से नए उपकरण खरीदने का सुझाव दिया जिनकी अनुमानित कीमत सौ करोड़ से अधिक थी। प्रयोगशालाओं के लिए वह बीस करोड़ रूपये खर्च करने के लिए तैयार थी और इसलिए शाम को अन्य ट्रस्टियों से अन्य अस्सी करोड़ की व्यवस्था के बारे में संपर्क किया। लेकिन डॉ. ज्ञान गुरु का यह सुझाव देना उचित था कि 'सबसे आवश्यक उपकरण अभी खरीदें जिसकी कीमत पचास करोड़ है और बाकी अगले साल खरीदे जा सकते हैं।' दूसरे, आयुष दर्शन का कुछ पैसा रसायन विज्ञान और भौतिकी की प्रयोगशालाओं पर खर्च किया जा सकता था। तीसरा, संस्थान की प्रतिष्ठा बनाए रखने के लिए बैंक से ऋण लिया जा सकता है - फर्स्ट इम्प्रेशन इज द लास्ट इम्प्रेशन।

रात में उसने अपने दिल के विचार शिवेंद्र को बताए, तो वह विज्ञान का यह सारा ज्ञान उसकी बाहों में भूल गया। एक नए प्रेमी के रूप में, वह उसे बार-बार किस करने के लिए लालायित था लेकिन फिर भी छांव और धूप, नाम और बदनामी से बहुत ज्यादा असंतुष्ट महसूस किया।

अगले दिन उन्होंने मैसूर पैलेस, वृंदावन गार्डन, चिड़ियाघर और अन्य मंदिरों में जाने के लिए एक टैक्सी किराए पर ली। उन दोनों ने मैसूर की यात्रा को मानसिक, शारीरिक और पेशेवर रूप से काफी उपयोगी पाया। बेशक, गणेश सलिल को पछतावा हुआ-अगर उसने पिछले रविवार को उसे नाराज नहीं किया होता, तो वह इस यात्रा का आनंद लेता। लेकिन जन्नत का आनंद खोने में बहुत देर हो चुकी थी। समय अक्सर बदलता है और बदलता रहता है, सूर्यास्त के बाद अंधेरा आता है। अब सुविधा को राजशाही और लोकतंत्र के बीच की खाई का एहसास हुआ क्योंकि मैसूर में राजशाही और सामंतवाद के अवशेष पूरी तरह से दिखाई दे रहे थे। पूरा शहर शांतिपूर्ण था, और क्रॉसिंग पर शाही मूर्तियाँ अभी भी सूरज की रोशनी में चमक रही थीं। अब गाजियाबाद के भीड़-भाड़ वाले ट्रैफिक ने उसके सौंदर्य बोध को निराशा से भर दिया।

फिर से यात्रा के कारण उसे थकान महसूस हुई और उसने बच्चों के साथ खेलने और उन्हें लघु कथाएँ सुनाने के बजाय सोना पसंद किया। लेकिन सम्यक की आत्मा ने उसकी नींद में खलल डाला, जो बिखरे बालों, लंबे दांतों और नाखूनों के साथ भयानक रूप में प्रकट हुई थी। आत्मा ने उससे पूछा- 'वह क्यों उसका जन्मदिन भी भूल गई और उसकी पुण्यतिथि पर कोई दान नहीं दिया? अन्य पुरुषों के साथ यौन संबंधों का आनंद लेते हुए वह उसे कैसे भूल सकती थी? वह दैनिक जीवन में उसकी माँ की उपेक्षा कैसे कर सकती थी? सात फेरे लेने के बाद किए गए सात वादों को वह क्यों भूल गई? जब शेक्सपियर ने टिप्पणी की- 'कमजोरी! तेरा नाम औरत है!' तो क्या वह सही थे?' उसे सीता, सावित्री और दमयंती की श्रेणी में कैसे रखा जा सकता है? कब तक गिरते जाना है और बदचलनी के गर्त में गिरते रहना है? वह बच्चों की नैतिकता की संरक्षक कैसे थी? अगर वह एक बदचलन जीवन व्यतीत करती है तो बच्चों की देखभाल कौन करेगा? जब वे उसे अनैतिक कामों के लिए दोषी ठहराएं तो वह लोगों की जुबान को कैसे रोकेगी? शर्म करो, शर्म करो और शर्म करो! तुमने परिवार में नैतिक अराजकता पैदा कर दी है। एंजेल क्लेयर के प्रति अपनी वफादारी के कारण टॉमस हाडी की टेस आपसे बेहतर थी। बेकार औरत! पश्चाताप करो और अपना अपराध स्वीकार करो!'

अचानक सम्यक के भूत ने चिकित्सक का शरीर धारण कर लिया और सुविधा के दिमाग की शल्य चिकित्सा करने के लिए अपने शल्य चिकित्सा उपकरणों को सामने रखा- 'मुझे तुम्हारी खोपड़ी खोलने दो, जहाँ से बुरे विचार उत्पन्न होते हैं। अधेड़ कुंवारी का दिखावा करने वाली, वेश्या, रंडी जो तुम हो!'

फिर भूत उसे निराश और परेशान छोड़कर गायब हो गया। अब वह अपने सपने के कारण रो पड़ी और बच्चे अर्शदीप ने कहा- 'माँ, माँ, उठो! शायद तुम सपने में खो गई हो?'

जब उसे होश आया, तो उसे बहुत पसीना आ रहा था और वह डरी हुई महसूस कर रही थी। अब उसने अपने आप से पूछा- मृत्यु के बाद सम्यक ने उसके साथ इतना कठोर व्यवहार क्यों किया? यह एक 'सुखद चमत्कार' कैसे था? क्या उसने उसे एक नाव से दूसरी नाव पर ले जाने की कोशिश की? क्या मरने के बाद उनकी आत्मा को शांति नहीं मिली? बेशक, यह उसकी गलती थी क्योंकि उसने हर साल उसकी पुण्यतिथि पर शांतिपाठ की व्यवस्था नहीं की। हो सकता है कि उसकी हत्या के बाद से आत्मा का एकाकीपन उसे परेशान कर रहा हो? हो सकता है कि उसकी आत्मा अब भी अपने अगले जन्म की प्रतीक्षा

कर रही हो? उसने भगवान शिव और माँ पार्वती के चित्रों की ओर देखा- 'हे देवो, आप दोनों को किस सामंजस्य का आनंद मिलता है? कब तक वह बादलों के अँधेरे में खोई रहे? केवल विधवा के रूप में कब तक उदास दिखाई देती रहे? उदासी और मनोभ्रम को कैसे गले लगाएं? जीवन के दुखों को भूलने के लिए जीवन के उज्ज्वल और बैंगनी पक्ष से कैसे बचें? कब तक, मेरे भगवान, कब तक?'

आखिर में उसने अपने बेटे अर्शदीप को ऐसे चूमा जैसे कुछ हुआ ही न हो। जब सम्यक एक खूनी कंकाल में सजी एक आत्मा के रूप में उसके सामने प्रकट हुआ तो उसे दुख हुआ! अगर वह उसे चूमने के लिए एक सुखद पति के रूप में प्रकट होता, तो वह खुद को उसकी कुलीन विधवा मानती। लेकिन अफसोस! 'वह उसे दोष देता है और उसे बदचलन कहता है।'

बुरे विचार अक्सर उसे रात में परेशान करते थे, और उसे सोने के लिए ट्रैंक्विलाइज़र लेना पड़ता था। वह दो संस्थाओं के काम से कैसे बच सकती थी? आखिरकार, वह समाज में एक जिम्मेदार इंसान थी। शिक्षा की इस दुनिया को उसने स्वीकार कर लिया था, और उसे अपने पिता की देखरेख में आगे बढ़ना था। वह इस जीवन में और उसके बाद अगले जीवन में एक लक्ष्यहीन जीवन लिए कैसे भटक सकती है?

खेत फल और अनाज तभी देते हैं जब उनकी खेती की जाती है और पानी से सींचा जाता है, इसलिए उस पर बहुत सारे छात्रों के करियर की जिम्मेदारी थी। बेशक, उसने कभी सीता-सावित्री होने का ढोंग नहीं किया था, जिसे सम्यक ने शाप दिया था। उसने उसकी पुण्यतिथि पर शांतिपाठ कराने की व्यवस्था करने का फैसला किया और उसी दिन विधवाओं के लिए फल और कपड़े भेजे, उसकी आत्मा के लिए शांति की उम्मीद की। उसने इस कड़वी सच्चाई को स्वीकार किया कि हर गर्मी की छुट्टी एक दिन समाप्त होती है और छात्रों को नई किताबों और नए शिक्षकों के साथ एक नई कक्षा में शामिल होना पड़ता है। दशहरा और दीवाली की सभी छुट्टियां फलदायी रहती हैं और फिर भी उत्सवों के साथ समाप्त होती हैं। काफी संख्या में छात्र अपने घर में बोर हो जाते हैं और अपने दोस्तों का साथ पाने, उनसे मिलने के लिए स्कूल और कॉलेज खुलने का इंतजार करते हैं। उसने धूप का आनंद लेने का फैसला किया ताकि अंधेरी, भयानक रातों से बचा जा सके।

स्वाभाविक रूप से, वह कार्यालय में एक सुस्त बोझिल दिन था और इसलिए वह अकेले प्रबंधन संस्थान की जगह के लिए तुरंत यात्रा के लिए निकल गई। यहाँ वह मुश्किल से आधे घंटे तक रुकी और पर्यवेक्षक से पूछा- 'निर्माण को पूरा होने में कितना समय लगेगा?' उसने कम से कम एक महीने तक इंतजार करने और तेजी से काम के लिए ठेकेदार के खाते में पचास लाख रुपये ट्रांसफर करने का वादा किया।

अब उसे याद आया कि उसे किटी पार्टी में शामिल होने का निमंत्रण मिला था। उसने खुद को बदला, अच्छे कपड़े पहने, और हीरे का हार तथा हीरे की चूड़ियाँ पहन लीं। उसने वर्तमान आर्थिक ढांचे के तहत पूंजीवाद के लाभों पर बोलने का फैसला किया क्योंकि कई सरकारी इकाइयां मुनाफा देने में विफल रही थीं। अधिकांश अधिकारियों को बड़ी उत्पादन इकाइयाँ चलाने का कोई अनुभव नहीं था, और इसलिए उसे लगा कि जनता के पैसे की कीमत पर उन्हें रखने में कोई समझदारी नहीं है। लोग तब काम करते हैं जब उनकी महत्वाकांक्षाएं होती हैं क्योंकि उनका लक्ष्य उन्हें काम करवाता है और नियमित रूप से काम कराता है। कम्युनिस्ट शासन में अगर उन्हें हर महीने एक निश्चित वेतन मिलता है, तो उनमें कोई महत्वाकांक्षा, प्रगति की कोई भावना, संघर्ष की भावना आदि नहीं होती है।

वह शाम 5 बजे तक रोजा होटल पहुँच गई और मोनिशा, मनिका, वरुण, काव्या, अरुणा और नए सदस्य रूपम (27) से मिली। उनके पति उसकी ही तरह सीनियर सेकेंडरी स्कूल के प्रिंसिपल थे। रूपम अपने पति के स्कूल में अंग्रेजी पढ़ाती थीं और सुविधा उनके पास बैठी थी। मोनिशा के उस बैठक के लिए अध्यक्ष चुने जाने के बाद बैठक बुलाई गई थी। उन सभी ने शुरुआत में एक छोटी सी प्रार्थना पढ़ी-

हे प्रभु! आइए हम खड़े हो एक साथ।

एक साथ सामाजिक उत्थान के लिए !

एक साथ अनाथों, विधवा और बेघर वृद्धों के लिए!

एक साथ भगवान ब्रह्मा,

विष्णु और शिव की आराधना के लिए!

एक साथ हमारे बच्चों को शिक्षित करने के लिए!

एक साथ समाज में दोस्ती बनाने के लिए!

एक साथ मुस्कुराने और खुश और समृद्ध रहने के लिए!

ओम शिवाय नमः ! ओम शिवाय नमः !

इसके बाद व्याख्यान सत्र शुरू हुआ और प्रत्येक सदस्य को केवल चार मिनट में अपने विचार व्यक्त करने थे। मनिका ने कहा कि उद्देश्यपूर्ण जीवन से गरीबी को दूर किया जा सकता है। ज्यादातर मामलों में, गरीब बच्चे जीवन के उद्देश्य को नहीं जानते हैं। अगर उनका मार्गदर्शन किया जाए तो वे गरीबी से बाहर निकल सकते हैं। तब वरुण ने बताया कि दैनिक जीवन में हृदय रोगी की देखभाल कैसे करें? हृदय के चार कक्षों के समुचित कार्य के लिए क्या खाना चाहिए और क्या नहीं खाना चाहिए? अब काव्या ने सदस्यों को बताया कि कैसे अपने घर की शोभा और सुंदरता को बढ़ाया जाए। अरुणा ने उन्हें हर महीने के

पहले परिवार के बजट से पैसे खर्च करने और एक महीने में ज्यादा पैसा खर्च न करने के तरीके बताए- बचाया हुआ एक पैसा कमाया हुआ पैसा होता है। अंत में, रूपम ने बताया कि बच्चों का गृह कार्य हर शाम को पूरा किया जाना चाहिए ताकि वे अगले दिन कक्षा में अपमानित महसूस न करें। सुविधा ने भारत के आर्थिक परिदृश्य को चित्रित किया और उन्हें मुद्रास्फीति के बुरे प्रभाव के बारे में हमेशा सतर्क रहने के लिए कहा।

अंत में, मोनिशा ने घरेलू सद्भाव पर अपने विचार व्यक्त किए और उन्हें सलाह दी कि यदि उनके घर में बुजुर्ग हैं तो उनका सम्मान करें। फिर उन्होंने किटी पार्टी में शामिल होने के लिए रूपम और सुविधा का स्वागत किया। अगला परोपकारी मिशन अनाथों की मदद करना था। अगली बैठक के लिए, मनिका को बैठक का प्रबंधन करने के लिए सचिव घोषित किया गया। रात के खाने के बाद, बैठक समाप्त हो गई, और वे लगभग दस मिनट तक गपशप करते रहे और एक-एक करके चले गए।

जैसे ही सुविधा कमरे से निकली, उसे एक नोट मिला- 'मुझे कमरा नंबर 403 में शाम 6 बजे मिलो।' कमरा नंबर से वह आसानी से समझ सकती थी कि आयुष उसका इंतजार कर रहा था। चूँकि उसके पास एक घंटे का समय था, वह वहाँ पहुँची और उसे सोफे पर सुस्त मूड में बैठा पाया। फिर भी उसने उसका स्वागत किया और उससे अपने पास बैठने का अनुरोध किया। अप्रत्याशित रूप से उसने उसे अच्छे कपड़े पहने देखा लेकिन पूरी तरह से उदास और निष्क्रिय पाया। अभिवादन के बाद आयुष ने शुरू किया-

'पत्नी की मृत्यु के साथ, मैं खुद को अकेला पाता हूँ। शाम को कोई हमसे मिलने नहीं आता। दुकान के नौकर और परिचारक दोस्त नहीं हैं। पत्नी की जगह कोई नहीं ले सकता। मुझे नहीं पता कि तुम मेरे बारे में क्यों नहीं सोचती। विधुर से शादी करने में हर तरह से समझदारी है। लेकिन, मुझे खुलकर बताओ, तुम मुझे नापसंद क्यों करती हो? आज आपको इस मामले में खुलकर बात करनी होगी। प्लीज, सुविधा, मुझे बताओ कि तुम मेरे पास क्यों नहीं आतीं?' उसने उसका हाथ अपने हाथ में ले लिया।

सुविधा ने अपना हाथ छुड़ाया और दूरी बनाने के लिए थोड़ा दूर हटकर खड़ी हो गई। फिर उसने जवाब दिया- 'देखो आयुष, हम दोनों के बच्चे हैं और अलग-अलग माता-पिता और अलग-अलग परवरिश वाले पांच बच्चों की देखभाल करना इतना आसान नहीं है।'

'मैं अपने बच्चों को बोर्डिंग हाउस में शिफ्ट कर दूंगा। तब ...?'

'यह कोई समाधान नहीं है इससे बच्चों का दिल टूट जाएगा। दूसरे, आपके बच्चों ने एक विलासितापूर्ण जीवन बिताया है जो मेरे बच्चों पर असर डाल सकता है। आपकी बेटियों की शादी हो जाएगी और फिर वे अपने अपने घर चली जाएंगी। मुझे मेरे बेटों को नौकरी के लिए पढ़ाना है क्योंकि उनके पास नौकरी की कोई गारंटी नहीं है। उनके उद्देश्य

अलग हैं।' सबसे महत्वपूर्ण कारक मेरे योग्य पिता हैं क्योंकि वह मुझे दूसरी शादी के लिए अनुमति नहीं दे सकते हैं।'

'मैं उनका आशीर्वाद लेने के लिए उनसे बात करूंगा। चिंता मत करो। तुम्हारा एक बेटा मेरी दुकान में काम कर सकता है और दूसरा होटल की देखरेख कर सकता है। मैं अपनी ज़मीन को दो बेटियों के बीच बाँट दूँगा, जिससे तुम्हारे मुद्दों का समाधान हो जायेगा।' फिर उसने उसका हाथ पकड़ा और उसे चूमा।

'नहीं। आप रोमांस के लिए एक अच्छे साथी हैं न कि पति के रूप में। अब तक, मैंने अपने प्रति आपके आधिकारिक आचरण का करीब से अवलोकन किया है। एक बाघ की तरह, आप रूखे, जिद्दी और अत्यधिक दबंग हैं। सॉरी सर!'

वह अपनी जगह से हिली और वहां से जाने की कोशिश की। लेकिन अनायास ही आयुष के तेवर ढीले पड़ गए और उसने घुटने के बल बैठकर अनुरोध किया- 'इतनी कठोर मत बनो सुविधा! जीवन में ऐसे अवसर कम मिलते हैं। यदि कोई वास्तव में चाहता है तो समस्याओं का समाधान निकल आता है। आप तो ऐसी समस्याओं का सामना कर रही हैं जहाँ समाधान आसानी से संभव हैं। आइए हम प्यार करें और इस तकरार को दफन कर दें। आपकी भावनाओं को ठेस पहुँचाने के लिए मुझे खेद है। बेशक, मैंने अपने स्वाभाविक तरीके से व्यवहार किया। हो सकता है कि किसी चीज ने आपको चोट पहुँचाई हो। मैं मानता हूँ कि मैं कोई भगवान नहीं हूँ, बल्कि कई खामियों वाला इंसान हूँ। फिर से सोचो और मेरे पास मेरी देवी बनकर आओ।'

लेकिन उसके ये सभी प्रयास उसे प्यार करने को मनाने में विफल रहे और आयुष के उसे किस करने के बाद वह उसे अकेला छोड़ कर चली गई।

..20..

कॉफी पीने के बाद सुविधा को अपनी शारीरिक कमजोरी का एहसास हुआ क्योंकि वह अपने यौवन और सुंदरता के प्रति अत्यधिक जागरूक थी। यदि उसका पति उसे भरी जवानी में छोड़कर गया तो इसमें उसकी कोई गलती नहीं थी। उसे लगा कि आयुष अब भी उससे प्यार करता है और वह गंभीरता से उससे शादी करने का इच्छुक हो सकता है। इसी बात को ध्यान में रखते हुए उसने सेठ दीना नाथ से पूछा- 'पापा, जब एक विधवा एक ऐसे विधुर के साथ शादी करती है जिसके बच्चे होते हैं तो क्या होता है?'

'असल में शादी एक व्यक्तिपरक मुद्दा है और इसका कोई कठोर नियम-कानून नहीं है। हमारे समय में, विधवाओं ने परिवार में स्वस्थ और खुशहाल माहौल के लिए परिस्थितियों

के साथ तालमेल बिठाया। सबसे पहले, उसने अपने पति, बच्चों और ससुराल वालों के आचार-व्यवहार के साथ तालमेल बिठाया। दूसरे, उसने अपने बच्चों को जन्म दिया और फिर उन सभी के बीच सामंजस्य बनाने की पूरी कोशिश की। मेरा विचार है कि पारिवारिक जीवन में प्रेम और सहिष्णुता की आवश्यकता है। तो विधवा या विधुर से शादी करना बुरा नहीं है।'

इससे उसे काफी हद तक शांत होने में मदद मिली। वह एक बच्चे को रेलगाड़ी के एक डिब्बे के रूप में मानती थी और सभी डिब्बों को गार्ड की सीटी और हरी झंडी के साथ इंजन द्वारा संचालित किया जाना था, यानी पति ऊर्जा की आपूर्ति करने वाला इंजन है, और पत्नी बच्चों की जरूरतों का ख्याल रखने वाली गार्ड है। कुछ वातानुकूलित डिब्बे हैं और अन्य सामान्य रूप से श्रृंखला से बंधे हैं।

काव्या के पति सोमेश अरुण के फोन से उसकी सोच भंग हो गई। सोमेश सेठ जी से बात करना चाहता था और उसने सुविधा को फोन ट्रांसफर करने के लिए कहा। जैसे ही सोमेश अरुण ने दस करोड़ रुपये की जरूरत जाहिर की, सेठ जी ने उन्हें इस तरह के लेनदेन के लिए व्यक्तिगत रूप से मिलने के लिए कहा। पंद्रह मिनट के भीतर वह वहाँ पहुँच गया और उसे ड्राइंग रूम में कॉफी परोसी गई। उन्होंने सेठ दीना नाथ से कहा- 'मैं सोमेश अरुण हूँ, रियल एस्टेट के कारोबार में हूँ। मेरे तीस टावर निर्माणाधीन हैं। महंगाई के चलते कच्चे माल के दाम बढ़ रहे हैं। अगर मैं ग्राहकों का इंतजार करता हूँ, तो मेरा मुनाफा खत्म हो जाएगा। अगर मैं निर्धारित समय में टावरों को पूरा करता हूँ तो मुझे अच्छा मुनाफा मिलने की उम्मीद है क्योंकि भारत के सर्वोच्च न्यायालय ने एक सीमित अवधि के भीतर खरीददारों को अपार्टमेंट सौंपने का आदेश दिया है। क्या आप मेरी मदद करने के लिए दयानिधान होंगे?'

'देखो, मिस्टर सोमेश। हम दोनों एक-दूसरे के लिए नए हैं। यदि आप मुझे प्रत्येक टावर की पहली मंजिल बेचने वाले तीस बांड पत्रों पर हस्ताक्षर करते हैं तो मैं आपको पैसे दे सकता हूँ। जैसे ही आपको पैसा मिलना शुरू हो जाए, तब मेरे पैसे लौटा दीजिए। जब मुझे एक करोड़ नकद मिलेंगे, तो मैं दो अपार्टमेंट के लिए उन कागजातों को फाड़ दूंगा।'

'क्या आपको मुझ पर भरोसा नहीं है?'

'मैं धंधे में किसी पर भरोसा नहीं करता। आखिर आप भी व्यापार के लिए पैसे उधार ले रहे हैं। कोई जोखिम नहीं, कोई लाभ नहीं।'

'तो फिर प्रत्येक टावर की 15वीं मंजिल के बिक्री विलेख हस्ताक्षर कराने के लिए ले आइए?'

'नासमझ मत बनो। मैं उन फ्लोर्स की सिक्योरिटी कैसे स्वीकार कर सकता हूँ जो अभी तक बने भी नहीं हैं?' इस तरह के ऊपरी फ्लोर तो काफी बाद में भी बेचे जा सकते हैं। मेरा पैसा फ्री नहीं है। माफ़ करना।'

सेठ जी से मिलते ही सोमेश को समझ में आ गया कि वह चतुर हैं। फिर भी उसे उनकी शर्तें माननी पड़ीं। अगले दिन वह पहली मंजिल के तीस अपार्टमेंटों की बिक्री के समझौते के रूप में टाइप किए गए स्टाम्प पेपर लाया और सेठ जी ने उससे कहा- 'आप मुझे 9 प्रतिशत ब्याज देंगे।'

'बेशक। मंजूर हैं।'

'तो राशि पर ब्याज की गणना करने के बाद चार चेक लिखें।'

उसने जल्दबाज़ी में आवश्यक राशि के लिए पोस्ट डेटेड चेक पर हस्ताक्षर किए और दस करोड़ रुपये ले लिए। उसके पड़ोसी ए.सी. जैन ने सोमेश से कहा था कि इस व्यापार में केवल सेठ दीना नाथ पर भरोसा किया जा सकता है, और तरल राघव की उधार देने की शर्तें निष्ठुर सूदखोर की तरह बहुत क्रूर थीं।

सोमेश अरुण के जाने के बाद सुविधा ने आयुष को फोन किया- 'हैलो! मैं सुविधा बोल रही हूँ।'

'हेलो! डार्लिंग! कैसी हो?'

'ठीक हूँ, यदि आप आज शाम की बातों में चर्चा की गई शर्तों पर मुझसे शादी करने के लिए तैयार हैं, तो कृपया यहाँ आएं और मेरे पापा के साथ इस पर बात करें।'

'आप कितनी अच्छी हैं जो मेरे बारे में आपने अच्छा सोचा। बस कुछ मिनटों में पहुँचता हूँ।'

अब सुविधा ने अपने पापा को आयुष के बारे में विस्तारपूर्वक बताया और एक तार्किक निर्णय लेने के लिए कहा। आयुष वहां पहुँचा। अभिवादन और कॉफी की औपचारिकताएं कर सेठ जी ने आयुष से पूछा- 'आप उनसे क्या उम्मीद करते हैं?'

'एक विवाहित पत्नी का प्यार।'

'बच्चों के बारे में क्या?'

'ठीक है, वे पहले से ही एक-दूसरे को अच्छी तरह से जानते हैं। चूंकि उनके स्कूल में बोर्डिंग भी चल रहा है, जो कोई भी शरारत करेगा, उसे अस्थायी तौर पर वहां शिफ्ट कर दिया जाएगा।'

'क्या तुम उस से प्यार करते हो?'

'बेहतर है उनसे भी पूछ लें?'

"वह समझदारी से सब कुछ संभाल लेगी। मुझे यह पक्का पता है। आप उसके बेटे-बेटियों की देखभाल कैसे करेंगे?"

'ठीक है, बहुत कुछ भविष्य पर, उनकी पसंद और नापसंद पर निर्भर करता है। वेतनभोगी नौकरी करना चाहेंगे या व्यवसाय में रुचि लेंगे।'

'इन पांचों के लिए जितना भी धन चाहिए होगा, मैं उतना खर्च करूंगा। आप निश्चित रहें, सेठ जी,' 'मैं एक व्यवसायी हूँ, और मेरी दुनिया में, केवल जुबान ही मायने, महत्त्व और वजन रखती है। भगवान मुझे उन सात वचनों को पूरा करने में मदद करें जो मैं उसके साथ अग्नि के इर्द गिर्द सात बार लूंगा। इस कदम पर केवल आपका मार्गदर्शन और आशीर्वाद ही महत्त्वपूर्ण है। ऊपर बैठे भगवान हमारी दैनिक समस्याओं का ध्यान रखेंगे।'

'शादी के बाद आप उसके साथ कहाँ रहेंगे?'

अब वह मुस्कुराया और उत्तर दिया- 'एक लड़की को अपने पति के लिए अपना पैतृक घर छोड़ना पड़ता है और फिर वहीं बसना पड़ता है। मेरे घर में अच्छी तरह से सुसज्जित अठारह कमरे हैं, और आपकी बेटी और पोते-पोतियों को वहाँ कोई परेशानी नहीं होगी।'

'ठीक है। तो आज रात का भोजन हमारे साथ कीजिए।'

'जी नहीं। शुक्रिया। मैंने आधा घंटा पहले ही खाना खाया है।'

जैसे ही वह उसे अलविदा कहने आई, उसने पूरी गर्मजोशी के साथ उसे किस किया। वह कुछ और समय रुकने का इच्छुक था किंतु इसके बावजूद वह चला गया। लेकिन तभी सेठ जी उठ खड़े हुए, और इसलिए उसने बाद में उससे बात करना बेहतर समझा।

आज शाम बच्चों ने उसे एक कहानी सुनाने के लिए कहा क्योंकि उसने उन्हें दो बार टाल दिया था। उसने राजा लवन की कहानी सुनाई, जिसे दरबार में एक जादूगर के आगमन के बारे में बताया गया था। लवन ने जादूगर को चेतावनी दी- 'यदि तुम्हारी कहानी बेकार है, तो तुम्हें निश्चित रूप से फांसी पर लटका दिया जाएगा। अगर तुम्हे खुद पर विश्वास है, तो ही आगे बढ़ो। वरना मेरा समय बर्बाद मत करो।'

जादूगर ने सुनाना शुरू किया - 'राजा ने तुरंत एक ग्रामीण का वेश बनाया। खेत में कड़ी मेहनत करने के बाद उन्हें भूख-प्यास का अहसास हुआ। वह भोजन और पानी की तलाश में जंगल में भटकता रहा। लेकिन अफसोस! दो घंटे से ज्यादा का समय गुजर जाने के बाद भी उसे खाने-पीने के लिए कुछ नहीं मिला तो वह हताश और उदास हो गया। अंत में, उसने एक किसान की युवा बेटी को देखा, जो प्राचीन भारत में एक निम्न जाति की थी। उसने उससे भोजन और पानी देने का अनुरोध किया। लेकिन उसने उसकी मदद करने से

इनकार कर दिया क्योंकि उसने कहा कि वह अपने पिता के पास खेत में जा रही है जहाँ उसके पिता भोजन और पानी की प्रतीक्षा कर रहे होंगे। दूसरी बात, उसने दो टूक कहा, 'तुम एक ऊंची जाति के किसान हो और मैं एक नीची जाति की हूँ। तुम मेरा खाना कैसे खाओगे और हमारा पानी कैसे पिओगे? नहीं, निश्चित रूप से नहीं।

ऊंची जाति और नीची जाति के लोगों के बीच सीमा की एक स्थायी रेखा होती है। इसलिए, किसी भी कीमत पर मुझसे किसी प्रकार की मदद की उम्मीद मत करो।' लेकिन लवन प्यास और भूख से मर रहा था, और उसने नीची जाति के लोगों के प्रति ऊंची जाति के लोगों के बुरे आचरण के लिए माफी मांगी। उसने उससे वादा किया- 'अतीत को भूल जाओ और हमारे बीच रही पिछली सारी दुश्मनी को दफ़न कर दो। कृपया एक मरते हुए आदमी की मदद करें!' फिर भी वह अडिग रही और उसे छोड़ गई। लेकिन वह उसके पीछे-पीछे चलता हुआ भोजन और पानी की भीख माँगता रहा।

अंत में, युवती ने उससे कहा कि अगर उसे भोजन और पानी की जरूरत है तो उससे शादी कर ले। आखिर इससे उसके पिता को भोजन और पानी के लिए परेशानी नहीं होगी। अब लवन के पास कोई चारा नहीं था और उसने पहले उसकी मांग के अनुसार शादी की और फिर भोजन और पानी लिया। वचन का पालन करते हुए, वह कई वर्षों तक उसके साथ रहा और उसके गर्भ से उसके दो पुत्र हुए थे। सभी दुर्भाग्य का शिकार हुए, कई गांवों में अकाल पड़ा, और कई पुरुष और महिलाएं भूख से मर गए। आखिरकार, उन्हें काम की तलाश में अपनी पत्नी और बच्चों के साथ गाँव छोड़ना पड़ा। लेकिन अफसोस! उसे तीन दिनों से ज्यादा समय गुजरने के बाद भी कोई नौकरी नहीं मिली, और चारों ने खुद को निढाल, थका हुआ और भूखा महसूस किया।

अंत में, उसे अपने बच्चों और पत्नी की मदद करने का कोई उपाय नहीं मिला और वह उनके दयनीय चेहरों को देख पाने की हिम्मत नहीं कर पा रहा था। चूँकि उन्होंने आगे चलने से इनकार कर दिया, इसलिए उसने उनसे कहा कि वे वहाँ प्रतीक्षा करें, नमक और काली मिर्च तैयार रखें और जब वे उसकी पुकार सुनें तो आ जाएँ। दीवार के पीछे एक लाश जल रही थी और उसने खुद को आग में झोंककर अपनी पत्नी को बुलाया। इस तरह उसने अपनी भूखी पत्नी और बच्चों के लिए खुद को बलिदान कर दिया।

राजा लवन की तंद्रा टूटी और वह अपने सपनों की दुनिया से बाहर आ गए और उन्हें बहुत दुख हुआ। उन्हें भूख-प्यास से बहुत पीड़ा हुई और उन्होंने मंत्री से पूछा- 'जादूगर कहाँ है? मैं कब तक सोया रहा?"

'महामहिम', जादूगर ने कहानी खत्म करते ही दरबार छोड़ दिया। महामहिम आप लगभग पांच मिनट तक सोते रहे।'

राजा लवन ने अमीर और गरीब, एक भूखे आदमी और भोजन से तृप्त राजा, मृत्यु और जीवन के बीच के अंतर को महसूस किया। तभी से उन्हें अपनी प्रजा और दरबारियों के प्रति सहानुभूति हो गई।

राजा लवन की कहानी सुनकर बच्चों को नींद आने लगी और वे उसकी गोद में सो गए। राजा ने शत्रुतापूर्ण लहरों में डूबने की पीड़ा को महसूस किया। सुविधा ने भी अपनी शंकाओं और आशंकाओं से बाहर निकलने की पूरी कोशिश की और यह भूल गई कि वह अपने बच्चों को एक छोटी कहानी सुना रही थी। वह जो चाहती थी वह आपसी विश्वास, आस्था, शांति और प्रेम का जीवन था क्योंकि उसके पास जो पैसा था वह पर्याप्त था।

..21..

रोटरी इंटरनेशनल (भारतीय कार्यालय, नई दिल्ली) ने जिला 3010 के गवर्नर को 25 वर्ष से 35 वर्ष के आयु वर्ग के पांच युवक-युवतियों की एक टीम का चयन करने के लिए कहा, जो इक्कीस दिनों की अवधि के लिए मिशिगन के जिला 6290 का दौरा करेंगे और इस टीम का उद्देश्य भारतीयों और अमेरिकियों के बीच सद्भाव, भाईचारा और सहयोग स्थापित करना था। जर्मनी, ऑस्ट्रेलिया, इटली, डेनमार्क, इंग्लैंड, आदि जैसे अन्य देशों से पिछले वर्षों में दोनों जिलों / क्षेत्रों द्वारा ऐसी टीमों का आदान-प्रदान किया जा चुका है। जिला 3010 से सुश्री निरुपमा गौतम (27), एक सक्षम वकील; विश्वकर्मा दीप (28), एक युवा पत्रकार; सुश्री प्रियांशी (28), एक कॉलेज प्रोफेसर; हर्ष पाल हर्ष (30) आयकर अधिवक्ता और डॉ. सुविधा (28) दीना नाथ आई.बी. स्कूल की चेयरपर्सन का चयन भारत के वरिष्ठ रोटरी अध्यक्षों द्वारा किया गया था और उन्हें रोटेरियन तन्मय साहनी (31) के नेतृत्व में मिशिगन जाना था। रोटरी क्लब ऑफ गाजियाबाद ने 16 अप्रैल, 2005 को टीम के सदस्यों को बधाई दी और 20 अप्रैल को मिशिगन स्टेट पहुँचना था। बाकी चार सदस्य अपने परिवार के दोस्तों के साथ न्यूयॉर्क की अलग-अलग गलियों में रुके थे।

चूंकि होटल का किराया बहुत ज्यादा था इसलिए डॉ. सुविधा और हर्ष पाल हर्ष ने एक ही बिस्तर साझा किया। पहले, वे एक-दूसरे से अनजान थे लेकिन अगले तीन हफ्तों तक साथ रहने वाले थे। अपने कमरे में कॉफी पीने के बाद, उन्होंने परिवार संरचना, एक कल्याणकारी राज्य, संसदीय चुनाव और भारत सरकार के आयकर नियमों पर अपने विचार साझा किए। रात के खाने के बाद, उन्होंने आधे घंटे तक टीवी देखा और अंत में लाइट बंद कर दी। चूंकि हर्ष पाल हर्ष एक शादीशुदा आदमी था, और वह बिस्तर पर अपनी पत्नी के बहुत करीब सोता था और अक्सर सोते समय उसे अपनी बाहों में भर लेता

था। लेकिन सुविधा विधवा होने के कारण अपने डबल बेड पर अर्शदीप के बगल में सोती थी। रात लगभग 11.30 बजे के बाद हर्ष पाल हर्ष ने अनजाने में ही अपना हाथ सुविधा के शरीर पर रख दिया लेकिन सुविधा ने कोई प्रतिक्रिया नहीं दी। कुछ मिनटों के बाद, उसने अपना बायाँ पैर उसकी ओर रखा, और वह इसे बर्दाश्त नहीं कर पा रही थी, लेकिन वह इसे हटा नहीं सकी। अब वह पूरी तरह से उसकी ओर बढ़ा, उसे अपनी पत्नी मानकर उसे किस कर लिया और उसे अपनी बाहों में भर लिया। वह खामोश रही ताकि यह देख सके कि वह अपनी सीमा कैसे पार करता है। अनजाने में वह उसे किस करता रहा और अब वह भी उत्साहित ओर उत्तेजित महसूस कर रही थी। उसके दिल की धड़कनें बढ़ गईं और वह होटल में सीन नहीं बनाना चाहती थी, कहीं ऐसा न हो कि किसी विदेशी धरती पर टीम की बदनामी हो जाए। अंत में, हर्ष पाल ने उसकी ओर से कोई आपत्ति न पाकर, उसे सरलता से बहका लिया और उस पर हावी हो गया।

सुबह हर्ष पाल ने उसे सुप्रभात कहकर शुभकामनाएं दीं और यह सोचकर कि वह अभी भी अपनी पत्नी के साथ अपने शयनकक्ष में था, उसे चाय बनाने के लिए कह डाला, डार्लिंग, प्लीज चाय बना दो।'

अब सुविधा ने उसे याद दिलाया कि वह लिंकन होटल में है और उसे सुबह की चाय/ कॉफी के लिए वेटर को बुलाना चाहिए। अब हर्ष पाल हर्ष को होश आया और उन्हें बीती रात की घटना का आभास हुआ। चाय पीने के बाद वह वाशरूम में चला गया। जब वह बाहर आया, तो उसने उससे कहा, 'कल रात आपकी नींद में खलल डालने के लिए खेद है।' सुविधा ने सोचा कि वह निर्दोष होने का नाटक कर रहा है, जैसे कि उनके बीच कुछ हुआ ही न हो। सुविधा ने भी इसे हल्के में लिया और फिर कार्यक्रम के भविष्य के बारे में बात की।

टीम के प्रत्येक सदस्य को हर दिन (शनिवार और रविवार को छोड़कर) दो व्याख्यान देने थे और इसलिए सुविधा ने उससे पूछा- 'अच्छा, हर्ष पाल, आपने 20 अप्रैल से रोटरी मीटिंग के लिए क्या तैयारी की है?'

'कुछ भी खास नहीं। मैं श्रोताओं को भारत की नई जी.एस.टी. नीति के बारे में बताऊंगा और साथ ही यह भी कि कैसे जी.एस.टी. ने राज्य सरकार की कर नीति से जटिलताएं दूर की हैं।'

'विचार अच्छा है। इस तरह, आपके पास याद रखने के लिए कुछ भी नया नहीं है स्वाभाविक रूप से, अमेरिकी भारत और यू.एस.ए. की कर नीतियों के बीच मतभेदों पर चर्चा करेंगे।

'हाँ। आपने मीटिंग के लिए क्या तैयारी की है?'

सुविधा ने उत्तर दिया 'मैं स्वामी दयानंद, स्वामी विवेकानंद और रवींद्रनाथ टैगोर के संदर्भ में भारतीय संस्कृति की प्रवृत्तियों का वर्णन करना चाहती हूँ। फिर मैं उन्हें भारतीय संविधान और लोकतंत्र के हमारे संसदीय स्वरूप के बारे में बताना चाहती हूँ। निरुपमा गौतम प्रेस की आजादी की कहानी सुनाएंगी। भारत में बैंकों के कामकाज का वर्णन निश्चित रूप से रोटेरियन तन्मय द्वारा विस्तारपूर्वक किया जाएगा। अगर मुझे कुछ और समय मिले तो मैं भारतीयों के जीवन में धर्म की भूमिका के बारे में बता सकती हूँ। केवल भारत में ही बड़ी संख्या में मंदिर, मस्जिद, चर्च और गुरुद्वारे हैं, और लोग अपने धर्म के प्रति पहले की तुलना में अधिक जागरूक हो रहे हैं। आखिरकार, भारतीय संस्कृति स्थिर होने के साथ-साथ गतिशील होने के लिए भी जानी जाती है। भारतीय संस्कृति स्थिर है क्योंकि हमारे पास पढ़ने और प्रशंसा करने के लिए सम्माननीय शास्त्र हैं। हमारे वैवाहिक श्लोक और मंत्रोचार सदियों से एक जैसे हैं। हम सदियों से भगवान ब्रह्मा, भगवान विष्णु, भगवान शिव, भगवान राम, भगवान कृष्ण की पूजा करते हैं। फिर भी हमारी संस्कृति ने उन विदेशियों का स्वागत किया जो पिछली दस शताब्दियों में भारत आए और भारतीय मिट्टी, भारतीयों और हमारे जीने के तरीकों से आत्मसात हो गए। हिंदू संस्कृति और मुस्लिम संस्कृति मिश्रित हो गई, तथा ईसाइयों और उनके पश्चिमी विचारों के साथ भी ऐसा ही हुआ। बेशक, हमारे किसान एक दयनीय जीवन जीते हैं, हालांकि वे खेत में कड़ी मेहनत करते हैं, बीज बोते हैं और फिर भी सूखे और अन्य प्राकृतिक आपदाओं के कारण कम फसल प्राप्त करते हैं। ऐसा लगता है जैसे कई मौकों पर किसी भूत ने उन्हें अपने कब्जे में ले लिया है।

नाश्ता करने के बाद वे होटल से निकलकर एम्पायर स्टेट बिल्डिंग पहुँचे। इस शहर के लोगों के नज़ारे देखने के लिए सबसे ऊपर आसमान की ओर ऊपरी मंजिल पर जाना एक साहसिक कार्य था। फिर वे दर्शनीय स्थलों का आनंद लेने के लिए फेरी राइड प्लेटफॉर्म की ओर बढ़े। नाव विभिन्न शहरों और महाद्वीपों के यात्रियों से भरी हुई थी। उन्होंने ट्विन ट्रेड सेंटर सहित विभिन्न प्रसिद्ध इमारतों की तस्वीरें भी लीं। अंत में, उन्हें उस छोटे से द्वीप पर छोड़ दिया गया जहाँ स्टैच्यू ऑफ़ लिबर्टी स्थापित की गई थी। यह मूर्ति करीब दो सौ साल पहले फ्रांस से न्यूयॉर्क लाई गई थी। वास्तव में, 1864 में अब्राहम लिंकन द्वारा अश्वेतों की जंजीरों को तोड़ा गया था, और अश्वेतों को समान अधिकार दिए गए थे। फिर भी किसी एक या अन्य कारण से अमेरिकी महिलाओं को मतदान के अधिकार से वंचित कर दिया गया।

यू.एन.ओ की इमारत का अवलोकन कर दोनों को खुशी हुई और उन्होंने इसे दोपहर में देखने का फैसला किया क्योंकि उन्होंने इसे आशा, शांति और सद्भाव के दूत के रूप में माना। फेरी से वे विभिन्न प्रसिद्ध पुलों की तस्वीरें ले सकते थे। यात्रियों में से एक ने

उन्हें बताया कि अमेरिकन कवि वॉल्ट विटमैन का गृह नगर उस स्थान के करीब ही था। हालाँकि, उन्हें भारतीय मित्रों द्वारा भूमिगत मार्गों से जाते समय सावधानी बरतने की सलाह दी गई थी क्योंकि असामाजिक तत्व उन पर हमला कर सकते है और उनकी संपत्ति छीन सकते हैं। सौभाग्य से, उन्हें न्यूयॉर्क में अच्छे अनुभव हुए और वे यू.एन.ओ. मैक डोनाल्ड रेस्तरां में दोपहर के भोजन के बाद बिल्डिंग देखने पहुँचे। वे दोनों थोड़े थके हुए थे, इसलिए कुछ मिनटों के लिए सीढ़ियों पर विश्राम किया, और उन हॉलों को देखने का आनंद लिया जहाँ महासभा और सुरक्षा परिषद की बैठकें हुई थीं।

यूएनओ के ठीक बाहर की बिल्डिंग में, उन्होंने ब्लैक कॉफी का आनंद लिया और वेटर से कॉफी कप के साथ उबला हुआ दूध लाने का अनुरोध किया। फिर, कुछ चीनी डालने के बाद, उन्होंने भारतीय प्रकार की कॉफी का आनंद लिया, और वेटर ने उन्हें कॉफी के साथ गर्म दूध मिलाकर उसमें दो चम्मच चीनी मिलाते हुए देखा।

फिर वे दूसरी सड़कों पर गए और फ्लोर शो का आनंद लेने के लिए एक थिएटर में प्रवेश किया। चूंकि सुविधा अश्लील गतिविधियां प्रदर्शित करने वाली जगह पर कभी नहीं गई थी, इसलिए वहां वह असहज और बेचैन महसूस कर रही थी। उसने हर्ष से कहा 'क्या बकवास है! तुम यहाँ आए ही क्यों हो?'

'देखो सुविधा, जीवन का एक और पहलू है और यू.एस.ए. के बड़े शहरों में चौबीसों घंटे XXX फिल्में दिखाने की सुविधा है। फ्रायड और डी.एच. लॉरेंस ने बुद्धि की कीमत पर रक्त के महत्व पर जोर दिया हैं, और मनुष्य के लिए अपनी रक्त संबंधी जरूरतों को पूरा करना स्वाभाविक है। हर्ष पाल हर्ष यह समझ नहीं पाए कि कि सुविधा ने लविंग न्यूयॉर्क ड्रीम्स शो का आनंद लिया या नहीं!

अगले दिन वे दोनों ललित कलाओं की वास्तविक कृतियां देखना चाहते थे और नाश्ते के बाद वे मेट्रोपॉलिटन म्यूज़ियम ऑफ़ आर्ट्स में दाखिल हुए। यहाँ फ्रांसीसी राजा लुई सोलहवें और उनकी रानी मैरी ऐन्टिनोर की नजाकत को देखकर उन्हें आश्चर्य हुआ। उसके सुनहरे कपड़े अब भी काफी नए दिखते थे और बिजली की रोशनी से चमकते थे। यहाँ उन्होंने एक मस्जिद और एक बौद्ध मंदिर की लघु प्रतिकृतियां देखी। वहां लकड़ी से बने फर्नीचर के कलात्मक टुकड़े उन्हें काफी आकर्षित कर रहे थे।

पिकासो के चित्रों का हॉल पर्यटकों से भरा था। यह देख उन्हें निराशा हुई क्योंकि दूर-दूर से दर्शक इस आर्ट गैलरी को देखने आए थे। हर तस्वीर इंद्रियों को लुभा रही थी और सजीव दिखाई दे रही थी। गैलरी की दीवारों में ग्रामीण और शहरी दोनों तरह के सामाजिक-आर्थिक जीवन के विभिन्न पहलुओं को दर्शाने वाले चित्र थे। प्रकृति के चित्र वाकई शानदार थे। उन्हें यह देख हैरानी हुई कि आर्ट गैलरी में कड़ी चौकसी बरती गई थी

क्योंकि कुछ समय पहले असामाजिक तत्त्वों द्वारा कुछ तस्वीरें चुरा ली गई थीं। उनके लिए, यह सौंदर्य की दृष्टि से सबसे अच्छी इमारत थी।

वे दोपहर 2 बजे के बाद इस भव्य इमारत से बाहर आए और दो कप वोडका के साथ दोपहर का भोजन किया। फिर उन्होंने थोड़ा तरोताजा महसूस किया और वे दोनों धूप का आनंद लेने के लिए आधे घंटे के लिए बगीचे में लेट गए। फिर, मामूली खरीदारी के बाद, वे वापस होटल लौट आए और आराम किया।

अगली सुबह वे सभी न्यूयॉर्क हवाई अड्डे पर मिशिगन के लिए उड़ान पकड़ने के लिए इकट्ठे हुए और 8.30 बजे तक वहां पहुँचे।

..22..

ग्रैंड रैपिड्स के हवाई अड्डे पर गवर्नर डेविस, रोटेरियन चक वुडसन, रोटेरियन सिनक्लेयर लुईस और अन्य रोटेरियंस ने रेड कार्पेट पर उनका भव्य स्वागत किया। रोटेरियन क्लिफ, रोटेरियन मार्वे स्टीवर्ट, रोटेरियन गॉर्डन और रोटेरियन स्टीव से उनका परिचय कराया गया। ड्रम ने एक मधुर ध्वनि उत्पन्न की और छोटे समारोह में चार चांद लगा दिए। उन्हें एक छोटी बस में ग्रैंड रैपिड्स के पास के होटल में ले जाया गया और तीन बेडरूम दिए गए। तन्मय और निरुपमा गौतम को कमरा नंबर 1001 में रहने के लिए कहा गया। प्रियांशी और विश्वकर्मा दीप को कमरा नंबर 1002 में एक साथ ठहराया गया। अंत में, हर्ष पाल हर्ष और डॉ. सुविधा को कमरा संख्या 1003 में रहने के लिए कहा गया। जल्द ही उन सभी ने रोटेरियन अधिकारियों के साथ कॉफी पी और नाश्ता किया। तत्पश्चात सभी को आवश्यक निर्देश दिए गए।

किसी भी आपात स्थिति के लिए टीम के सदस्यों को टेलीफोन नंबर वितरित किए गए। दूसरे, उनसे कहा गया कि वे अश्वेतों के प्रभुत्व वाले क्षेत्रों में प्रवेश न करें। तीसरा, उन्हें अपने पासपोर्ट कमरे के अंदर और बाहर सावधानी से रखने के लिए कहा गया। हो सके तो उन्हें कुछ रोटेरियन के साथ ही होटलों से बाहर निकलने की सलाह दी गई। बेशक, वे हर शाम बेसबॉल, बॉलिंग, टेनिस, फ़ुटबॉल, बास्केटबॉल और तैराकी का आनंद ले सकते थे। अधिकांश होटलों ने रात 10 बजे तक ये सुविधाएं प्रदान कीं, और उन्हें उन रजिस्टरों पर हस्ताक्षर करने के लिए कहा गया जहाँ उन्होंने खेलों का आनंद लिया। वे रोटरी खर्च पर सप्ताह में एक बार अपने परिवार को फोन कर सकते थे। मेजबान रोटेरियन ने भारतीय परिवारों की तस्वीरें देखीं। फिर स्नैक्स के बाद म्यूजिक शो के साथ उनका मनोरंजन किया गया और फिर आराम करने, रात का खाना लेने और फिर सोने के लिए कहा। अगले दिन उन्हें हाई कोर्ट, पुलिस स्टेशन और ग्रैंड रैपिड्स के अन्य केंद्रों का दौरा करना था।

रोटेरियन तन्मय ने निरुपमा को बिस्तर में भी एक अच्छा साथी पाया। वह स्वभाव से समाजवादी थीं और ऐसा हो और ऐसा न हो, के बीच व्यापक अंतर से नफरत करती थीं। एक बैंकर के रूप में, तन्मय ने सामाजिक कल्याण को बढ़ावा देने के लिए राष्ट्रीयकृत बैंकों की विभिन्न ऋण योजनाओं की प्रशंसा की। प्रियांशी रसायन विज्ञान की प्रोफेसर थीं और न्यूटन, बेकन, जेम्स वाट जैसे वैज्ञानिकों की भूमिका की प्रशंसा करती थीं। होमी भाभा, रामानुजन, मार्कोनी, अल्बर्ट आइंस्टीन, मैडम क्यूरी, और अन्य भी मानव जाति को नया ज्ञान देने के लिए प्रशंसा के पात्र थे।। उसने क्लब की कुछ बैठकों में रोटेरियन्स को बताया कि पिछले पचास वर्षों में बहुत सारे रसायनों की खोज की गई है जिससे मानव जीवन पहले से बेहतर हो गया है।

हालाँकि, उसने स्पष्ट रूप से स्वीकार किया कि वैज्ञानिक विकास ने पर्यावरण के लिए खतरा पैदा कर दिया है और प्रदूषण दुनिया भर में मानव समाज की प्रमुख समस्याओं में से एक है। साथ ही उसने स्वीकार किया कि नई फार्मा इकाइयों ने गंभीर मानव रोगों को ठीक करने के लिए कई नई दवाओं की खोज की है। विभिन्न जानवरों और पक्षियों पर बहुत सारे प्रयोग किए गए हैं, जिससे उनकी मुसीबतें बढ़ गई हैं! लेकिन जानवरों के इलाज के लिए भी दवाओं का आविष्कार किया गया है। उन्हें भी अब पौष्टिक भोजन दिया जा रहा है। फिर भी उसने सुझाव दिया कि हमें दवाओं को सस्ता करने के लिए एक लंबा रास्ता तय करना है क्योंकि कई मरीज उन्हें खरीद नहीं पाते हैं। कई वैज्ञानिकों ने नई एक्स-रे मशीनें, जेरोक्स मशीनें डिजाइन की हैं, जो छोटी-छोटी बीमारियों का भी निदान करने के लिए अल्ट्रा-वॉयलेट किरणों का उपयोग करती हैं। भारत में विभिन्न मानव अंगों को सर्जनों द्वारा सफलतापूर्वक प्रतिरोपित किया जा चुका है। नई दोषपूर्ण जीवनशैली के कारण कैंसर जैसी नई बीमारियां आम हो गई हैं क्योंकि लोग जंक फूड का बहुत अधिक सेवन करते हैं। रोटरी इंटरनेशनल और अन्य परोपकारी निकायों के सहयोग से पोलियो को दुनिया से पूरी तरह से समाप्त कर दिया गया है।

नाश्ते के बाद, अगले दिन, निरुपमा गौतम ने डॉ. सुविधा के साथ खुलकर बात की और बाद में अपनी व्यक्तिगत बातें भी बताई। उसने उसे अपने बचपन के बारे में बताया जब उनके पिता ने उसे और उसके भाई राधे को रामायण और महाभारत की कहानियां सुनाई। अक्सर उन्होंने वेदों और उपनिषदों में उनकी रुचि पैदा करने की कोशिश की। लेकिन राधे जानबूझकर इन सरल व्याख्यानों को सुनने नहीं आता था क्योंकि उसे धर्म में कोई दिलचस्पी नहीं थी और उसे गली के अन्य लड़कों के साथ खेलने में मज़ा आता था। चूंकि राधे चौथी कक्षा में फेल हो गया था इसलिए उसे छात्रावास भेज दिया गया था,

हालांकि उसके पिता आसानी से बोर्डिंग खर्च नहीं उठा सकते थे। वहाँ उसे बोरियत और बेचैनी महसूस हुआ करती थी और वह घर पर आजादी और मौज-मस्ती के उन दिनों को याद करता था। जब कारगिल युद्ध (1999) में भारतीय सैनिक मारे गए तो उसे बहुत दुख हुआ। एक बार, वह डेंगू के कारण गंभीर रूप से बीमार पड़ गया, और पिता को उसे टैक्सी से छात्रावास से वापस लाना पड़ा। उसके बाद मां ने पापा पर जोर डाला कि उसे दोबारा छात्रावास न भेजा जाए।

लेकिन फिर भी वह अपना समय मूर्खतापूर्ण और बेकार की बातों में बर्बाद करता रहा और परिवार की समस्याओं को नहीं समझता था। निरुपमा को कोचिंग सेंटर में दाखिला लेने की छूट नहीं दी गई थी, हालांकि उसे भौतिकी और गणित में कई संदेह और भ्रम थे। अंतत: उसने विज्ञान विषय पढ़ना छोड़ दिया और मानविकी (ह्यूमैनिटी) में दाखिला लेने के लिए मजबूर होना पड़ा। जब पाकिस्तान के आतंकवादियों ने भारतीय पुलिस अधिकारियों और सैनिकों को मार डाला तो उसे बहुत दुख हुआ था, लेकिन तब उसने खुद को पूरी तरह से असहाय पाया।

फिर राधे ने खुद को समलैंगिक संबंधों में लिप्त कर लिया और कॉलेज के प्रिंसिपल ने उसे कॉलेज से निकाल दिया। चूँकि पापा के पास कोई भी व्यवसाय करने के लिए पैसे नहीं थे, वे दुखी और असहाय महसूस करते थे। अंतत: राधे ने वादा किया कि वह इतनी अच्छी क्रिकेट खेलेगा कि उन्हें राज्य क्रिकेट बोर्ड द्वारा यू.पी. राज्य का प्रतिनिधित्व करने के लिए कहा जाएगा। जब क्रिकेट में भी राधे का प्रदर्शन खराब रहा तो पापा उस पीड़ा को बर्दाश्त नहीं कर पाए और दिल का दौरा पड़ने से उनकी मृत्यु हो गई क्योंकि बेटा उनके लिए बोझ बन गया था।

सौभाग्य से, उसके चाचा उसकी चाची की मृत्यु के बाद एक विधुर बन गए और उन्हें अपना खाना पकाने और बुढ़ापे में उनकी देखभाल करने के लिए किसी की आवश्यकता थी। इसलिए मजबूरन मां ने निरुपमा को उसके चाचा के पास भेज दिया जहाँ वह बहुत सारी सुविधाओं का आनंद ले सकती थी और अपनी पसंद की किताबें खरीद सकती थी। कॉलेज में शिक्षकों ने उसकी ओर ध्यान दिया और वह कॉलेज की बास्केट बॉल टीम में शामिल हो गई। अब उसने एक प्रेम कविता लिखी क्योंकि वह अपने साथी खिलाड़ी मनीष के प्रति आकर्षित महसूस कर रही थी। इस युवा महिला ने उसके मन में यौन इच्छाएं पैदा कर दीं और जब भी वे किसी टूर्नामेंट में भाग लेने के लिए शहर से बाहर जाते, तो होटल में चुपके से यौन संबंधों का आनंद लेते। उसकी अनुपस्थिति में मां को और ज्यादा अकेलापन लगता था और अक्सर वह स्थानीय फोन बूथों से उससे बात किया करती थी।

सौभाग्य से, उसने राष्ट्रीय, राजनीतिक और आर्थिक मामलों पर लेख लिखना शुरू कर दिया और उसके लिखे स्तंभों (कॉलम्स) ने उसे समाज में लोकप्रिय बना दिया। हालांकि मनीष के गैरजिम्मेदाराना व्यवहार के कारण वह जीवन में असुरक्षित महसूस कर रही थी। उसे अक्सर लगता था कि अगर वह गर्भवती हुई तो वह बर्बाद हो जाएगी। लेकिन मनीष ने सामाजिक मान मर्यादा और सुरक्षा की जरा भी परवाह नहीं की और जब उसने मनीष के आदेशों को नहीं माना तो मनीष ने उसके साथ असभ्य व्यवहार किया। अंत में, उनके बीच ब्रेक-अप हो गया, और वह कक्षा में अन्य छात्रों के साथ मित्रवत नहीं बन पाई।

अब एक नया सवाल था कि कब तक अकेला और वैरागी रहना होगा? उसने पत्रकारों और संवाददाताओं के साथ अच्छे संबंध विकसित किए थे और कई बार राजनीतिक घटनाओं और यहाँ तक कि मिलों में हड़ताल को कवर करने के लिए उनके साथ गई थी। एक बार, एक महीने से अधिक समय तक हड़ताल जारी रहने के कारण पुलिस के आरक्षकों ने मजदूरों पर हमला कर दिया। भीड़ के बीच में होने के कारण उसके सिर पर बुरी तरह से चोट लग गई। तब अंकल ने उसे पत्रकारिता का वह सारा पागलपन छोड़ने लिए मजबूर किया।

लेकिन जल्द ही हृदय गति रुकने से चाचा की भी मृत्यु हो गई और तब उसने जीवित रहने के लिए कुछ जरूरी सामान साथ लिया और वह घर छोड़ दिया। लेकिन चाचा की मृत्यु के बाद भी, वह अपनी अकेली माँ के पास नहीं लौटीं क्योंकि उसने पाप और पापमय जीवन के परिणामों पर मुरारी बापू और प्रद्युम्न महाराज के व्याख्यान सुने थे। उस पर कक्षा में नरक और नरक के विभिन्न चरणों पर व्याख्यान जागृति उत्पन्न करने वाले थे, जैसा कि दांते ने अपने महाकाव्य *द डिवाइन कॉमेडी* में उल्लेख किया है। वह जीवन के उद्देश्य को समझने में विफल रही क्योंकि देश में नौकरी के अवसर कम होते जा रहे थे। मास कम्युनिकेशन और जर्नलिज्म में डिग्री के साथ शायद ही बहुत कम स्नातकों को स्थायी नौकरी मिली हो। परिणामस्वरूप, उसने एक कठिन और बेबाक जीवन व्यतीत किया क्योंकि उसके पास कोई सुरक्षित जीवन नहीं था। सेंसर के कारण पत्रकार अपने विचार व्यक्त करने के लिए स्वतंत्र नहीं थे, क्योंकि संपादक प्रमुख राजनेताओं और उद्योगपतियों को नाराज करने के लिए कभी तैयार नहीं होते हैं। प्रेस को महँगे विज्ञापन केवल उद्योगपति ही भेजते हैं और सच्चाई यह है कि पत्रकारिता किसी भी अन्य व्यावसायिक इकाई की तरह एक उद्योग बन गई है। उसने स्पष्ट और बेबाक प्रेस कॉलम के कारण कई बुद्धिमान पत्रकारों को काम से निलंबित होते देखा था। अंत में, उसे अपनी अंतरात्मा की आवाज को दबाने और नौकरी की नई आवश्यकता के साथ तालमेल बिठाने का फैसला करना

पड़ा। केवल अपने बॉस की सिफारिश पर ही उसे एंबेसडर ऑफ गुड विल के इस मिशन में शामिल होने का मौका मिल सका था।

अपनी नौकरी बनाए रखने के लिए वह हर सुबह भगवान से प्रार्थना करती थी क्योंकि बेरोजगारी सबसे बड़ा अभिशाप है। अगर वह ईमानदारी के कारण अपनी नौकरी खो देती है, तो वह निश्चित रूप से बर्बाद हो जाएगी। एक प्रकाशन गृह से निकाले जाने का मतलब है कि प्रगति के द्वार स्थायी रूप से बंद हो जाना। नए पत्रकार कम वेतन पर भी तालमेल बिठाने और काम करने के लिए उत्सुक रहते हैं क्योंकि वे करियर की शुरुआत करना चाहते हैं। हर कोई आर.के. नारायण, शोभा डे, और खुशवंत सिंह की तरह भाग्यशाली नहीं होता है जो पत्रकारिता के अनुभव के साथ एक साहित्यिक कलाकार बन सके। वर्तमान सामाजिक आर्थिक परिदृश्य में बहुत सारी जिम्मेदारियों और बिना किसी अधिकार के बिल्कुल अकेले कैसे भुगतना पड़ता है? उसकी करुण पुकार किसी के कानों को पसीज नहीं पाएगी। काश! बिना किसी वित्तीय लाभ के पत्रकारिता को महान् कला माना जाता है। कितने दुख की बात हैं? वह तूफानों और भाग्य के थपेड़ों की शिकार थी और दुखी थी।

..23..

नाश्ते के बाद ग्रुप स्टडी टीम को ग्रैंड रैपिड्स के सिविल कोर्ट ले जाया गया। यहाँ रोजी (एंजेल क्लियो की विधवा) द्वारा अपने प्रेमी (होने वाले पति) कैबोट के खिलाफ संपत्ति विभाजन का केस लड़ा जा रहा था। दरअसल, एंजेल क्लियो, कैबोट और एलेक तीन भाई थे। एक कार दुर्घटना में एंजेल क्लियो की आकस्मिक मृत्यु के कारण, रोजी विधवा हो गई और स्वाभाविक रूप से उसे अपने दिवंगत पति की जमीन का 1/3 हिस्सा विरासत में मिला। एलेक अदालत में पेश नहीं हुआ क्योंकि उसे कोई आपत्ति नहीं थी। चूंकि उसने अपने पति के भाई कैबोट से शादी करने का प्रस्ताव रखा था, इसलिए वह विरासत में कैबोट की संपत्ति और जमीन भी लेना चाहती थी। क्योंकि कैबोट की पहली पत्नी (अब तलाकशुदा) से दो बेटे थे, वह चाहती थी कि कैबोट अपनी जमीन को उसके (रोज़ी के) नाम पर आत्मसमर्पण कर दे। कैबोट ने उसके साथ यौन संबंधों का आनंद लिया था और जल्द ही उससे शादी करने का वादा किया था, लेकिन वह अभी तक अपनी जमीन का 1/3 हिस्सा उसके साथ बांटने के लिए तैयार नहीं था। उसने अदालत में दलील दी कि रोजी को उसका हिस्सा उसकी मौत के बाद ही मिलेगा, उससे पहले नहीं। प्यार और दया के कारण, वह रोज़ी से शादी करने के लिए तैयार था, लेकिन रोज़ी बहुत लालची थी और इसलिए उसने कैबोट की होने वाली पत्नी के रूप में उसके अधिकारों

के पक्ष में दलील दी। अंत में, न्यायाधीश ने कैबोट के तर्क का समर्थन किया और फैसला दिया- 'रोजी को वर्तमान में कैबोट की भूमि पर कब्जा करने की अनुमति नहीं दी जा सकती क्योंकि कैबोट के साथ उसकी शादी का भविष्य इस स्तर पर अनिश्चित है। इसलिए रोजी की याचिका खारिज की जाती है।'

इसके बाद, माननीय न्यायाधीश को थोड़ा समय मिला तो उन्होंने लगभग दस मिनट तक जी.एस.ई टीम के सदस्यों से मुलाकात ओर बातचीत की। पहला,उन्होंने बताया कि विगत कुछ समय में पति-पत्नी के बीच विवाद काफी बढ़ गए हैं। दूसरा, पीड़ितों की हिचकिचाहट के कारण बलात्कार के 40 प्रतिशत मामले दर्ज नहीं होते हैं। अंत में, उन्होंने टीम के सदस्यों से कहा कि यू.एस.ए. में लोगों ने न्यायाधीशों को चुना। जूरी ने कई कानूनी मामलों में एक प्रमुख भूमिका निभाई। इसके उपरांत, न्यायालय की जूरी के योग्य छह सदस्यों से उनका परिचय कराया गया।

फिर वे उन्हें इस बिल्डिंग के बेसमेंट में ले गए, जहाँ स्थानीय पुलिस डिजिटल सिस्टम के साथ काम करती थी। कंप्यूटर नेटवर्क से एक सेकंड के भीतर ही पचास पुलिसवालों और दस इंस्पेक्टरों से संपर्क किया जा सकता था, और पुलिस वाला तीन मिनट के भीतर घटना स्थल पर पहुँच सकता था। घटनाओं के दर्शकों की राय दर्ज की जाती और कानूनी कार्यवाही के समय उन्हें अदालत में उपस्थित होने की आवश्यकता नहीं पड़ती थी। नतीजतन, प्रत्येक मामले में निष्पक्ष और शीघ्र न्याय किया जा सकता था, और गवाहों को हत्या के मामलों में भी कोई समस्या नहीं थी। स्टेशन अधिकारी टीम के साथ इसी इमारत के ऊपरी हिस्सों में गए, जहाँ लगभग सौ कैदियों के लिए जेल के कमरे बने थे। प्रत्येक कैदी 7'x7' के एक छोटे वातानुकूलित सेल में रहता था। इस सेल के एक कोने में एक टॉयलेट सीट थी और दूसरे कोने में शॉवर। खिड़की के माध्यम से उसे भोजन और चाय दी जाती थी, और वह चिकित्सा संबंधी आपात स्थिति में घंटी बजा सकता था। सभी कैदियों को समय पर चिकित्सा सहायता मिलती थी और किसी को भी थर्ड-डिग्री उपचार नहीं दिया जा सकता था, भले ही वह हत्यारा ही क्यों न हो। हर एक ने अपने सेल को 'एक शुद्ध क्षेत्र' माना, जहाँ उन्हें परेशान नहीं किया गया, अत्याचार नहीं हुआ, न्याय में देरी नहीं की!

ग्रांड रैपिड्स होटल में दोपहर के भोजन के बाद, उन्होंने मूर्तिकला पार्क, कला संग्रहालय और सार्वजनिक संग्रहालय का भ्रमण किया और यू.एस.ए. के क्लासिक्स देखे। अब वे सरलता से यह अनुमान लगा सकते थे कि हजारों साल पहले अमेरिकी लोग कैसे रहा करते थे। जॉन बॉल प्राणी उद्यान की यात्रा से लगा मानो जानवर प्रकृति की गोद में रह रहे हों इसलिए यह यात्रा फायदेमंद थी। यहाँ घूमते हुए सुविधा को अपने बच्चों की

याद आई कि यदि अर्शदीप, मंदीप और निहारिका यहाँ उसके साथ होते तो उन्हें भी मजा आता। बोनोबो जैसे विभिन्न जानवरों की तस्वीरें लेने के बाद, उसने उन्हें अर्शदीप के फोन पर पोस्ट कर दिया। बेटे ने उन्हें फोन किया कि 'हम सब आपको मिस करते हैं मां। आप कब वापस आओगी? मैं आपसे बहुत प्यार करता हूँ।'

अगले दिन टीम को एमवे कॉर्पोरेट कैंपस ले जाया गया, जो बहुरंगी झंडों और कांस्य के लोगो से सुसज्जित एक सुंदर और भव्य इमारत थी। यहाँ टीम के सभी सदस्य प्रगति की उस ऊंचाई को देखकर हैरान रह गए जहाँ जॉनसन एंड जॉनसन पिछले साठ वर्षों में पहुँचे थे। एक समय था जब मिस्टर एमवे एक फेरी वाले हुआ करते थे और एक मानव-चालित वैन में होम डिलीवरी के लिए घरेलू सामानों के ऑर्डर बुक करते थे। जल्द ही सामान पहुँचाने के लिए उन्होंने पेट्रोल से चलने वाली एक वैन खरीदी। फिर उन्होंने घरेलू सामान बनाने के लिए अपना कारखाना स्थापित किया। अब वह हर वस्तु की अनुसंधान प्रयोगशालाएं चलाते हैं, बशर्ते वह किसी के लिए हानिकारक साबित न हो।

एमवे कंपनी के सी.ई.ओ. ने जी.एस.ई. टीम के सम्मान में दोपहर के भोजन का आयोजन किया और उन्हें आइसक्रीम के गिफ्ट वाउचर भेंट किए। टीम के सदस्य उनके स्टोर देखने गए और माल रखने की एक नई डिजिटल प्रणाली और माल की आपूर्ति के आधुनिक यांत्रिक तरीकों को जाना। सभी ने अपना कर्तव्य बखूबी निभाया और एमवे को प्रेरणा हेतु एक प्रेरक मॉडल के रूप में माना। जीवन का आनंद लेने के लिए एमवे ब्रदर्स अपने निजी हवाई जहाज और हेलीकॉप्टर रखते थे।

दोपहर के भोजन के बाद, टीम के सदस्यों का हास्कल स्टील कंपनी में स्वागत किया गया, और उत्पादन प्रबंधक द्वारा उन्हें टाई भेंट की गई। स्टील मिल बेजोड़ थी और अच्छी तरह से संचालित थी, और सी.ई.ओ. ने इस तथ्य का उल्लेख किया कि उनकी इकाई के टाटा स्टील्स के साथ व्यापारिक संबंध थे। वहां काफी का मजा लेने के बाद वे सिटी लेन बॉलिंग सेंटर के लिए रवाना हो गए। सुविधा और हर्ष पाल हर्ष के बीच अंकों की स्पर्धा होने लगी और एक घंटे के खेल में वह बुरी तरह से हार गई।

अगले दिन टीम ने ग्रैंड वैली स्टेट यूनिवर्सिटी का दौरा किया और अन्तर्राष्ट्रीय मामलों के प्रमुख डॉ. हॉवर्ड से उनका परिचय कराया गया। यहाँ प्रियांशी और सुविधा ने अमेरिकी लोकतंत्र और फिर अमेरिकी स्वतंत्रता क्रांति पर भाषण दिए। तत्पश्चात् तन्मय ने मौलिक अधिकारों के महत्व पर संक्षिप्त भाषण दिया और उन्हें मानवीय कर्तव्यों से अंतरसंबंधित कर स्पष्ट किया। निरुपमा गौतम ने भारत की निष्पक्ष न्यायिक प्रणाली पर अपने विचार व्यक्त किए और हर अदालत के स्तर पर न्यायाधीशों की कमी पर दुख व्यक्त

किया। विश्वकर्मा दीप ने कहा कि मौजूदा सरकार ने कई पुराने बेकार कानूनों को हटा दिया है। चर्चा के दौरान, सुविधा ने इस तथ्य पर प्रकाश डाला कि भारतीय छात्रों को डिग्री और स्नातकोत्तर स्तर पर अमेरिकी साहित्यिक कलाकारों के बारे में पढ़ाया जाता है। उसने स्वयं वॉल्ट व्हिटमैन, एमिली डिकिंसन, रॉबर्ट फ्रॉस्ट, अर्नेस्ट हेमिंग्वे, आर्थर मिलर, यूजीन ओ'नील, एमर्सन और थोरो की रचनाओं का अध्ययन किया था। इस छोटे समारोह के अंत में, उन्होंने रॉबर्ट फ्रॉस्ट के सिद्धांत को दोहराया कि व्यवसाय और काम-धंधे को जनता के सामान्य कल्याण से संबंधित होना चाहिए।

हडसन झील की सुंदरता ने उन्हें बहुत आकर्षित किया। उन्हें विश्वविद्यालय की कैंटीन में दोपहर का भोजन दिया गया, और प्रोफेसर लैंगलैंड ने वहां आगमन के लिए उनका धन्यवाद किया। उन्होंने रवींद्रनाथ टैगोर की गीतांजलि और स्वामी विवेकानंद के भाषणों का संदर्भ प्रस्तुत किया जिनका उन्होंने अध्ययन किया था।

दोपहर के भोजन के बाद उन्होंने मैक वुड ड्यून्स में ड्यून्स की सवारी का आनंद उठाया, ड्यून्स की ऊंचाई 45', ऊंचाई खड़ी और ढाल तीव्र थी। हर पल ऐसा लगता था कि जीप नीचे गिर जाएगी, उनका हर पल ऊपर चढ़ना और फिर नीचे उतरना खतरे को दावत देता था। जीप के ड्राइवर ने शुरू में ही उनसे पूछा- 'क्या आप सबका भारी भरकम बीमा है?' इससे उनमें डर की भावना और बढ़ गई। सुविधा हर समय भयानक अनुभवों के प्रति सचेत रहती थी और रक्षा के लिए भगवान कृष्ण को याद करती थी। अब प्रियांशी भी उतनी ही डरी हुई थी और उसने भगवान शिव से रक्षा के लिए प्रार्थना की। बाकी चारों का भय भी अत्यंत भीषण और वर्णन से परे था। आधे घंटे के भीतर, इन छह साथियों ने जीवन और मृत्यु के बीच के अंतर का अनुभव किया और रोमांच के सही अर्थ को महसूस किया। जैसा कि काफ्का ने साहसिक कार्य को परिभाषित किया है- 'जब हम नहीं जानते कि आगे क्या होने वाला है, यही साहसिक कार्य है।'

रात में सुविधा और हर्ष पाल हर्ष ने पेरिस पार्क के पास डिस्को हॉल जाने का फैसला किया और वहां बीयर के बहुत सारे मग का आनंद लिया। उन्होंने अमेरिकी लड़कों की नकल की और फर्श पर वैसे ही चलने की कोशिश की जैसा कि वे कर रहे थे। एक अमेरिकी व्यक्ति ने सुविधा के साथ नृत्य का आनंद उठाया। हर्ष पाल हर्ष को अकेले बैठा देख एक अमेरिकी लड़की उसका साथ देने आ गई। दो नस्लें करीब आईं और अस्सी से ज्यादा लोगों के साथ सामान्य नृत्य का आनंद लिया। क्या रोमांच है! बेशक, उन्हें उस रात उस घर का पता लगाने में समस्या हुई जहाँ वे ठहरे थे।

अगले दिन टीम मुस्केगोन के लिए निकली और लोगों के शौचालय और रसोई से निकलने वाले पानी को साफ करने की व्यवस्था देखी। रसायनों की मदद से इस गंदे पानी

को तीन प्रक्रियाओं में शुद्ध किया जाता था और फिर बेहतरीन खाद के रूप में खेतों की ओर मोड़ दिया जाता था। किसी भी अपक्षय को नदी की ओर मोड़ने की अनुमति नहीं थी और इसीलिए सुपीरियर झील और मिशिगन झील का पानी पूरी तरह से शुद्ध रहा। शहर की नदी बिना किसी अपशिष्ट पदार्थ के बहती थी। बॉम्बे नगर निगम द्वारा जल्द ही मुस्केगोन सीवेज सिस्टम का अनुकरण किया गया और उसे स्थापित किया गया था।

दोपहर के भोजन के बाद, उन्होंने सेठ क्लिंग्लास गोल्फ कोर्ट का दौरा किया और अन्य साथियों को गोल्फ खेलते देखा। यहाँ निरुपमा और तन्मय ने गोल्फ की छड़ें और गेंदें उधार लीं और खेल खेलने की कोशिश की। हालाँकि, उनके लिए जल्द ही गेंदों का पता लगाना मुश्किल हो गया और शायद ही कभी सफल हुए।

समृद्ध कोलंबस मेट्रोपॉलिटन लाइब्रेरी को देखने के बाद, वे यह देखकर प्रभावित हुए कि आम नागरिकों ने दुनिया की सर्वश्रेष्ठ पुस्तकों को पढ़ने में रुचि दिखाई और एक सप्ताह के लिए मुफ्त में किताबें उधार लीं। लाइब्रेरियन ने भारतीय टीम का स्वागत किया और उन्हें बताया कि इस पुस्तकालय में विवेकानंद के भाषण और टैगोर की कविताएं नामक पुस्तकों के खंड उपलब्ध हैं। रेनेसां बॉलिंग सेंटर में बॉलिंग का आनंद लेने के बाद वे घर लौट आए। अब तक वे काफी थक चुके थे। मेजबान परिवारों के साथ भोजन करने के बाद, वे बिस्तर पर आराम करने लगे।

अनायास ही, सुविधा को अपनी युवावस्था के शुरुआती दिनों की याद आई जब उसे मुरादाबाद के बाजार में साहित्य की पर्याप्त पुस्तकें नहीं मिल सकी थी। अक्सर कॉलेज की लाइब्रेरी उसे वह किताबें जारी करने में विफल रही, जिनकी उसने आकांक्षा की थी। अधिकांश लड़कियों को अच्छी किताबों के नाम पता होते थे और इसलिए उन्हें जारी करवा लेती थी और फिर उनकी मित्रमंडली एक श्रृंखला में उन्हीं किताबों को जारी कराती जाती थी। फिर निर्धारित लेखकों पर सर्वश्रेष्ठ पुस्तकें प्राप्त करना कठिन हो गया क्योंकि आलोचनात्मक पुस्तक की केवल एक प्रति ही कॉलेज के पुस्तकालय में रखी जाती थी। किंतु यहाँ किताबें ज्यादा थीं और पढ़ने वाले कम। यह कैसी समस्या थी!

अगले दिन टीम ने मिलेनियम पार्क-रिवर का दौरा किया और कई खूबसूरत डैफोडील्स और अन्य फूल देखे। सौभाग्य से, वे यहाँ मोर को नाचते हुए देख सके। इसके बाद, वे मेयर हाउस गए और रोटरी क्लब के सदस्यों द्वारा आयोजित स्वागत समारोह से प्रसन्न हुए।

लंच के बाद वे फोर्ड कार फैक्ट्री पहुँचे और वहां प्रोडक्शन मैनेजर ने उनका स्वागत किया। यहाँ बहुत शोर था, फिर भी कार उत्पादन के शुरू से अंत तक के चरणों को उनके द्वारा करीब से देखा गया था। सुरक्षा के लिए सभी को सिर पर स्टील का हेलमेट लगाने को

कहा गया। कार, कार और फोर्ड कारों का कोई अंत नहीं था। यह फोर्ड कंपनी द्वारा स्थापित वास्तविक अर्थों में औद्योगिकरण था जो दुनिया भर में लोकप्रिय हो गया था। प्रियांशी ने अपनी नोटबुक में कुछ नोट्स लिखे हालांकि उसने उत्तरप्रदेश के मजदूरों और अमेरिकी मजदूरों के बीच एक बड़ा अंतर पाया। यहाँ मजदूर थोड़े अलग रहते थे क्योंकि शारीरिक श्रम वास्तव में महंगा था। जेराल्ड फोर्ड संग्रहालय ने फोर्ड फाउंडेशन की गाथा बयान की।

लंबरजैक और रिवरमेन पार्क के पास, उन्होंने एक उद्योग में प्रवेश किया जहाँ लकड़ी से माइका तैयार किया जा रहा था - पदार्थ को पदार्थ में परिवर्तित किया जा रहा था, यह प्रौद्योगिकी की सफलता थी।

टोपियरी पार्क की सुंदरता और उसके कांच के डिजाइनों को देखने के बाद, वे लकड़हारों की कला का विश्लेषण कर सकते थे जिन्होंने पेड़ों की शाखाओं से पुरुषों और महिलाओं की कृतियों को तैयार किया था - यह एक बगीचा तो था ही, साथ ही एक मानव संग्रहालय भी था। अपने आप में अनोखा। सभी छह लोगों ने घास के इन चित्रों की प्रशंसा की और खुशी से कहा - 'सचमुच सुंदर!'

फिर उन्होंने प्राकृतिक विंडी डियरिंग फॉल्स की सुंदरता देखी और उसके बाद हॉलैंड स्टेट पार्क की रोशनी और संगीत का आनंद लिया। यहाँ वे कला की सुंदरता को महसूस कर सकते थे जो कभी अशिष्ट नहीं थी।

सुविधा और हर्ष पाल हर्ष ने उस शाम ओक लेन्स में गुप्त रूप से रोमांस का आनंद लेने की योजना बनाई। इसलिए उन्होंने एक-दूसरे के साथ डांस किया और एक-दूसरे को किस करने की गर्माहट का लुत्फ उठाया।

तीन हफ्ते पहले टीम के सदस्य काम के सिलसिले में अपने परिवार को छोड़कर गए थे। यहाँ वे पंछियों की तरह आजाद थे और फिर भी उन्होंने नए ठिकानों की तलाश की। सुविधा अक्सर अपने बच्चों को याद करती थी, हालांकि उसे आयुष का कोई फोन नहीं आया था। हो सकता है कि वह एक्सचेंज प्रोग्राम में शामिल होने के लिए उसकी अनुमति न लेने के कारण उससे नाराज था। अक्सर उसे लगता था कि वह 'ऊपर और ऊपर' चलती जा रही है और उसे एहसास हुआ कि उसकी यात्रा और रोमांच का कोई अंत नहीं है। कैलेडोनिया, हिलियार्ड, ग्रैंडविट, ओंटारियो, डेट्रायट, केंटवुड, डेटन, ऐरेनैक, फ्लिंट, वॉकर, फोर्ट वेन, ग्रैंड हेवन आदि की तेज रफ्तार जिंदगी देखने के उपरांत टीम भारत लौट आई। फिर भी, सुविधा और हर्ष पाल हर्ष नियाग्रा फॉल्स की प्राकृतिक सुंदरता को देखने के लिए रुक गए। जलप्रपात ने उनके जीवन में नया आनंद भर दिया क्योंकि यह अपनी सुंदरता के लिए विश्व भर में प्रसिद्ध है। नियाग्रा फॉल्स के तट पर एक प्रेमी की बाहों में वह कितनी खुशकिस्मत थी?

घर पहुँचने पर दीना नाथ, प्यारी माँ, और उनके बच्चों ने गर्मजोशी से उसका स्वागत किया, और वह एक बार फिर उनके साथ थीं। वह परिवार के हर सदस्य के लिए उपहार लेकर आई थीं और उसने सोते समय भी बच्चों के साथ अपने अनुभव साझा किए। आखिरकार, उसने 'द ब्रेव मास्टर' के जीवों और कृतियों को देख लिया था।

..24..

सुविधा प्यार के लिए बहुत कुछ बलिदान करने के लिए तैयार थी और फिर भी आयुष द्वारा लगाए गए प्रतिबंधों में खुद को बांध लिया। एक बुद्धिमान पिता की इकलौती बेटी होने के नाते, उसे उन चीजों का अध्ययन करने की स्वतंत्रता मिली जिसकी वह आकांक्षा करती थी। उसने शादी के बाद अपना शोध कार्य पूर्ण किया। सुविधा तकनीकी प्रबंधन संस्थान की चेयरपर्सन के रूप में, सभी छात्रों को अपना प्यार, स्नेह और मार्गदर्शन देना चाहती थी ताकि वे अपना जीवनयापन करने में सक्षम हो सकें। जिन विषयों की दुनिया के बाजार में पर्याप्त गुंजाइश थी, उन्हें पूरे जोश और उत्साह के साथ पढ़ाया जाना था। छात्रों को आशा से परे आशा की प्रेरणा दी' क्योंकि उन्हें अच्छी और प्रतिष्ठित नौकरियों के लिए संघर्ष करना था।

उसके गाजियाबाद आने के दो हफ्ते बाद रोजा होटल में उसकी शादी की रस्म अदा की गई। उसके तीन बच्चों ने अपनी भावनात्मक क्षति के बारे में सचेत हुए बिना उन्हें जीवन की एक नई यात्रा के लिए शुभकामनाएं दीं। समारोह में आयुष के करीब दो सौ मेहमान व पारिवारिक रिश्तेदार शामिल हुए। अग्नि के इर्दगिर्द सात फेरे लेने के बाद, दीना नाथ ने कन्यादान की रस्म अदा की और फिर लवली एवं तीनों बच्चों के साथ घर लौट आए।

तीसरे दिन, सुविधा फिर से आईबी स्कूल में अपने काम पर लौट आई और लंबित बिलों पर हस्ताक्षर किए। कुछ छात्रों के अनुरोध पर, उसने सद्भावना राजदूत के रूप में अपने अनुभव उन्हें बताए। यूलिसिस की तरह, उसने अफ्रीकियों और यूरोपीय लोगों के बारे में प्रत्यक्ष ज्ञान रखने के लिए अज्ञात देशों और महाद्वीपों के बारे में जानने के लिए उन्हें प्रेरित किया। उसने उनसे कहा कि वे ऐसी यात्रा को ज्ञान का हिस्सा मानें।

उसने अपने निजी सहायक को रोटेरियन और उद्योगपतियों को ई-मेल भेजने के लिए कहा, जिन्होंने जी.एस.ई. टीम की पूरे जोश के साथ आवभगत की थी। उसने उनसे कहा कि वह अब भी उनकी यादों को संजोती है और उनसे अनुरोध किया कि वे अपने बच्चों को सैर के लिए भारत भेजें। अब दोनों पक्षों की ओर से बार-बार ई-मेल आने लगे और अक्सर

उपहारों का आदान-प्रदान हुआ। कुछ शिक्षाविदों ने सुविधा तकनीकी प्रबंधन संस्थान में उसकी मदद करने का वादा किया।

..25..

जुलाई 2018,

अपनी बहन सुचित्रा के साथ एराकाजली ने मणिपाल स्थित कस्तूरबा मेडिकल कॉलेज में एमबीबीएस में प्रवेश लिया।। एराकाजली को न्यूरोलॉजी में रुचि थी, और सुचित्रा को कार्डियोलॉजी पर किताबें पढ़ना अच्छा लगता था। आयुष चिकित्सा विज्ञान की गहराई का विश्लेषण करने में विफल रहा और हर समय सुविधा से परामर्श करता रहा। चूंकि उसने दोनों बेटियों की पसंद को मंजूरी दे दी थी, इसलिए उन्हें वहां भेज दिया गया। स्नातक स्तर की पढ़ाई के बाद, दोनों एडिनबर्ग विश्वविद्यालय से संबद्ध मेडिकल कॉलेज के साथ अपने विषयों में मास्टर डिग्री के लिए यूके चली गईं। अंत में, वे एफ.आर.सी.एस. बन गईं और बेलफास्ट के बेलफास्ट अस्पताल में रहने लगीं।

एक बार आयुष और सुविधा उनसे मिलने गए क्योंकि दोनों ने अपना जीवन साथी चुन लिया था। एराकाजली ने डॉ. बार्टली (न्यूरोलॉजिस्ट) से शादी करने का फैसला किया, और सुचित्रा की शादी डॉ. फोस्टर (कार्डियक सर्जन) से हो रही थी। लंदन में एवलिन होटल में एक सादे समारोह में उन्होंने पहले भारतीय रीति रिवाजों और फिर चर्च में बाइबिल के छंदों के साथ शादी की। तब आयुष और सुविधा ने पेरिस, स्विटजरलैंड और रोम के दर्शनीय स्थलों का लुत्फ उठाया और आनंद की अनुभूति के साथ घर लौटे- जबकि बेटियाँ अपनी मर्जी से वहीं बस गईं। आयुष और सुविधा के बीच तय हुआ कि चार सौ बीघा जमीन बेचकर हर बेटी को दो लाख डॉलर दिए जाएंगे।

चूंकि मंदीप को किताबें पढ़ने का शौक नहीं था और बहुत ज्यादा क्रिकेट खेलने का मजा लेता था इसलिए, सुविधा ने उसे आभूषण की दुकान पर बैठने और इस धंधे की तकनीक सीखने के लिए प्रोत्साहित किया।

दूसरे जौहरी के बेटे बंशी से मंदीप की दोस्ती के चलते वे अक्सर सोने, चांदी के बाजार भाव, तरह-तरह के हीरों की कीमत आदि की बातें किया करते थे। मंदीप की मदद से आयुष को कुछ राहत मिली और उसे लगा कि उसकी जिम्मेदारी बेहतर तरीके से बांटी जा रही है।

अर्शदीप को आर्टिफिशियल इंटेलिजेंस, नैनो टेक्नोलॉजी और यहाँ तक कि इंडस्ट्रियल इकोनॉमिक्स पर नई-नई किताबें पढ़ने में मजा आया। अंत में, उसने आर्टिफिशियल

इंटेलिजेंस में बैंगलोर विश्वविद्यालय से एम. टेक. पास किया और एक चीनी कंपनी में दो लाख रुपये महीने की नौकरी कर ली।

सुविधा गंभीरता से उन दोनों के लिए एक उपयुक्त जोड़ी की तलाश में थी। इसी दौरान निहारिका ने सिंगापुर के एन.टी.यू. में प्रवेश ले लिया और अक्सर उससे फोन पर बात करती थी। उसने कंप्यूटर साइंस में बी. टेक. करने के उपरांत कनाडा से सूचना प्रौद्योगिकी में एम. टेक.डिग्री करने का प्रस्ताव रखा।

किसी तरह दीना नाथ को इस कड़वी सच्चाई का एहसास हुआ कि वह अपनी सांसारिक यात्रा के अंत की ओर कदम बढ़ा चुके थे। एक शाम उन्होंने सुविधा को बताया कि दस करोड़ रुपये के कर्ज के चलते सोमेश अरुण के तीस फ्लैट उनके पास गिरवी रखे हुए हैं। उन्होंने सुविधा को परिवार के सभी सदस्यों की नई एम.आई.एस. की पासबुक दी जिनकी कुल जमाराशि पंद्रह करोड़ रुपये थी। अंतत: उन्होंने दस करोड़ रूपये कीमत के एस.बी.आई. के पांच एफ.डी.आरएस भी उसे सौंपे। उन्होंने उसे वह सोना दिखाया जो उसके पास अपनी अलमारी में था और पाँच लॉकरों में रखे सोने के रहस्यों को भी उसे बताया। उन्होंने उसे लवली की देखभाल करने की सलाह दी क्योंकि वह लगभग अशिक्षित थी और सांसारिक तौर तरीकों से अनभिज्ञ थी। उनके बेटे प्रवेश (10) को शिक्षित होना था जैसा कि उन्होंने उसके मामले में किया था ताकि उसे अपनी रोजी-रोटी के लिए दूसरों पर निर्भर न रहना पड़े।

अगले दिन उन्होंने प्रवेश के नाम पर लगभग एक करोड़ रुपये की लागत से तीन बेडरूम का सुसज्जित फ्लैट खरीदने की योजना बनाई। लेकिन उन्होंने सुविधा का हाथ अपने हाथ में रखते हुए कहा कि लवली के अलावा प्रवेश भी उसकी पूरी जिम्मेदारी है। तब उनकी आँखों में आँसू उमड़ पड़े और उन्होंने दूसरी दिशा में मुंह घुमा लिया। उसने जीवन के अंत तक उनके हर निर्देश को मानने का वादा किया और कहा, 'पापा, बिल्कुल भी चिंता करने की जरूरत नहीं है।'

उसे लगा- 'इतना हाय-तौबा क्यों?'

मानव जीवन की प्रवृत्ति यही है कि यह उतार-चढ़ाव भरा है और कभी सरल नहीं रहता है। यही कारण है कि हर दिन लोगों और पारिस्थितिक-सामाजिक व्यवस्था के बारे में हमारी अलग-अलग धारणाएं होती हैं। सोमवार का जीवन स्वाभाविक रूप से मंगलवार के जीवन से भिन्न होता है और रविवार तक प्रत्येक दिन का सामना करने के लिए अपने खुद के कारण होते हैं। आगे कौन सा संकट आने वाला है, इसका अंदाजा कोई नहीं लगा सकता। मनुष्य बहुत सारा माल इकट्ठा करता है, यह जानते हुए कि मृत्यु कभी भी बिना

बताए आ सकती है। जल्द ही सुविधा को लगा कि आयुष भयग्रस्त जीवन जी रहा था और कुछ भय उसके चेतन और अवचेतन मन में स्थायी रूप से बस गए थे। सपने में भी, उसने भस्मासुर जैसे राक्षसों को देखा और उसने अक्सर सुविधा को बताया था कि भगवान यम ने उसे यमलोक में आमंत्रित किया था। अक्सर, सुविधा उसे बिस्तर पर बुरी तरह से पसीने में नहाया देखती और रात में उसके कपड़े बदलती थी। उसने अपनी लाइसेंसी पिस्टल रात में दुकान पर से लाकर तकिए के नीचे रख दी, फिर भी डर ने उसके होश ठिकाने लगा दिए। सुविधा ने ठीक ही विश्लेषण किया कि आयुष में विरोधियों का सामना करने का साहस नहीं था।

डर के मारे वह वॉशरूम का दरवाजा बंद नहीं करता था कि कहीं लुटेरे उसे मार न डालें। सुविधा उसके डर के कारणों का विश्लेषण नहीं कर पाई और यह भी नहीं जानती थी कि भविष्य में वह इस तरह से कैसे आगे बढ़ेगा? वास्तव में, आयुष लुटेरों और चोरों के साथ साज़िश में शामिल रहा था। उसने सिद्दू (29), मोंटी (26) और अन्य के गिरोहों से कम दामों पर चोरी के गहने खरीदे और कुछ हीरों का यह कहते हुए लगभग कुछ भी भुगतान नहीं किया, कि ये भारतीय हीरे कृत्रिम हैं जिन्हें 'जर्किन्स' कहा जाता है और केमिकल इंजीनियर्स द्वारा रसायनों से बनाए गए होते हैं। इन दिनों महिलाएं हीरे जड़ित आभूषण खरीदती हैं क्योंकि वे आकर्षक और चमकीले दिखाई देते हैं। सोने के वजन में भी उसने यह कहते हुए बहुत सारा पैसा काट लिया, कि इसमें से 40 प्रतिशत सिर्फ सोने के साथ मिश्रित धातु था। दूसरी बात, उन्होंने लंदन, न्यूयॉर्क, मॉन्ट्रियल आदि के बुलियन बाजार में उतार-चढ़ाव का जिक्र करते हुए हर दिन सोने की अलग-अलग दरों की बात की। लुटेरे अपने राज को सभी ज्वैलर्स को नहीं बता सकते थे और इसलिए वे आयुष पर निर्भर थे क्योंकि वे जब कभी उससे संपर्क करते वह उन्हें नकद भुगतान कर देता था।

अक्सर, या तो वे सुबह-सुबह 4 बजे घंटी बजा देते और वह उनके लिए मुख्य द्वार खोल देता। इस तरह वह कुछ ही मिनटों में ऐसे एक ग्राहक को निपटा देता। व्यापार की गोपनीयता सबसे महत्वपूर्ण थी क्योंकि वह स्थानीय पुलिस अधिकारियों से पूरी तरह डरा हुआ था। कभी-कभी डकैत खुद को पुलिस अधिकारी के रूप में प्रच्छन्न करते थे और उससे पैसे उधार लेते थे और उसे वापस करना भूल जाते थे। यदि उसके कैशियर ने भुगतान की मांग की, तो उसके साथ कठोर व्यवहार किया गया और बुरी तरह से फटकार लगाई गई। वह जानता था कि उसके पास जितना सोना है वह उसका हिसाब नहीं दे पाएगा। सोना खरीदने के बाद उसने उसी दिन सुबह खरीदे गए सोने को पिघलाने के लिए अपने भरोसेमंद सहायकों से संपर्क किया। इन ग्राहकों ने अंधेरे में भी अपना चेहरा ढक लिया था और अपने

हिस्से का पैसा लेकर चले गए। उनमें से कुछ ने तोला और माशा के अनुसार सोने के मूल्य की गणना करने की कोशिश की, लेकिन आयुष ने ग्राम और मिली ग्राम में गणना की, जो उनके लिए बहुत आश्चर्य की बात थी। वे दोनों जानते थे कि वह उन्हें धोखा देने के लिए खुद को काफी चतुर मानता है, तो उसे भी पता था कि उसे धोखा दिया जा रहा है। सबसे खास बात थी कि आयुष ने इन समूहों के लिए पहली मंजिल पर चार कमरे और दूसरी मंजिल पर अन्य चार कमरों का इंतजाम किया हुआ था, और मुफ्त भोजन, मुफ्त बोर्डिंग और मुफ्त खाने पीने की सुविधा चौबीसों घंटे उपलब्ध कराई गई थी। भला उन्हें ऐसी सुविधाएं और कहां मिल सकती थी?

बधू (41), वीरू (31), अंशी (30) और रेवानी (32) की मदद से सिद्धू ने गाजियाबाद, मेरठ, खुर्जा, बुलंदशहर, फरीदाबाद, गुरुग्राम आदि जगहों पर अपना गिरोह चलाया। रेवाड़ी (हरियाणा) के सब इंस्पेक्टर कमानी (34) का चचेरा भाई होने के कारण वह काफी दबंग और शानदार निशानेबाज था। आयुष ने उनके निजी जीवन का विवरण इकट्ठा करने की जहमत नहीं उठाई और अपने मुनाफे पर ध्यान केंद्रित किया। वहीं मोंटी (26) सोनीपत का रहने वाला था और दीनू (27), कप्पू (28) और टोनी (28) के सहयोग से मथुरा, भरतपुर, फरीदाबाद, टाउन सोना, बागपत, बड़ौत आदि में सक्रिय था। इन चारों लुटेरों ने कोई प्रतिरोध बर्दाश्त नहीं किया और आम तौर पर अपने पीड़ितों को मार डाला था। परिणामस्वरूप, उन्होंने पुलिस अधिकारियों के लिए गंभीर समस्याएं पैदा कीं और इसीलिए उनका पीछा करना पड़ा। सभी गैंगस्टरों के पास जमानत की अर्जी दाखिल करने और उन्हें किसी न किसी आधार पर रिहा करवाने के लिए उनके स्थायी भुगतान वाले नियमित वकील थे। वे फर्जी मुठभेड़ों में लुटेरों को मारने वाले पुलिस निरीक्षकों की नई नस्ल से तंग आ चुके थे। केवल विरले पुलिस अधिकारी ही अब उन पर हाथ डालने की हिम्मत कर पाते थे और गुप्त भागीदार ही बने रहना चाहते थे क्योंकि वे भी अपने हिस्से के 40 प्रतिशत हिस्से में ठगे गए थे। टोनी जब कॉन्स्टेबलों और सब-इंस्पेक्टरों को अपने गिरोह के लिए सिरदर्द बनता देखता तो अक्सर उन पर फायरिंग कर देता था। अक्सर रिंग लीडर मोंटी ने उन्हें अपने तरीके सुधारने की चेतावनी दी, लेकिन तब टोनी का काम करने का अपना अलग तरीका था। वह जानता था कि कैसे एक कहानी गढ़नी है ताकि उसकी निराशा से घिरे सरदार को समझाया जा सके- 'पुलिस कांस्टेबलों को बेकार में कौन मारना चाहता है?'

जब कभी भी लुटेरों के लिए आयुष ने सी.आई.डी. और अन्य जांच अधिकारियों की खुशामद की, उनके सामने उसने अज्ञानी और ईमानदार होने का नाटक किया क्योंकि

उसने सभी सावधानियां बरती थीं। वहां पर सी.सी.टी.वी. कैमरे लगे थे और उन सभी को एक स्विच द्वारा नियंत्रित किया जाता था जिसे वह सुबह-सुबह दरवाजे की घंटी सुनते ही बंद कर देता था। सी.आई.डी. अफसरों ने उससे पूछा- 'ऐसा कैसे हो सकता है कि कैमरे तड़के काम नहीं करते?'

उसने उत्तर दिया - 'सर, इस इलाके में विद्युत आपूर्ति अनियमित है।'

साइबर क्राइम डिटेक्शन डिपार्टमेंट की स्थापना के कारण गिरोह राजस्थान के अंदरूनी इलाकों में शिफ्ट हो गए। बीच-बीच में राजस्थान के लुटेरों अली (29), मुस्तफा (28), अंसारी (28) और मतलूब (27) ने गाजियाबाद, नोएडा आदि में सक्रिय होकर लोगों पर अत्याचार किया। मथुरा और भरतपुर के एक अन्य गिरोह का सरगना सादिक (28) था और उसने तल्ली (28), हिंदू (28) और पल्ली (27) की मदद ली। किसी तरह वे सभी आयुष और रोजा होटल के प्रबंधक के फोन नंबर जानते थे और अंततः उन्होंने मुफ्त सुविधाओं का आनंद लिया।

अपनी युवावस्था में, आयुष इस होटल व्यवसाय के प्रति आकर्षित हुआ और अपने संपन्न पिता स्वर्गीय लाला हर्षवर्धन की इच्छा के विरुद्ध सौ कमरों का निर्माण करवाया। पिता ने उसे कई बार चेतावनी दी- 'आयुष जौहरी के रूप में यह ठीक है। अपने आप को अनैतिक व्यापार में क्यों शामिल करते हो?' फिर भी उसने दूसरी और तीसरी मंजिल पर और दो सौ कमरे बनवाए।

आयुष के दोस्तों की एक बड़ी मंडली थी और वह क्लबों में पार्टियों में शामिल होने का आनंद लेता था। उसके दोस्तों ने उसे इस नए आकर्षक व्यवसाय में आगे बढ़ने के लिए प्रोत्साहित किया क्योंकि इससे उसे सभी विभागों के अधिकारियों के साथ घनिष्ठ होने का अवसर मिलेगा- "व्यवसाय की नवीनतम प्रवृत्ति का पालन करने का प्रयास करें? होटल ही एकमात्र ऐसी जगह है जहाँ हर दिन दीपावली मनाई जाती है, यहाँ तक कि दिन के समय में भी। यहाँ कभी उदासी और अंधेरा नहीं होता है, क्योंकि यहाँ तितलियां आपको रसिक, खुशमिजाज बनाती हैं और पाकिस्तान में समलैंगिक पुरुष। पैसे को तवज्जो नहीं दी जाती है और एक युवा होने के नाते, वह नकली दोस्ती, झूठे संबंधों, लोगों के नकली चेहरों ओर बेईमान व्यापारियों के परिणामों को समझ न सका। छोटी उम्र में जो कुछ भी आकर्षक और आंखों को आकर्षित करने वाला लगता था, वह अब घृणित लगने लगा था। लेकिन तब वापस जाने का कोई रास्ता नहीं था। उसके अपने लालच ने उसे अपने तरीके से संभलने की इजाजत नहीं दी। शायद वह झूठी चकाचौंध की नकली दुनिया का आदी हो गया था। मनोचिकित्सक उसके डर के कारणों का विश्लेषण कैसे कर सकता है?"

जैसे ही वह सोने की कीमतों में प्रति दस ग्राम चालीस हज़ार रुपये से पैंतालीस हज़ार रुपये तक की बढ़ती कीमतों की उम्मीद के साथ अपनी दुकान पर पहुँचा, उसने दीनू को वहाँ बैठे देखा और फिर भी पूछा- 'आप कैसे हैं दीनू भाई? यहाँ कैसे आना हुआ?'

'लाला जी, मेरे पिता दिल की सर्जरी के लिए अपोलो अस्पताल में भर्ती हैं। मुझे तुरंत दस लाख रुपये चाहिए।'

'क्या अब तुम्हारे पास कुछ है?' आयुष ने पूछा।

'अभी तो नहीं। मोंटी आपसे जल्द ही बात करेगा। तुम मुझ पर विश्वास करो। जब हम अगली मुलाकात करेंगे तो सारा हिसाब चुकता कर दिया जाएगा।' उसने हल्के से जवाब दिया।

'लेकिन अब तो, हमारे बीच का हिसाब किताब तो पहले ही तय हो चुका है। ऐसे में भुगतान करने के लिए कुछ भी बकाया नहीं है। मोंटी कभी भी इस तरह फोन नहीं करता।'

'ठीक है। लेकिन मुझे तुरंत पैसे दे दो वरना अंजाम बुरा होगा। मुझे अपने पिता के ऑपरेशन के लिए पैसों की तुरंत जरूरत है।'

'लेकिन दीनू, यह दस लाख का सवाल है। समझे। बिना किसी वस्तु के मैं इतना बड़ा जोखिम कैसे उठा सकता हूँ? शायद मोंटी ने तुम्हें मेरे व्यवहार के तरीके को ठीक से बताया नहीं है?'

दीनू ने खुद को बेबस पाया तो उसने चाकू निकाला और आयुष के सीने पर वार कर दिया। दीनू को तुरंत आयुष के कर्मचारियों ने दबोच लिया और पिटाई कर पुलिस को सौंप दिया। आयुष को यशोदा अस्पताल में भर्ती कराना पड़ा। जल्द ही उसे भयानक उच्च रक्तचाप व गंभीर हृदय रोग हो गया। पुलिस अधिकारी ने उसके बयान लेने पर जोर दिया, लेकिन सर्जन ने उन्हें अनुमति नहीं दी- 'उसे सामान्य हो जाने दो। उसकी हालत काफी गंभीर है क्योंकि संभवत: उसके सीने में चाकू से वार किया गया है। खून बहना अभी बंद नहीं हुआ है।'

'ठीक है। जैसे ही वह होश में आए, कृपया मुझे बताएं। उसका बयान लेना जरूरी है।'

'ठीक है। सर।' सर्जन ने जवाब दिया और वहां से चला गया।

..26..

सुविधा को हर्षपाल हर्ष की टिप्पणी याद आ गई- 'तुम्हारे स्तनों को इतना सुंदर और आकर्षक बनाया गया है? हो सकता है कि उनके सौष्ठव के लिए कई स्वर्गदूतों ने मिलकर काम किया हो! तुम्हारे साथ रहना भाता है, डार्लिंग।'

वह अभी-अभी नहाई थी और अपनी कंचन काया पर केवल ब्रा पहनी हुई थी। उसने आईने में खुद को निहारा और मुस्कुरा दी। प्राय: वह प्रबंधन संस्थान के नियमित कार्य से अत्यधिक थकी हुई महसूस करती थी, यद्यपि प्रत्येक विभागाध्यक्ष विभागीय गतिविधियों का ध्यान रखता था। उसने उनमें से प्रत्येक को हाल के विषयों पर ज्यादा सेमिनार आयोजित करने के लिए प्रोत्साहित किया। उसने प्रबंधन विभाग के प्रमुख डॉ. खरे से अनुरोध किया कि वे अपने विभाग की छवि सुधारने के लिए थोड़ा और काम करें। उन्हें मार्केटिंग और सेल्स प्रमोशन, न्यू कंज्यूमर टैक्टिक्स, वर्ल्ड ट्रेड टुडे, इंटरनेशनल ट्रेड कॉम्पिटिशन, फ्री इंटरनेशनल ट्रेड, ज्वाइंट वेंचर की संभावनाएं, मिश्रित अर्थव्यवस्था के लाभ आदि पर कुछ अतिथि व्याख्यान देने दें, उन्होंने इन विषयों पर विचार करने का वादा किया और अपने सहयोगियों और छात्रों का सहयोग लेने के लिए उसे आश्वस्त किया।

परिणामस्वरूप, इनमें से लगभग प्रत्येक विषय पर अगले दो सप्ताह तक व्याख्यानों की एक श्रृंखला आयोजित की गई, और डॉ. सुविधा ने किसी तरह उन सभी में भाग लिया। इंटरनेट की मदद से मुरादाबाद के सप्लायर्स से आकर्षक पुरस्कार खरीदे गए और छात्रों को अपने विषय में और भी अधिक रुचि महसूस हुई।

हालाँकि, डॉ. खरे और डॉ. रमेश को इसे सफल बनाने के लिए कड़ी मेहनत करनी पड़ी। विश्वविद्यालय सभागार में आयोजित समापन समारोह में संकाय सदस्यों को भी पुरस्कृत किया गया।

दूसरे सप्ताह में उन्होंने भौतिकी विभाग के विभागाध्यक्ष डॉ. जैन का मनोबल बढ़ाया। उसने उनसे जेम्स वाट, चार्ल्स डार्विन, एडिसन, मार्कोनी, अल्बर्ट आइंस्टीन और पोलो ब्रदर्स पर एक सेमिनार आयोजित करने का अनुरोध किया। उनसे कहा गया कि यदि वे अन्य विश्वविद्यालयों के भौतिकी के कुछ विद्वान् प्राध्यापकों को जानते हो, तो राष्ट्रीय संगोष्ठी में अतिरिक्त आकर्षण जोड़ने के लिए उन्हें भी आमंत्रित कर सकते हैं। उसने इंटरनेट, साउंड, लाइट, वेलोसिटी, वायरलेस, एनर्जी आदि पर कुछ लेक्चर सुझाए थे बाकी काम सुविधा ने डॉ. जैन के निर्णय पर छोड़ दिया। परिणामस्वरूप, दो सप्ताह के बाद, एक और संगोष्ठी का आयोजन किया गया, और छात्रों ने उसमे अपने पेपर्स प्रस्तुत करने में गहरी दिलचस्पी दिखाई। डॉ. जैन और उनके सहयोगियों को पहले सराहा गया, पुरस्कृत किया गया और फिर पेपर पढ़ने वालों को उनके मूल्यवान पेपर्स के लिए परिचय कराया गया।

डॉ. सुविधा ने डॉ. उपाध्याय से इन सेमिनारों के पेपर्स को न्यू इंडियन टैलेंट्स अंक संख्या 11 (2018) शीर्षक में प्रकाशित कराने और इसकी प्रतियां भारत और यूरोपीय

देशों के प्रमुख कॉलेजों और विश्वविद्यालयों में ऑनलाइन पोस्ट करने को कहा। बहुत से विद्वानों ने ई-मेल के माध्यम से अपनी प्रतिक्रियाएँ और विचार भेजे, और इन्हें शोध-उन्मुख छात्रों के समुदाय द्वारा परस्पर साझा किया गया।

डॉ. सुविधा ने अन्य संकाय सदस्यों को भी प्रोत्साहित करना जारी रखा और विनम्रतापूर्वक प्रौद्योगिकी विभाग के प्रमुख से कहा कि एक सप्ताह के लिए अंतर्राष्ट्रीय संगोष्ठी का प्रबंध करें और अतिथि वक्ता रोजा होटल में रह सकेंगे। यू.एस.ए. के पांच वक्ताओं ने साइंस टुडे, चेंजिंग डिजिटल वैल्यू सिस्टम्स, न्यू एप्रोच टू गैलीलियो टेलीस्कोप थ्योरी, वैलिडिटी ऑफ द थॉट्स ऑफ मार्कोनी टुडे और न्यू एप्रोच टू एटॉमिक एनर्जी पर पेपर प्रस्तुत किए। विभाग के छात्र भौतिकी और प्रौद्योगिकी के नए तथ्यों से प्रभावित हुए। उन्होंने डॉ. सुविधा से कहा कि उन्हें हर सेमेस्टर में एक महीने के प्रशिक्षण के लिए अन्य विश्वविद्यालयों में भेजा जाना चाहिए। क्वांटम भौतिकी, क्वांटम रसायन विज्ञान और नए तकनीकी शोधों पर तथ्यों को सुनकर सुविधा को भी निराशा हुई।

सेमिनार के आयोजक ने उसे बताया कि सेमिनार खत्म होने के बाद कुछ छात्रों और प्रोफेसरों ने रोजा होटल के कमरों में प्यार का भरपूर आनंद लिया। उसने ऐसी शिकायतों को नज़रअंदाज़ कर दिया क्योंकि बुराई अच्छाई का ही हिस्सा थी। इस तरह की गतिविधियों की जाँच करना उसकी ज़िम्मेदारी नहीं थी क्योंकि सेमिनार में दिलचस्पी रखने वाले लोग घर से बाहर खाली समय चाहते थे। उसने बस भगवान का शुक्रिया अदा किया कि यौन उत्पीड़न की कोई शिकायत नहीं थी, अंत भला तो सब भला! अपने धन्यवाद व्याख्यान में उसने सिर्फ इतना कहा- 'आइए हम प्यार, भाईचारे और नए ज्ञान की रक्षा के लिए जिएं। आइए हम दोस्ती और सद्भाव के प्रतिफल के लिए कड़ी मेहनत करें। बुद्धि के अंधकार को तर्क के प्रकाश से दूर होने दो। ओम शांति!'

लेकिन आयुष की बढ़ती मानसिक बेचैनी के साथ उसका सारा बौद्धिक आनंद गायब हो गया और मनोचिकित्सक डॉ. अग्रवाल ने उसे पूर्ण मानसिक आराम की सलाह दी। अगर वह हिंसक हो तो उसे कंपोज का इंजेक्शन देने के लिए एक नर्स का प्रबंध किया गया। तीसरे दिन उसने अचानक सुविधा से कहा - 'देखो जान, मैं नरक की दूसरी अवस्था में हूँ, अपने चारों ओर जमाखोरों और कालाबाजारी करने वालों को देख रहा हूँ। मुझे नहीं पता कि मैं उनके साथ क्यों होता हूँ। जैसा कि वे झूठ बोल रहे हैं, उन्हें हफ्तों और हफ्तों तक भूखा रखा जा रहा है।' ऐसे में उसे एक इंजेक्शन दिया गया क्योंकि वह खुद को असहज महसूस कर रहा था।

अगले दिन वह वॉशरूम से बाहर आई और खुद को इंस्टीट्यूट के लिए तैयार करने के लिए अपना सूट पहन रही थी। आयुष ने उससे कहा- 'देखो मेरी प्यारी सुविधा, मैं नरक के

पहले चरण में हूँ, सुस्त चेहरों और निराश लोगों से घिरा हुआ हूँ। वे सभी पीड़ा से रो रहे हैं क्योंकि सत्ता और समृद्धि के लिए उनकी सांसारिक महत्वाकांक्षाएं पूरी नहीं हो सकीं। वे मुझे खुश कहते हैं। क्या यही सुख सुविधा है? क्या मैं सच में खुश हूँ? मैं कैसे समृद्ध हूँ?'

तीसरे दिन जब वह संस्थान से थकी-हारी लौटी तो उसने उससे कहा, 'देखो मैं अंधेरे की दुनिया में कैसे जिंदा रहता हूँ। मेरे साथी इसे नरक का तीसरा चरण कहते हैं, हालांकि कोई भी आत्माओं की संख्या की गणना नहीं कर सकता है। मैं बिजली कटौती का कारण समझ नहीं पा रहा हूँ - शायद यहाँ भी अधिकारियों द्वारा बिजली बिलों का भुगतान नहीं किया गया है।' फिर वह खिलखिलाकर हंस पड़ा और हंसता गया। सुविधा कोई जवाब नहीं दे पाई। उसने अपने आप को बेचैन पाया और उसे लगा जैसे वह स्वयं ही नर्क में पहुँच गई हो। दांपत्य सुख के इस पहलू की उसने कभी कल्पना भी नहीं की थी। हे मेरे भगवान! मेरी सहायता करो!'

पांचवें दिन आयुष दर्द से चिल्लाया, 'मुझे बचा लो, सुविधा। ज्यादा धुएँ से मेरा दम घुट रहा है। प्लीज... प्लीज... प्लीज... क्या तुम एग्जॉस्ट फैन चालू नहीं करोगी? अगर मैं यहाँ ऐसे ही घुटता रहूँ और आसानी से साँस न ले सकूँ तो मैं मर जाऊंगा। हताशाजनक, निराशाजनक स्थिति।'

छठे दिन आयुष को ऐसा लगा जैसे वह चारों तरफ से आग से घिरा हो। ऊर्जा का हर स्रोत केवल आग उत्पन्न कर रहा था। वह उसकी ओर बढ़ा- 'ऐसा कैसे हो सकता है कि तुम्हें आग से डर नहीं लगता? ओह! नहीं, यह तुम्हारी तरफ भी बढ़ रही है। यमलोक से निकलने वाली वैतरणी नदी से आने वाली यह नरकीय आग सबसे भयानक है, जैसे किसी रासायनिक उद्योग से निकलने वाली आग की लपटें जो आग पकड़ लेती हैं।"

तमाम मानसिक निराशा के बावजूद सुविधा ने अपने गुस्से पर काबू पाने की कोशिश की और उससे पूछा- 'लेकिन आयुष यहाँ आग नहीं है।'

'मूर्ख और स्वार्थी महिला। तुम झूठ बोल रही हो। यह आग मुझे निगल जाएगी और मुझे भस्म कर देगी।'

अगले दिन, वह हँसा और देखा कि लंपट पापियों को लोहे के सरियों से प्रताड़ित किया जा रहा है। अंत में, वह रोया क्योंकि उसे भी पीटा गया और पाँच बार पीटा गया। वह रोया- 'हे ईश्वर, मैं पापी नहीं हूँ !'

जवाब आया- 'हम तुम्हारी असलियत जानते हैं। तुमने हमेशा महिला ग्राहकों को अय्याश निगाहों से देखा। यह भावनात्मक अपराध है क्योंकि तुमने उन्हें बहनें कहा था।'

उसे वह सब स्वीकार करना पड़ा जैसे कि उसे और प्रताड़ित किया जाना था। उसे

किसी भी सुरक्षा की कोई उम्मीद नहीं थी और उसने सुविधा को वशीभूत और हतप्रभ देखा। (यहाँ सुविधा को अपने प्रेम प्रसंगों की याद आई और उसने अनुभव किया कि उसे भी इसी अवस्था से गुजरना होगा)।

आठवें दिन आयुष रोया - 'हे भगवान! यहाँ हवा नहीं है। हवा रहित कक्ष में कोई व्यक्ति कैसे जीवित रह सकता है? यह पश्चिम की हवा है जो बीजों को गहरे छिद्रों में ले जाती है, जहाँ वे बढ़ते हैं और फिर पौधे बन जाते हैं। पश्चिम की हवा बादलों को आगे ले जाती है और पहाड़ों से टकराने के बाद बारिश की फुहारों में बदल जाती हैं। हे भगवन! मुझे एक लहर से, एक सूखे पत्ते से उठा लो ताकि मैं जीवंतता का अनुभव कर सकूँ!'

नौवें दिन आयुष की आवाज बहुत लड़खड़ाई और फिर भी उसने सुविधा से कहा- 'मैं खुद को नर्क के नौवें चरण में पाता हूँ, जहाँ हिंसक योद्धाओं को उनके अहंकार के लिए दंडित किया जाता है। सिकंदर महान्, अशोक महान्, नेपोलियन, बिस्मार्क, हिटलर, मुसोलिनी और स्टालिन को देखो, और ऐसे अन्य लोग हैं जिन्हें मैं नहीं पहचानता। अब न्याय की तलवार निर्दोष सिपाहियों के हाथ में है जिन्होंने अहंकार के लिए उन्हें मरवा डाला। यदि अत्यधिक महत्वाकांक्षी राजा नहीं होते, तो युद्ध और विश्व युद्ध नहीं होते। आम नागरिक युद्धों से डरते हैं और सैनिकों के साथ भी ऐसा ही है।'

सुविधा ने उनसे पूछा- 'क्या आपको यहाँ जोन ऑफ आर्क दिख रही है?'

'नहीं। वह यहाँ बिल्कुल नहीं है।'

आखिर में नर्स ने उसे सुलाने के लिए कंपोज का इंजेक्शन दिया। सुविधा ने अपने जीवन के भविष्य के बारे में सोचा- 'ऐसी दयनीय स्थिति में उसे कौन सलाह देगा? क्या उसे इस समस्या के बारे में किसी नए मनोचिकित्सक से चर्चा करनी चाहिए क्योंकि आधे-अधूरे आयुष के साथ रहने के दौरान उसके असामान्य होने की पूरी संभावना थी। दिल से, वह ईडन गार्डन में लौटने की इच्छा रखती थी, जहाँ आदम और हव्वा परमेश्वर के संरक्षण में रहते थे। लेकिन अफसोस! उसने खुद से पूछा- 'क्या गरीब किसान सोने की गोली खाने वाले जमींदार से बेहतर है? क्या वह कंगाल है जिसने अपना सब कुछ खर्च कर दिया?

शायद कुदरत अब उसके प्रति वफादार नहीं रही! बहुत बुरा हुआ!'

..27..

रविवार होने के कारण, सुविधा काम के बोझ से मुक्त थी और उसने नाश्ते के बाद मंदीप के साथ बैडमिंटन खेलने का आनंद लेने के बारे में सोचा। तभी डॉ. विनोद ग्रोवर का फोन आता देख उसे आश्चर्य हुआ क्योंकि वे चाहते थे कि उनकी भाभी को आर्किटेक्चर

विभाग में नियुक्त किया जाए। उसने विनम्रता से उसे बताया कि वर्तमान में इस विभाग में कोई पद खाली नहीं है। हालांकि, संबंधित महिला मानव संसाधन विभाग के प्रमुख के रूप में संस्थान में शामिल हो सकती है। जब भी आर्किटेक्चर विभाग में जगह रिक्त होगी, उन्हें वहां शिफ्ट कर दिया जाएगा। फिर भी डॉ. विनोद ग्रोवर उनसे मिलना चाहते थे तो सुविधा ने उन्हें शाम 4 बजे आने का अनुरोध किया। कई बार उसने डॉ. विनोद ग्रोवर की आँखों में कामुकता देखी थी क्योंकि डॉ. विनोद ग्रोवर ध्यान से उसकी छाती की ओर देख रहे थे। उसने उनके करीब आने की कोशिश की थी और उसे अशोका होटल में डिनर के लिए आमंत्रित किया था। लेकिन तब सुविधा ने उनके आमंत्रण को ठुकरा दिया था। जल्द ही उसे पता चला कि डॉ. विनोद अपनी सनकी पत्नी से तंग आ चुके थे क्योंकि वह अपने बच्चे की जल्दी मृत्यु हो जाने के उपरांत दूसरे बच्चे को जन्म देने में विफल रही थी। चार बार गर्भपात हो जाने के कारण वह बुरी स्थिति में थी और डॉ. विनोद ने संतान प्राप्ति की आशा ही छोड़ दी थी। लेकिन तब यह उनकी अपनी समस्या थी, और फिर भी किटी पार्टी में उनकी पत्नी वरुणा सुविधा के करीब थीं।

अपने ड्राइंग-रूम में अकेली बैठी सुविधा ने वर्जीनिया वूल्फ के उपन्यास मिसेज डलोवे, पर ध्यान लगाने की कोशिश की जिसमें सेप्टिमस वॉरेन स्मिथ अपना मानसिक संतुलन खो देता है और असामान्य व्यवहार करता है। डॉ. ब्रैडशॉ ने सेप्टिमस वारेन स्मिथ की पत्नी को जीवन के सकारात्मक पहलुओं में अपनी रुचि पैदा करने की सलाह दी थी। दूसरे, वह उसे सुंदर उद्यानों की यात्रा करवाए जहाँ वह खिले हुए फूलों की सुंदरता से प्रसन्न हो सके। उसे वसंत के मौसम की सुंदरता का आनंद लेने दो। लेकिन अफसोस! श्रीमती सेप्टिमस वॉरेन स्मिथ के सभी प्रयास विफल हो गए थे, और उन्हें लगा कि उनका मृत मित्र उन्हें अपने साथ ले जाने के लिए बुला रहा है।

इसके विपरीत, आयुष अक्सर बेसिर-पैर की बातें करता था और कई बार खुद को नरक के विभिन्न चरणों में मानता था। उसे दुकान पर नहीं भेजा जा सकता था, कहीं ऐसा न हो कि वह ग्राहकों के लिए कोई मुसीबत खड़ी कर दे। शाम को जब डॉ. विनोद ग्रोवर उनसे मिलने आ रहे थे तो उन्होंने अपनी समस्या के बारे में उनसे बात करना बेहतर समझा। हो सकता है कि हृदय रोग विशेषज्ञ आयुष के लिए कुछ दवा सुझाता और उसे किसी अन्य न्यूरोलॉजिस्ट के पास ले जाने के लिए कहता। बेटी एराकाजली ने सुविधा को बताया था कि उसके पापा में पागलपन, विक्षिप्तता और डिमेंशिया के कोई असाधारण लक्षण नहीं हैं और उन्हें समय के साथ-साथ सुधार करना चाहिए। हो सकता है कि वह समय बीतने के साथ अपने डर की भावना पर काबू पा ले। फिर भी, अगर वह ब्रिटिश न्यूरोलॉजिस्ट से परामर्श करने की इच्छा रखती हैं, तो बेलफास्ट में उनका स्वागत है।

अपने विचारों में खोई हुई सुविधा ने अपने वर्तमान, भूत और भविष्य के बारे में सोचा और खुद से पूछा- 'वर्तमान में उसके जीवन की खुशियाँ क्या थीं? यह सच था कि उनके पास अपने संस्थान में बहुत सारी शक्तियाँ थीं, और सी.बी.एस.ई. स्कूल, आई.बी. बोर्ड स्कूल के प्रधानाचार्य ने हमेशा उसकी आज्ञा का पालन किया। प्रबंधन संस्थान में उसके निर्देशों का विरोध करने की हिम्मत कोई नहीं कर सकता था। अब तक उसने यहाँ के दो सेमिनार हॉल को ठीक-ठाक शक्ल दे दी थी। प्रश्नोत्तरी कार्यक्रमों की नियमित रूप से व्यवस्था की गई थी, और पत्रकारों ने यहाँ आयोजित सेमिनारों की अच्छी कवरेज दी थी। ट्रस्टियों ने उसके काम करने के तरीके पर भरोसा किया। संस्थान का सभागार शानदार था। हाल ही में मैडम (डॉ.) सीमा श्रीवास्तव ने उमंग संगीत कार्यक्रम की व्यवस्था की थी और छात्रों ने इसका आनंद लिया था। नए संगीतकार और गायक रवि निगम की उपस्थिति के कारण म्यूजिक नाइट अद्भुत साबित हुई।

लेकिन फिर उसने खुद से पूछा- 'आगे क्या करना है? वह अब क्या चाहती है? उनके कुछ सहयोगियों ने उसे आयुष की जमीन पर एक विश्वविद्यालय शुरू करने के लिए प्रेरित किया, लेकिन उसने इसे उस उद्यम के लिए अपर्याप्त माना। संस्थान विभिन्न प्रयोगशालाओं के उपकरणों के लिए पहले ही तीन सौ करोड़ रूपये उधार ले चुका था और विश्वविद्यालय को दो हजार करोड़ रूपये से अधिक की जरूरत थी। तो ऐसे में, नहीं बिलकुल नहीं। उसने इस विचार को स्थगित कर दिया।

एक आशावादी के रूप में, उसने सोचा कि वह एक शांतिपूर्ण जीवन जीती है और फिर भी उसे नींद के लिए गोलियों की जरूरत पड़ती है। बयालीस वर्ष की आयु में भी वह जवान, रूपवती और आकर्षक नजर आती थी और न्यासी उसकी सुन्दरता से सम्मोहित महसूस करते थे। उसके सुझावों को आम तौर पर स्वीकार किया गया था। खेल-कूद के लिए इंडोर स्टेडियम की योजना तक को उनकी मंजूरी मिल गई थी। संस्थान में बेसबॉल का भी अभ्यास शुरू करने के लिए खेल सामग्री पहुँच गई थी। इससे छात्र स्क्वैश, बिलियर्ड्स और बॉलिंग खेलने का आनंद ले सकते थे। थाईलैंड, वियतनाम, नेपाल, नाइजीरिया, भूटान आदि के कुछ छात्रों ने संस्थान में विभिन्न पाठ्यक्रमों में प्रवेश लिया था। बेशक, उसने ऐसे नकारा लोगों की संख्या की परवाह नहीं की। निश्चय ही कोई भी न्यासियों की सभाओं में सिंहनाद करने का साहस नहीं कर सकता था।

सेमिनारों में, सुविधा ने अपने छात्रों के शोध पत्रों और अतिथि व्याख्यानों को सुनने का आनंद लिया और अंत में विषय के बारे में अपने स्वयं के विचार व्यक्त किए। उसके सहकर्मी जानते थे कि वह न केवल वक्ताओं और आयोजकों को धन्यवाद देगी

बल्कि अपने मन की बात भी कहेगी। राष्ट्रीय और आर्थिक समस्याओं पर उसके सुझाव व्यावहारिक और मौलिक थे। बेशक, उसने अतीत की घटनाओं के संदर्भ में वर्तमान का विश्लेषण किया और सुझाव दिया कि समाज के स्थायी लाभ के लिए तत्काल भविष्य में क्या किया जा सकता है। बेशक, किसी भी समस्या पर चर्चा करते समय वह कभी यूटोपियन नहीं रही और ब्रेव न्यू वर्ल्ड की स्थापना की आशा करती थी।

उसने प्रकृति के प्रति अपने प्रेम का स्मरण किया और प्रबंधन संस्थान के लिए नर्सरी से दो हजार पौधे खरीदे। अक्सर उसे उन पेड़ों से हमदर्दी होती थी जो तूफानों और भूकम्पों से उखड़ जाते थे। कई लोगों को ज्वालामुखियों का प्रकोप सहना पड़ा और प्राय: उत्तराखण्ड, संयुक्त राज्य अमेरिका, ऑस्ट्रेलिया आदि के जंगलों में आग फैल गई। वह अक्सर स्वयं से पूछती थी कि- क्या चन्द्रमा डूबते सूर्य से भी सुहाना प्रकाश ग्रहण करता है। वैज्ञानिक अक्सर ग्रहों की गुप्त कार्यप्रणाली के बारे में स्पष्ट क्यों नहीं बताते थे? जैसे वे चंद्रमा पर योजना बनाते हैं, वे सूर्य की सतह पर बसने का साहस क्यों नहीं करते? क्या मेघ, प्रकाश और सूर्य की किरणों के गुणों का उनके द्वारा उपयोग किया गया?

उसे अपना बचपन याद आ गया जब वह शाश्वत आत्मा और मृत्यु के अर्थ को समझ नहीं पाई थी। परिवार या मोहल्ले में जब भी कोई मरता था तो वह अपनी मां से पूछती थी कि- 'मरे हुए लोग कहां जाएंगे? क्या परमेश्वर का धाम इतना बड़ा है कि उसमें सभी मृत लोग समा सकें? जब भी कोई बच्चा पैदा होता तो वह मासूमियत से मां से पूछती कि बच्चा कहां से आया है? उसने कैसे जन्म लिया? वह यहाँ क्यों आया था? स्वर्ग का राज्य कहाँ है? महिलाएं आमतौर पर बेटों की चाहत क्यों रखती हैं, बेटियों की नहीं? क्या उसकी माँ ने भी उसके जन्म का स्वागत किया था?' एक बच्चे के रूप में, उसने अंतिम संस्कार की भीड़ को देखकर अपनी माँ से पूछा- 'परिवार के सदस्य एक परिवार के सदस्यों के शरीर को क्यों जलाते हैं? उनके द्वारा शवों को संरक्षित क्यों नहीं किया जाता?' दीपावली के त्योहार पर उसने उनका अनुकरण किया और ढेर सारी मोमबत्तियां जलाईं और पटाखों की रोशनी का आनंद उठाया। त्योहार खत्म होने पर भी वह दोस्तों के साथ दीपावली मनाने का आनंद उठाती थी। माता-पिता ने उसका साथ नहीं दिया यद्यपि अपनी उपेक्षा पर उसके भोले मन को दुख हुआ। बचपन की वे यादें उसे दुख देती हैं जब विनीत पतंग उड़ा सकता था जबकि उसे पतंग उड़ाने की अनुमति नहीं दी जाती थी। क्यों?

जब सुविधा लगभग पंद्रह वर्ष की थी, तब उसके शरीर के अंगों में धीरे-धीरे बदलाव आया और उसकी छाती में उभार आने लगा। उसके बाद, माँ उसे आम तौर पर कहीं भी अकेले नहीं भेजती थी। जब पापा बीमार थे तो भी वह ही दवाई और फल लेने बाजार जाती थीं। जब पापा खेती के लिए खेत में जाते थे तो मां उसके साथ रहती थी। किसी पुरुष नौकर

को कभी उसे लेने नहीं भेजा गया। शायद उसके बढ़ते बाल आकर्षक लग रहे थे, और केवल मौसी और दादी को ही उसे चूमने की अनुमति थी, विनीत को भी नहीं।

उसने चुपके से अपने पड़ोसी सतीश को अपनी शंकाओं को दूर करने के लिए अपने शयन कक्ष में मिलने के लिए कहा और उसे किस करने के लिए कहा। पहले तो वह झिझका लेकिन फिर हिम्मत करके उसे किस कर लिया। बेशक, उसने उस उत्तेजना को महसूस किया, जो उसे पहले कभी महसूस नहीं हुई थी। उसने हिम्मत करके उसके बढ़ते हुए उभारों को दबाया तो उसकी सनसनी और भी बढ़ गई। चूँकि उसने दरवाजे में कुंडी नहीं लगाई थी, अचानक माँ वहाँ आ गई और उन्होंने सतीश को बुरी तरह डाँटा। उसने अपमानित महसूस किया और कमरे से बाहर चला गया। उसके बाद मां ने उसे उस अनैतिक काम के लिए पीटना शुरू कर दिया और पूछा- 'सतीश यहाँ कैसे पहुँचा? वह तुम्हें किस करने और तुम्हारी 'छाती' को छूने की हिम्मत कैसे कर सकता है?' क्योंकि उसने कोई जवाब नहीं दिया, इसलिए उनका गुस्सा आसमान पर था और उसे लकड़ी के फुट्टे से पीट डाला, और आखिरकार पापा ने आकर उसे बचाया। उन्होंने उसे सख्ती से कहा कि भविष्य में ऐसी नासमझी न हो और यदि उसे इस हरकत पर खेद महसूस होगा तो उससे यथावत प्यार करने का वादा किया। क्योंकि उसने माफी मांग ली थी और मां को विश्वास हो गया था, इसलिए उसे छोड़ दिया गया था। वह अंदाजा लगा सकती थी कि उसकी मां को अपनी इकलौती बेटी को पीटने का कितना पछतावा है। फिर भी उन्होंने सहानुभूति के कारण दो दिनों तक उसके शरीर पर सोफ्रामाइसिन स्किन क्रीम लगाई। उसने अपनी माँ को पापा से कहते सुना- 'वह समय पर कमरे में आ गई। अगर सतीश ने उसे बहकाया होता, तो वह अपना कौमार्य खो देती और फिर... हे भगवान!'

जो शादी से पहले नहीं हुआ वो शादी के बाद हुआ। एक सुहागरात के बाद, उसने खुद को पूरी तरह से सम्यक के सामने समर्पित कर दिया, और अक्सर वह उसके स्तनों को बहुत ज्यादा मसलता था। कई बार उसके सीने में दर्द हुआ, फिर भी उसने उन्हें नहीं छोड़ा। यहाँ तक कि जब वह सात महीने की गर्भवती थी, तब भी उसने डॉक्टर की सलाह के खिलाफ जबरन उसके साथ संभोग किया। काफी बार, उसने महसूस किया कि उसके स्त्री शरीर के अंगों को कुचला जा रहा था। भगवान बुद्ध और भगवान महावीर ने बहुत ध्यान लगाया और वे मुक्ति पाना चाहते थे- मुक्ति मृत्यु और जन्म के चक्र से। मृत्यु से मुक्ति की अवधारणा का पालन करना आसान था क्योंकि बड़ी संख्या में लोग गंभीर बीमारी से मरते हैं और मृत्यु से पहले भयानक पीड़ा झेलते हैं। परंतु संत प्रद्युम्न जी ने सुविधा को बताया कि बच्चा भी जब जन्म लेता है तो उसे भी भयानक पीड़ा सहनी पड़ती है। संत ने समझदारी

से उसे यह नहीं बताया कि उसे भी प्रसव के समय असह्य पीड़ा होगी। सम्यक, पापा और दोस्तों को तीन बच्चों के जन्म से खुशी हुई, लेकिन उसके प्रसव पीड़ा की तीव्रता को कोई महसूस नहीं कर सका! कितने अफसोस की बात हैं! विरले संत ही स्त्री की प्रसव पीड़ा से मुक्ति की बात करते हैं।

बच्चे को दूध पिलाने के लिए स्तन बढ़ते हैं और साथ ही पति उनके साथ खेलना चाहता है। कैसी विडंबना है! प्रसव के बाद कई दिनों तक गर्भ में दर्द रहा और नर्सों ने इस बात पर ध्यान नहीं दिया। शायद यह एक महिला के जीवन का हिस्सा है। शायद वह इस तरह के डर, सपने और निश्चित रूप से इन वास्तविकताओं के बिना अधूरी है।

सम्यक की हत्या के बाद वह काफी सिमट गई थी और अपनी महत्वाकांक्षाओं को पूरा करने में असफल रही थी। यहाँ तक कि पापा को भी उसकी शारीरिक जरूरतों का एहसास नहीं था। जब वह फिल्में और धारावाहिक देखती थी तो उसे रात में संवेदना महसूस होती थी। लेकिन अफसोस! सम्यक जा चुका था, और उसकी महत्त्वाकांक्षाएँ चूर-चूर हो गई थीं। फिर गणेश सलिल ने चुपके से उसके जीवन में प्रवेश किया, लेकिन यह उसकी सुस्त दिनचर्या में खुशी का एक छोटा सा अंतराल था। और अंत में, शिवेंद्र ने उसे अस्थायी शारीरिक सुख दिया और उसे लगभग भूल ही गया। अंत में, उसने आयुष के साथ प्यार के बंधन में बंधने का फैसला किया लेकिन अफसोस! वह भ्रम, मतिभ्रम और भय का शिकार हो गया। क्या यह सब उसके नारीत्व का भाग्य है? बस अच्छी साड़ी और ऑफिस सूट पहने! अधीनस्थों को आदेश दे और प्रबंधन संस्थान के सहयोगियों से अनुरोध करे! कई बार, वह सेमिनारों में वक्ताओं के विचारों को समझ नहीं पाई और फिर भी उन्हें खुश करने के लिए ताली बजानी पड़ी। क्या यह पाखंड नहीं है? वह अपने रसोइए या नौकरों से कैसे अलग थी क्योंकि वे भी इन विषयों को बिल्कुल नहीं समझते थे?

बेशक, वह इस स्थिति में गई थी। यदि वह विश्वविद्यालय शुरू करती है, तो उसे कई और स्थितियों में तालमेल बिठाना होगा। ऐसा प्रतीत होता है जैसे समायोजन और स्वीकृति उसके जीवन का हिस्सा और अभिन्न अंग हैं। उसने खुद से पूछा- 'वो इंस्टिट्यूट की है या इंस्टिट्यूट उसका है? वह कौन थी? मात्र सुविधा- सुविधा का पर्याय! इस बंगले की खिड़कियाँ खोलने पर उसे क्या मिला? जब पापा को उसकी जरूरत थी तब उनका साथ छोड़ दिया। इसके विपरीत, पापा ने अपना मजबूत समर्थन साबित करने के लिए अपना घर छोड़ दिया और अपने खेत बेच दिए। मॉ लवली को भी उसकी जरूरत थी। क्या वह आने वाले महीनों और वर्षों में उसके लिए मददगार साबित होगी? उसने भाई प्रवेश के लिए करियर की योजना कैसे बनाई? शायद वह एक या दूसरा खेल खेलने का नाटक कर रही थी और असल में कुछ नहीं कर रही थी।'

शायद वह एक अप्सरा बन गई थी क्योंकि उसे सप्ताह में एक बार एक हृष्ट-पुष्ट पुरुष की आवश्यकता थी। लेकिन अफसोस! दोनों ही भागीदारों में ईमानदारी और वफादारी गायब है, और इसलिए जीवन एक धोखा बन गया है, स्वांग का दूसरा नाम! पिछले 10 सालों में दैहिक भूख से बेहाल होकर उसने अहितकारी फैसले लिए। क्या वह नदी थी जो अपने किनारों के लिए अत्याचारी बन गई थी? कब तक वह आयुष की जगह किसी दूसरे पुरुष का अथक इंतजार करती? आयुष के डिमेंशिया के लिए किसे दोषी ठहराया जाए? वह गैंगस्टरों का सामना करने का साहस क्यों नहीं जुटा पाया? आखिरकार, उसे धन और अधिक धन के लालच के लिए और अंतत: अपने पूरे जीवन को भी जोखिम में डाल देने के लिए दोषी नहीं ठहराया जाना चाहिए? अगर वह उस सुबह दीनू के चाकू से मर गया होता, तो वह दूसरी बार विधवा हो जाती। काश! लेकिन तब वह आयुष से यौन प्रेम पाने में असफल रही, और तो क्या वह एक गौरवान्वित विधवा नहीं थी?

यहाँ तक कि विश्वामित्र भी मेनका के लिए अपनी वासना को नियंत्रित नहीं कर पाए थे। लगभग सभी शादीशुदा लड़कियों की रात में संसर्ग की इच्छा होती है! वह उनसे कैसे अलग थी? क्या आयुष के भयग्रस्त जीवन की कोई सीमा थी? उनके अच्छे स्वास्थ्य की बिल्कुल भी संभावना नहीं लग रही थी। उसने उसे लगभग नियमित रूप से च्यवनप्राश देने की कोशिश की थी। लेकिन कोई नतीजा नहीं निकला!

वह किसी भी समय शैम्पेन, वोदका या शॉ वालेस व्हिस्की का आनंद लेने के लिए स्वतंत्र थी। लेकिन फिर अकेलेपन ने सारा मजा किरकिरा कर दिया। वह गन्दा शीशा साफ करते हुए अपने भाग्य पर खूब हँसी। अक्सर उसे अपने आचरण पर शर्मिंदगी महसूस होती थी। बड़ा सवाल था- उसे किसने धोखा दिया था- आयुष ने या उसकी किस्मत ने? वह संत वशिष्ठ जैसा जीवन जीने, हर सुबह ध्यान लगाने और सदैव अपनी पांचों इंद्रियों पर नियंत्रण रखने को तैयार नहीं थी। लेकिन, मुगलिया बेगमों की तरह, उसकी भी अपनी कामेच्छाएं थीं, और वह उन्हें कम उम्र में ही पूरा करना चाहती थी!

फिर भी उसने सरोजिनी नायडू का आह्वान स्मरण किया- 'जागो! उठो!' और जीवन में आगे बढ़ने का निश्चय किया।

..28..

उसका दूसरा बेटा मंदीप सालों पहले दुकान संभालने लगा था और खेती की देखभाल भी करने लगा था। कई बार वह चोरी के गहनों की गुप्त खरीदारी करने से हिचकिचाता था जैसा कि आयुष करता था। लेकिन फिर उसने सिद्धू और मोंटी को आयुष से पहले की

तुलना में अधिक भुगतान किया। आयुष के व्यवहार से वे संतुष्ट महसूस करते थे लेकिन मंदीप के व्यवहार से नहीं। दरअसल, मंदीप का दोस्त बंशी अक्सर शहर के राल्फो बार में आता था और इन लोगों के साथ शराब पीता था, वे दोनों बंशी के पेशे को जानते थे और उससे जुबानी हमदर्दी हासिल करने की कोशिश करते थे। अब इन लोगों ने चोरी के सामान की तस्वीरें खींच लीं और उसे वही दिखाया। उसने नाटक किया कि अगर उन्होंने उससे संपर्क किया होता तो वह उन्हें और पैसे देता। उनके दिल में अब यह भावना आ गई थी कि मंदीप उन्हें धोखा दे रहा है। बंशी की मुस्कान काम कर गई और मंदीप को तनावग्रस्त कर दिया।

एक सप्ताह पहले सिद्धू आपा खो बैठा था और मंदीप से मिलावट के अनुमानित वजन के लिए कोई पैसा नहीं काटने को कहा। मंदीप धैर्य न रख सका और उसने जवाब दिया, 'मुझे ऐसी खरीदारी में कोई दिलचस्पी नहीं है। या तो पैसे ले लो या छोड़ दो।'

यह सिद्धू के लिए असंतोषजनक था और फिर भी उसने उसे चेतावनी दी- 'रुखा व्यवहार मत करो। मैं ऐसी भाषा का आदी नहीं हूँ।'

अब मंदीप ने पैसे गिने और उसे थमा दिए। जब मंदीप ने इस घटना को सुविधा को बताया तो उसने उसे हर बार अपनी पिस्तौल अपने पास रखने के लिए कहा और समझाया- 'बदमाश बदमाश ही रहता है और उस पर बिल्कुल भी भरोसा नहीं किया जा सकता। वे केवल एक ही भाषा समझते हैं, और वह है बंदूक की भाषा।'

युवा और साहसी होने के कारण, उसने उसकी सलाह का पालन किया और इस तरह के व्यवहार में और अधिक सतर्क हो गया। बेशक, वह जानता था कि चोरी का माल खरीदना अपराध है।

अगली सुबह मोंटी तड़के उससे मिलने आया। जैसे ही मंदीप ने उन्हें गहनों की कुल कीमत बताई, मंदीप ने उसके साथ बहस की- 'आप अपने सौदे में साफ नहीं हैं। इस सब के लिए तुम्हें मुझे पाँच हज़ार और देने होंगे।'

मंदीप ने पूछा- 'क्यों? वैसे तो मैं घर पर गहने नहीं खरीदना चाहता। यह मेरी नींद में खलल डालता है। बेहतर होगा कि आगे से दुकान पर आएं।'

मोंटी अपनी बेइज़्ज़ती को पचा नहीं पाया और अपना आपा खो बैठा, 'इस तरह बहस मत करो, लाला! तुम्हारे पापा ने कुछ साल पहले मेरे आदमी दीनू को गिरफ्तार करवाया था। बागपत की जेल में उसकी दुखद मौत हुई और उसकी मौत एक रहस्य बनी रही। यह बताया गया कि गैंगवार में उसकी मौत हो गई, हालांकि वह मेरा भरोसेमंद साथी था।'

मंदीप ने जवाब दिया- 'दीनू ने मेरे पापा पर बेतुकी मांग को लेकर हमला किया। जब सारा पैसा चुका दिया गया था, तो बड़ी रकम कर्ज के रूप में कैसे दी जा सकती है? मैं

तुमसे सौदेबाजी करता हूँ, तुम्हारे साथियों से नहीं। दीनू ने उनसे कहा कि मोंटी फोन करेगा और तुमने कभी नहीं किया। जिससे पापा के मन में शक पैदा हुआ और हादसा हो गया। क्या दीनू का पापा पर हमला करना जायज था? नहीं, निश्चित रूप से नहीं। इस प्रकार का आचरण अप्रत्याशित और असहनीय है।'

मोंटी का गुस्सा और बढ़ गया और उसने उसे चेतावनी दी, 'मुझे नैतिकता का पाठ मत पढ़ाओ। मांग के मुताबिक ज्यादा पैसा दो वरना अंजाम भुगतने के लिए तैयार रहो। लाला द्वारा दर्ज कराई गई एफ.आई.आर. से दीनू के परिवार को काफी नुकसान हुआ है। यह असहनीय है!

अब मोंटी ने पिस्तौल निकालने के लिए अपना दाहिना हाथ बढ़ाया। इससे पहले कि मोंटी गोली चलाता, मंदीप ने उस पर गोली चला दी और विवाद करने वाले व्यक्ति को चुप करा दिया।

उसने उसके पैसे निकालकर सी.सी.टी.वी. कैमरा तुरंत चालू किया। मोंटी मर चुका था, और उस दृश्य को फिर से दोहराया गया, जिसमें मंदीप को मोंटी से बात करते दिखाया गया। मोंटी के चेहरे को शॉल से पूरी तरह ढका हुआ दिखाया गया था जैसे कि वह जीवित हो। पुलिस को सूचना दी गई, और इंस्पेक्टर मिनटों के भीतर तीन कांस्टेबल और एम्बुलेंस के साथ वहां पहुँच गया। दरोगा ने मंदीप से पूछा- 'तुमने उस आदमी पर गोली क्यों चलाई?'

'आत्मरक्षा के लिए सर। मोंटी ने घंटी बजाई और फिर पुराने गहने खरीदने के लिए बहुत बहस की। मैंने उससे पूछा- 'क्या ये गहने आपके हैं?' उसने जवाब दिया- 'हां, मुझे अपनी मां के ऑपरेशन के लिए तुरंत पैसों की जरूरत है।' मैंने उससे कहा- 'हो सकता है कि ये गहने कहीं से चोरी हो गए हों! दुकान पर आ जाओ क्योंकि इनकी शुद्धता की जांच करनी है। वजन का सही माप बाजार की दुकान में ही संभव होगा। लेकिन वह बहस करता रहा, और जब मैंने उससे इन गहनों को खरीदने से पूरी तरह मना कर दिया, उसने अपनी पिस्तौल निकाल ली और मुझे जान से मारने की धमकी दी।'

'और तुमने उसे मार डाला। आपने उसी समय पुलिस को सूचित क्यों नहीं किया? पुलिस तंत्र किसलिए काम करता है?'

'अगर मैंने पुलिस को सूचित किया होता, तो वह मुझे उसी समय मार देता। शायद आप ऐसे गुंडों के आचरण को मुझसे बेहतर जानते हो।' मंदीप ने बहस की।

'फिर भी आपको कानून हाथ में लेने का अधिकार नहीं था लाला मंदीप!' 'आत्मरक्षा की खातिर मुझे यह करना पड़ा। बस यही बात है।'

'ठीक है।'

पुलिस निरीक्षक ने दो सिपाहियों को मोंटी के शव को पोस्टमॉर्टम के लिए ले जाने को कहा और मंदीप के बयान दर्ज किए। अब तक बंशी भी उसके साथ आ गया था। कुछ पड़ोसी तमाशबीन बनकर वहां जमा हो गए। ज्वैलर्स में से अधिकांश ने चोरी के गहने खरीदे थे और फिर भी देश के सच्चे और ईमानदार नागरिक होने का ढोंग कर रहे थे। हालांकि, मंदीप की बहादुरी से हर कोई हैरान रह गया और उनमें से एक ने टिप्पणी भी कर दी- 'नौजवान है, खून गरम है।' किसी ने समस्या की जड़ तक जानने की जहमत नहीं उठाई क्योंकि बंशी ने पहले ही संदेह पैदा कर दिया था। बंशी के दोस्त को उम्मीद थी कि भविष्य में ऐसे गैंगस्टर उसके ग्राहक बनेंगे। लेकिन अफसोस! उसके पास चलाने के लिए कोई होटल नहीं था और इसलिए वह उन्हें मुफ्त भोजन और मुफ्त शराब नहीं दे पाया। आखिरकार, गैंगस्टरों को सुरक्षा के अलावा और भी कई सुख-सुविधाएं चाहिए थीं, और बंशी अपने छोटे से घर में वह सब नहीं कर सकता था।

मंदीप को अपने इस कृत्य पर कोई पछतावा नहीं हुआ और वह हमेशा की तरह दुकान पर पहुँच गया। उसकी माँ ने उसमें साहस पैदा कर दिया था और उसके मन में उसके प्रति तनिक भी द्वेष नहीं था- 'आपने ठीक किया बेटा। हर व्यवसाय की अपनी समस्याएं होती हैं, और हमें उनका सामना करने के लिए तैयार रहना चाहिए। मैं हर समय तुम्हारे साथ हूँ। उचित और उपयुक्त एफ.आई.आर. दर्ज कराने के लिए सर्वश्रेष्ठ आपराधिक अधिवक्ता से सलाह लो। थोड़ा बोलो और संक्षिप्त एफ.आई.आर. दो। पैसे की चिंता मत करो। ठीक है?'

'ठीक है। मां।' इसके बाद वह संस्थान के लिए रवाना हो गई।

मोंटी के साथी कप्पू और टोनी दोनों को अपनी जान बचाने के लिए कार से भागना पड़ा क्योंकि उन्हें उम्मीद नहीं थी कि अचानक मोंटी की हत्या हो जाएगी। सबसे पहले, टोनी कानूनी राय लेना चाहता था लेकिन उसके पास पैसे नहीं थे। दूसरी बात, कप्पू ने उसे पूरे मामले को गुप्त रखने की सलाह दी क्योंकि पुलिस को अभी तक उनके बारे में पता नहीं था। दुविधा यह है कि वे गलत थे क्योंकि मंदीप के पड़ोसियों के सी.सी.टी.वी. की फुटेज से इस बात की पुष्टि होती है कि मोंटी के दो साथी एक कार में गेट पर दस मिनट से ज्यादा समय तक इंतजार करते रहे थे।

पुलिस के मुखबिरों ने एक हफ्ते के भीतर पुष्टि की कि मोंटी के छोटे गिरोह में कप्पू और टोनी अन्य साजिशकर्ता और खलनायक थे। उनका गुपचुप तरीके से पीछा किया जा रहा था और आखिरकार उन्हें तड़के फरीदाबाद के रेणु होटल से गिरफ्तार कर लिया गया। गोपनीयता के कारण उन्हें किसी अज्ञात जेल में स्थानांतरित कर दिया गया।

भारतीय न्यायिक प्रणाली के अनुसार, प्रशासनिक अधिकारियों, पुलिस अधिकारियों, निरीक्षकों, कांस्टेबलों और अन्य को अदालत में उपस्थित होना पड़ता है जहाँ ऐसे सभी

मामलों की कानूनी कार्यवाही होती है। जिले से स्थानांतरण के बाद इन अधिकारियों और अधीनस्थ कर्मचारियों के सदस्यों को रात्रि प्रवास, आराम, अपने कपड़े बदलने और फाइलों को पढ़ने आदि का प्रबंधन करना मुश्किल हो जाता है और आमतौर पर उन होटलों में रहना पड़ता है जहाँ मुफ्त आवास उपलब्ध होता है। होटल मालिक उन्हें उपकृत करते हैं क्योंकि वे बाद में पदोन्नति पर विभाग में फिर से शामिल हो सकते हैं। अतः प्रायिकता का यह सिद्धांत होटल व्यवसाय में भी काम करता है। फलस्वरूप, अधिकारियों के साथ-साथ होटल के मालिक अपने सेल फोन में टेलीफोन नंबरों का रिकॉर्ड बनाए रखते हैं। जब यह समस्या सामने आई तो सुविधा ने इंस्पेक्टर बी.एल. रावत को फोन किया जिन्होंने सम्यक के मामले में उसकी मदद की थी। क्योंकि इंस्पेक्टर बी.एल. रावत को पदोन्नति देकर गाजियाबाद की डासना जेल का मुख्य जेलर बना दिया गया था, उन्होंने उसे चिंता न करने के लिए कहा।

अगले दिन मंदीप और सुविधा ने बी.एल. रावत के सम्मान में रात्रिभोज का आयोजन किया और उन्हें पूरी घटना बताई। अधिकारी ने उन्हें बताया कि मोंटी डकैती और हत्या के कई मामलों में वांछित था; इसलिए उसके जाने से कई मामले सुलझ गए थे। लेकिन मंदीप को अपनी आत्मरक्षा का मामला लड़ना था। उन्होंने वकील बी.के. धवन के नाम का सुझाव दिया और स्थिति पर चर्चा की। यह पार्टी बिना किसी रोमांच और समाधान के समाप्त हो गई, और फिर भी बी.एल. रावत ने उन्हें चिंता न करने के लिए कहा क्योंकि हत्या के दृश्य का कोई गवाह नहीं था। उन्होंने मंदीप को खातों को ठीक से बनाए रखने की चेतावनी दी- 'कोई भी आधुनिक जटिल सी.बी.आई. अधिकारियों और उनके काम करने के तौर तरीकों को नहीं जानता है? आखिर हत्या के मामले को गैर-गंभीरता से नहीं लिया जा सकता। कोई आमदनी नहीं, फिर भी बहुत खर्च है!'

एक सप्ताह के बाद, बी.एल. रावत ने सुविधा को बताया कि कप्पू और टोनी बागपत की जेल में रह रहे हैं यह पता लगाना मुश्किल था कि वे इस मामले में कैसी प्रतिक्रिया देंगे। उन्होंने किसी भी कीमत पर उनसे संपर्क करने का सुझाव नहीं दिया। जैसा कि सुविधा चाहती थी कि मंदीप को जल्द से जल्द इस मामले से छुटकारा मिले, उसने बी.एल. रावत को आवश्यक कार्यवाही करने के लिए कहा। शाम को वह होटल में उससे मिली और उसे जरूरत के मुताबिक पैसा दिया और तीन दिनों के भीतर ये दोनों अपराधी इस दुनिया से चले गए जिससे सुविधा और मंदीप ने राहत की सांस ली। आखिर इस पंचम युग में गोपनीयता आचरण का सर्वोत्तम साधन है। इस खबर ने उन्हें इच्छा, आशा, न्याय, अपराध, दासता आदि के बारे में सोचने पर मजबूर कर दिया।

मंदीप की शादी के लिए राष्ट्रीय अखबारों में वैवाहिक विज्ञापन दिए गए क्योंकि अर्शदीप अभी भी दो- तीन साल इंतजार करना चाहता था। हैरानी की बात यह है कि विज्ञापनों पर खराब प्रतिक्रिया थी, और सुविधा को उसके कार्यालय के अधीनस्थों में से एक ने कहा- 'सच कहूँ तो मैडम, कई लड़कियां मंदीप से शादी करना चाहती हैं, लेकिन उनमें से कोई भी पागल ससुर के साथ रहने के लिए तैयार नहीं है। लाला बंशी ने आपके सुपर परिवार के खिलाफ बहुत अफवाहें फैलाई हैं।'

इस जानकारी से उसका मन उदास हो गया, लेकिन फिर उसने समस्या को हल करने के तरीकों का विश्लेषण किया। यदि कोई समस्या है, तो एक बुद्धिमान व्यक्ति इसे हल करता है, और उसने मंदीप के लिए गाजियाबाद ए.टी.एस. में एक विशाल अपार्टमेंट खरीदा। दूसरी बात, उसने पाँच लाख रुपये से उसमें फर्नीचर और अन्य सुविधाएँ लगवायीं। तीसरा, उसने उसे स्वयं को साबित करने का फैसला करते हुए खुद के लिए ऑडी कार खरीदने के लिए कहा- 'सुविधा की दुनिया में चमकने वाला सब कुछ सोना था!'

दो हफ्तों के भीतर, मंदीप के लिए तीस से ज्यादा विवाह प्रस्ताव आए, और सुविधा ने उसे अपने जीवन साथी के रूप में किसी एक को चुनने के लिए गंभीरता से कहा। जब वह हिचकिचाया, तो उसने उसे जीवन में बुद्धिमान, विवेकपूर्ण, निर्भीक और बहादुर बनने के लिए कहा- 'मंदीप आखिकार, तुम सही निर्णय ले सकते हो। अपने भाई या बहनों या नानाजी से परामर्श करें। कोई बात नहीं।'

जब सुविधा ने दीना नाथ को अपने तनाव के बारे में बताया, तो उन्होंने कहा- 'देखो बेटी, मैं बहुत बूढ़ा और पुराने विचारों वाला हूँ। मंदीप को अपनी पसंद की लड़की तय करने दें। हालाँकि, वह एक अच्छा व्यवसाय चलाता है और इसलिए एक पेशेवर के बजाय एक घरेलू लड़की का चयन कर सकता है। आखिरकार, एक घर को एक स्वीट होम की तरह दिखना चाहिए, ऐसा होटल नहीं जहाँ हर कोई जल्दी में हो।'

सुविधा ने मंदीप से अपने पिता से परामर्श करने के लिए कहा लेकिन व्यर्थ! मंदीप वास्तव में भ्रमित था क्योंकि वह एक स्मार्ट लड़की को चाहता था जो दुकान में उसकी मदद कर सके। लेकिन वह इस राज को मां को बताने में नाकाम रहा। उसकी दुकान पर एक गरीब, सुंदर लड़की प्रीति मोहन काम करती थी, जिसे नकली और असली सोने के बीच का फ़र्क जानने की समझ तो हो गई थी, लेकिन हीरों के बारे में उसे अभी कोई जानकारी नहीं थी। इधर मंदीप उससे बात नहीं कर पाता था और अक्सर हैसियत को अहमियत देता था। एक समर्पित कार्यकर्ता होने के नाते प्रीति मोहन ने मंदीप की आंखों में कभी भी अपने लिए कोई प्यार नहीं देखा और वह अपनी पवित्रता को बनाए रखना चाहती थी।

एक दिन कैशियर प्रदीप मोहन ने हिम्मत करके मंदीप के लिए मैडम सुविधा को प्रीति मोहन नाम सुझाया। उस शाम सुविधा सीधे दुकान पर पहुँची और दुकान से लगे एकांत कक्ष में प्रीति से उसके बारे में पूछताछ की। प्रीति उसे काफी आकर्षक और विनम्र लगी। उससे कुछ सवाल पूछे गए और सुविधा को यकीन हो गया कि अगर मंदीप उससे शादी करने के लिए राजी हो जाता है तो यह शादी सफल हो सकती है। चूँकि वे एक बड़ा होटल चला रहे थे और उनके पास बहुत सारा सोना था, इसलिए शादी के खर्च कम होने चाहिए थे और इसलिए उसने सीधे प्रीति से ही पूछ लिया- 'क्या तुम मेरे बेटे मंदीप से शादी करोगी?'

क्योंकि उसने कोई जवाब नहीं दिया था इसलिए सुविधा ने अपना प्रश्न दोहराया। अब प्रीति ने जवाब दिया कि इस बारे में आपको उसके माता-पिता से बात करनी चाहिए। अगले दिन प्रीति के माता-पिता ने प्रस्ताव स्वीकार कर लिया और मंदीप के लिए छह डिब्बे मिठाई, फल और एक अंगूठी लेकर उसके बंगले पर पहुँच गए। अंगूठी की रस्म शुरू होने से पहले, प्रीति के पापा ने सुविधा को स्पष्ट शब्दों में कह दिया- 'मेरे पास आपकी उम्मीदों के अनुरूप आलीशान शादी करने के लिए पैसे नहीं हैं। प्रीति के वेतन में से की गई कुछ बचत से ही अभी खर्च किया जाना है।'

कोई बात नहीं। किसी बात की चिंता मत करो। सुविधा ने आश्वस्त किया। अंगूठी समारोह के ठीक बाद, सुविधा ने पंडित जी से अग्नि के सात फेरे लेने की भी व्यवस्था करने के लिए कहा, और यह वहां मौजूद पूरे समाज के लिए आश्चर्य की बात थी। दरअसल, सुविधा इस शादी की राह में कोई रुकावट नहीं चाहती थी। अंत में, उसने मंदीप से दुल्हन को अपने ए.टी.एस. अपार्टमेंट ले जाने को कहा। अन्य रस्मों के लिए, वह परिवार के साथ वहां पहुँची और नव विवाहित जोड़े को कुछ उपहार भी दिए।

..29..

काव्या के पति सोमेश अरुण ने अर्शदीप को रियल एस्टेट कारोबार में आने और सुचित्रा एवं एराकाजली के नाम पर चार सौ बीघा जमीन पर अपार्टमेंट बनाने के लिए प्रोत्साहित किया। लेकिन आयुष की दोनों बेटियाँ खुद बेलफास्ट, यू.के. में बस गई थीं और उन्हें इस प्रोजेक्ट में कोई रुचि नहीं थी। क्योंकि वे समृद्ध थीं, इसलिए उन्हें पैसे की ऐसी जरूरत महसूस नहीं हुई, और उनके पतियों ने उन्हें आपातकालीन उद्देश्य के लिए भूमि को आरक्षित रखने की सलाह दी।

इसके अलावा, आयुष की मानसिक हालत लगातार अस्थिर रहती थी और कह नहीं सकते थे कि वह कब बिगड़ जाए। कभी-कभी उसे मतिभ्रम होता था, वह हमेशा

शिकायत करता था कि दीनू हर जगह उसका पीछा कर रहा है। वह अपनी ही परछाई से डरता था- चाहे उसके पीछे हो या उसके सामने और उसे अपना सबसे बड़ा दुश्मन मानता था। जब सुविधा इस सब बकवास को बर्दाश्त नहीं कर पाई थी, तो उसने उसकी देखभाल के लिए बारह घंटे की वैकल्पिक ड्यूटी के लिए दो नौकरों को रख लिया और खुद नीचे जाकर रहने लगी। आयुष को ऊपर उसके ही हाल पर छोड़ दिया गया क्योंकि वह एक अर्धविक्षिप्त साथी के साथ हमेशा के लिए रहने को तैयार नहीं थी। उसने उसकी मूर्खतापूर्ण और हिंसक हरकतों का विश्लेषण किया था और उसमें कोई व्यवस्थित पागलपन या 'अनैतिक मनोवृति' नहीं देखी थी।

सुविधा ने अर्शदीप को सलाह दी कि वह एक वरिष्ठ इंजीनियर के रूप में अपनी नौकरी पर ध्यान दें और जल्द ही शादी कर लें। शायद जीवनसाथी उसके अकेलेपन और नीरसता को जीवन से दूर कर देगा। जैसा कि उसने वास्तुकला विभाग में दो सौ अपार्टमेंट के निर्माण के मुद्दे पर चर्चा की, तो विभागाध्यक्ष ने उन्हें बताया कि इन दिनों रियल एस्टेट में मंदी है और एनसीआर में हजारों अपार्टमेंट बिना बिके पड़े हैं। 'इस विकट घड़ी में अपना पैसा क्यों फसाएं?'

वह इस सलाह से संतुष्ट हो गई और अर्शदीप को भी यही बात बताई। सब बातों से ऊपर, उसने उसे बताया कि जमीन का हक एक प्रमुख मुद्दा था और आयुष के जमीन के कागजात अभी तक नहीं मिले हैं। किसी को नहीं पता था कि उसने संपत्ति के कागजात कहां रखे थे। यह मंदीप के भविष्य का भी सवाल था, क्योंकि कानूनी रूप से दुकान अभी तक उसके नाम पर स्थानांतरित नहीं हुई थी। यही हाल रोजा होटल के हक का भी था।

सभी संपत्तियां जो या तो पुश्तैनी थीं या बहुत समय पहले खरीदी गई थीं, सभी अनिश्चित थीं। समस्या आयुष के हस्ताक्षर की थी- वह हस्तांतरण की जरूरत को समझेगा या नहीं? हो सकता है-हिंसक प्रतिक्रिया करें? सुविधा का विवाह आयुष के साथ अभी तक विवाह के रजिस्ट्रार के पास पंजीकृत नहीं करवाया गया था, और इसलिए उसके बेटों को आयुष की संपत्ति का उत्तराधिकारी नहीं माना गया था। सबसे बड़ा सवाल यह था कि अगर संपत्ति की प्रतियां रजिस्ट्रार कार्यालय से ली जाती हैं तो भी बिल्ली के गले में घंटी कौन बांधेगा? सुविधा को इस पचड़े में कोई दिलचस्पी नहीं थी क्योंकि वह पापा दीना नाथ के सहयोग से आर्थिक रूप से काफी सुरक्षित थी।

लेकिन तभी विनीत की बहन डॉ. शैफाली (35) और उनके पति डॉ. वीर सेन (37) उसके कविनगर, गाजियाबाद स्थित बंगले में शिफ्ट हो गए। डॉ. शैफाली का तबादला सीतापुर से गाजियाबाद हो गया और सरकारी आवास उपलब्ध नहीं होने पर विनीत

ने दीना नाथ को फोन किया। विनीत ने चाचा दीना नाथ से कहा कि सरकारी आवास उपलब्ध होने तक दंपति उनके साथ रहेंगे। दीना नाथ को इससे कोई आपत्ति नहीं थी और लवली को भी कोई साथ चाहिए था। दीना नाथ साठ की उम्र पार कर चुके थे, उन्हें कोई न कोई बीमारी थी। उसने सोचा कि बीमारी की स्थिति में यह दम्पति उसकी अच्छी देखभाल करेगा और प्रवेश को भी मार्गदर्शन मिलेगा।

लगभग एक साल बीत चुका था जब कवि नगर के इस बंगले पर डॉ. शैफाली ने कब्जा किया था। वह दिखावे को बनाए रखना जानती थी और किटी पार्टी में सुविधा से कहा- 'चिंता मत करो। मैं जल्दी ही तुम्हारा घर खाली कर दूँगी।'

उसे जवाब देना था- 'इट्स ओ.के. जब चाहे खाली कर देना।' वह जानती थी कि अगर वह (सुविधा) इस मुद्दे को लेकर कोई हंगामा करेगी तो पापा क्रोधित हो सकते हैं।

एक शाम उसे बहुत खीज उठी जब विनीत ने फोन पर उससे कहा- 'अगर जरूरत पड़ी तो मैं तुम्हारे बंगले का किराया दे दूंगा।' आखिरकार अंकल जी हमारे परिवार के हैं।"

वह चौंक गई और वापस जवाब दिया- 'बेशक, पापा आपके हैं और इसलिए उनकी संपत्ति भी। मैं तुम दोनों के बीच कहीं नहीं खड़ी हूँ।'

विनीत ने यह सब चाचा दीना नाथ को बता दिया। पहले, उन्हें ऐसी बातों पर भरोसा नहीं था क्योंकि उन्हें सुविधा पर पूरा भरोसा था। दूसरे, वह जानते थे कि भूमि का हक मायने रखता है और यह केवल अस्थायी कब्जा नहीं है। तीसरे, डॉ. शैफाली सुविधा की चचेरी बहन थी, और वह संयुक्त परिवार के उन मूल्यों से आखें कैसे मोड़ सकते हैं जिस संयुक्त परिवार प्रणाली में उनका पालन-पोषण हुआ था? क्या होगा यदि वह पहले मर जाए, या उसका भाई पहले मर जाए? उन्होंने विनीत से कहा कि इस छोटी सी बात को भूल जाओ क्योंकि अगर डॉ. शैफाली उनके साथ रहती तो उन्हें कोई दिक्कत नहीं थी। सुविधा अपने पिता की मानसिकता का विश्लेषण कर सकती थी और इसलिए चुप तो रही लेकिन बेचैन रही।

किसी तरह वरुणा के पति डॉ. विनोद ग्रोवर उसके काफी करीब आ गए थे और अक्सर उसके घर आया करते थे। एक शाम उन्होंने सुविधा से पूछा- 'क्या तुम मेरे साथ बैडमिंटन खेलना चाहोगी? मुझे बताया गया है कि तुम बैडमिंटन बहुत अच्छा खेलती हो।'

'जी। मैं बैडमिंटन खेलती हूँ लेकिन ज्यादा अच्छा नहीं खेलती हूँ।'

'फिर भी, हम आज एक गेम का आनंद ले सकते हैं?'

'ठीक है। अगर आप जोर देते हैं, मैं किट पहनकर आती हूँ। बस दो मिनट रुकिए।'

इसके बाद उन्होंने बैडमिंटन खेलने का लुत्फ उठाया। उसके स्तनों का उठना-गिरना

और उसकी मनमोहक जांघों को देखकर डॉ. विनोद को बहुत अच्छा लगा। चूंकि वे दोनों काफी समय से अभ्यास नहीं कर रहे थे इसलिए खेल अच्छा नहीं था, लेकिन इसने उन्हें दोस्त बना दिया- खेल हारने के बाद, विनोद ने उससे कहा- 'जीत का जश्न मनाना चाहिए, मैडम?'

'बेशक। कृपया ड्राइंग रूम में आ जाइए। मैं जल्दी ही आपका साथ देने आती हूँ।'

उसने अपनी नौकरानी को चीज़ चॉप तैयार करने और ड्राइंग-रूम टेबल पर दो खाली गिलास रखने का आदेश दिया। वह अपने गाउन में आई और नौकरानी शैम्पेन की बोतल भी ले आई। प्याले शैम्पेन से भरे हुए थे, और सुविधा ने उससे कहा- 'आज शाम की जीत के लिए शैम्पेन का आनंद लें। प्रिय वरुण के स्वास्थ्य के लिए जाम उठाएं। चीयर्स।'

'चीयर्स'। उसने भी जवाब दिया।

लगभग हर मुलाकात में उन्होंने डॉ. विनोद की आंखों में प्यार और कामुकता देखी और महीनों में ही दोनों एक-दूसरे के करीब आ गए। डॉ. विनोद ने हिम्मत जुटाई और उसे किस करने के लिए आगे बढ़ा। आखिरकार, पहला कप खत्म करने के बाद उन्होंने एक-दूसरे को किस किया, और जैसे ही उसने गाउन में उसके स्तन देखे, उसने उन्हें दबाया। अंत में, उन्होंने प्यार किया और रात का खाना खाने के बाद विनोद चला गया।

अगली सुबह उसने डॉ. विनोद को अपने कार्यालय में बैठे पाया और वह फार्मेसी विभाग में अस्थायी नियुक्ति के लिए अपने आवेदन के साथ उसका इंतजार कर रहा था। तीन दिन पहले उन्हें सरकारी अस्पताल के मुख्य चिकित्सा अधिकारी ने ड्यूटी में लापरवाही और स्टॉक में अनियमितता के आरोप में निलंबित कर दिया था। हुआ कुछ यूं कि भारत क्रांति दल के एक स्वयंसेवक के बेटे को पागल समझे जाने वाले कुत्ते ने काट लिया और बच्चे को रेबीज का टीका लगवाना था। लेकिन स्टोर कीपर ने उस स्वयंसेवक को बताया कि रेबीज वैक्सीन की ऊपर से ही कम आपूर्ति हो रही थी और अब स्टॉक में नहीं है। लेकिन स्वयंसेवक ने दुकानदार से बहस की और उसे अनियमितताओं का दोषी ठहराया- 'आप लोग पैसे कमाने के लिए बाजार में दवाएं और इंजेक्शन बेचते हैं। या तो अभी वैक्सीन जारी कर दो अन्यथा अंजाम भुगतने के लिए तैयार रहो।'

'जो चाहो कर लो। आजकल हर कोई एक बड़ा राजनेता होने का ढोंग करता है जैसे कि आसमान टूट जाएगा।'

'ठीक है। रुको जरा'

स्वयंसेवक ने एम.एल.ए. को फोन कियाऔर एम.एल.ए. ने स्वास्थ्य सचिव को सूचना दी और फिर सीएमओ ने डॉ. विनोद ग्रोवर को बुलाया और पूछा- 'डॉ. ग्रोवर अस्पताल के स्टॉक में रेबीज टीकों की स्थिति क्या है?'

'मुझे ठीक से नहीं पता, लेकिन मुझे लगता है कि वर्तमान में स्टॉक में कुछ तो होनी चाहिए और प्रभारी से पूछा- 'क्या आपके पास इस समय रेबीज के टीके स्टॉक में नहीं हैं? यह बहस यहाँ क्यों चल रही है?'

'यह आदमी मुझे बेकार में ही गाली दे रहा है। मैंने इससे कहा कि वह वैक्सीन का इंजेक्शन लगवाने के लिए किसी नर्स की मदद ले, लेकिन उसने मुझसे दो टूक कहा कि 'नर्स को खुद बुलाओ। इस तरह मेरी बात कौन मानेगा?'

'इससे पुष्टि होती है कि आपके पास स्टॉक में टीके हैं?'

'हाँ, डॉक्टर।'

डॉ. ग्रोवर ने स्वयंसेवक को शांत होने के लिए कहा और स्टोर कीपर से कहा कि वह तुरंत एक नर्स को बुलाकर लड़के को टीका लगाने के लिए कहे। स्वयंसेवक के लिए यह एक हर्षोल्लास का क्षण था, और फिर भी डॉ. ग्रोवर ने वहां चुप्पी बनाए रखने के लिए अपने होठों पर उंगली रख ली। स्वयंसेवक और उसका बेटा अस्पताल से चले गए। लेकिन फिर विधायक के पास शिकायत दर्ज की, और स्वास्थ्य सचिव के पत्र पर सीएमओ द्वारा कार्रवाई की गई। तथ्य एकदम स्पष्ट थे और शिकायत पर डॉ. विनोद ग्रोवर को अनिश्चित काल के लिए निलंबित कर दिया गया था।

डॉ. सुविधा ने डॉ. विनोद को अस्थाई तौर पर एक लाख रुपए मासिक वेतन पर नियुक्त किया और फिर दोनों कोर्ट में बैडमिंटन खेलने लगे। खेल के बाद, उन्होंने शैम्पेन के प्यालों के साथ अपनी जीत का जश्न मनाया और फिर प्यार करने के क्षणों का आनंद लिया।

सर्दी और पतझड़ के लंबे समय के बाद एक बार फिर उसके जीवन में प्रेम-प्रसंग की वसंत ऋतु का आगमन हुआ। उसने स्थिति का स्वागत किया और इस नई दोस्ती से प्रसन्न महसूस किया। किसी तरह, अर्शदीप को अपनी प्रेमिका अपूर्वा भक्ति के माध्यम से अपनी माँ के जीवन में इस नए विकास के बारे में पता चला, अपूर्वा सुविधा प्रबंधन संस्थान में फार्मेसी की सहायक प्रोफेसर थी और जिनके साथ डॉ. विनोद ने अक्सर चुहलबाज़ी की थी और प्यार किया था।

डॉ. विनोद ग्रोवर का घरेलू जीवन उनकी पत्नी वरुणा के बढ़ते अवसाद के कारण अरुचिकर था। उसने छह साल पहले एक लड़के को जन्म दिया, और दुर्भाग्य से, जन्म के छह दिनों के बाद पीलिया से उसकी मृत्यु हो गई। वह बहुत रोई और नवजात बच्चे के प्यारे चेहरे को भूल नहीं पाई। एक चिकित्सक के रूप में, उन्होंने गर्भावस्था के दौरान सभी सावधानी बरती थी, और बच्चे को एक इनक्यूबेटर में रखा गया था, लेकिन अफसोस!

वह उन्हें दुखी और निराश छोड़कर मर गया। उन्होंने उसे यह कहते हुए सांत्वना दी कि जीवन एक बच्चे की मृत्यु के साथ समाप्त नहीं होता है और ईश्वर की कृपा से दूसरे बच्चे की आशा करनी चाहिए। तब से, उसका चार बार गर्भपात हो चुका था और वह फिर से गर्भ धारण नहीं कर पाई। कई स्त्री रोग विशेषज्ञों से अब तक कोई ठोस परिणाम नहीं मिला है। डॉ. ग्रोवर ने उन्हें समझाने की कोशिश की कि उनके पास हमेशा एक अनाथालय से बच्चा गोद लेने का विकल्प है, लेकिन उन्हें यह विचार पसंद नहीं आया। उसने 'बांझ' होने के लिए अपने भाग्य को कोसा, हालांकि उसके लगभग सभी दोस्तों के दो-तीन बच्चे थे।

बच्चे के न होने से उनके घर का वातावरण उदासी भरा और विषादग्रस्त रहता था और वह भी उसके उदास और मायूस चेहरे के कारण घर के भीतर घुटा हुआ महसूस करता था। वह उसके लिए सुखद क्षण कैसे खरीद सकता था? अस्पताल से निलंबन के बाद उन्हें भी ऐसा लगा जैसे स्टोर से दवाओं की चोरी के लिए वे ही पूरी तरह से जिम्मेदार हैं। वह मदद के लिए स्वास्थ्य विभाग के संयुक्त सचिव से मिले, लेकिन उन्होंने मदद का कोई वादा नहीं किया क्योंकि स्थानीय एम.एल.ए. ने शिकायत दर्ज करा दी थी।

उन्होंने उन्हें भारत क्रांति दल के राजनीतिक प्रभाव वाले किसी महत्वपूर्ण स्वयंसेवक को तलाश करने की सलाह दी, लेकिन इन दिनों यह इतना आसान नहीं था। स्वास्थ्य मंत्रालय में कोई भी उन पर भरोसा करने को तैयार नहीं था और गरीब मरीजों के प्रति उनकी सभी सेवाएं बेकार साबित हुईं।

अंत में, उन्होंने डॉ. सुविधा से अपनी समस्या के बारे में चर्चा की, जिन्होंने इसके बारे में अंजान होने का नाटक किया, हालांकि उन्होंने अगले ही दिन दैनिक जागरण में यह दुखद समाचार पढ़ा था। सुविधा ने शहर के डीएम से डॉक्टर की मदद करने की गुहार लगाई और डीएम ने यह कहते हुए लखनऊ एनेक्सी में मजबूत सहयोग के लिए एक नाम सुझाया, 'क्या डॉ. ग्रोवर मूर्ख है जो नौकरशाही की कार्यप्रणाली को नहीं समझता? उसे आदमी को संतुष्ट करने दो, और फिर काम पंद्रह दिनों के भीतर हो जाना चाहिए। बेशक, उन्हें बहाली के साथ-साथ तबादले के लिए भी तैयार रहना चाहिए।'

और वही सच साबित हुआ।

..30..

जैसे-जैसे आयुष की मानसिक स्थिति बिगड़ती गई और हफ्ते दर हफ्ते इसमें गिरावट आती गई, सुविधा उदास और निराश महसूस करने लगी और उसने खुद को असहाय पाया। अर्शदीप ने अपनी प्रेमिका अपूर्वा भक्ति से शादी कर ली और रोजा होटल की चौथी

मंजिल पर पीछे की दूसरी लिफ्ट का इस्तेमाल कर तीन कमरों में रहने लगे। उनकी पत्नी असामान्य ससुर और पतित सास के साथ रहने को तैयार नहीं थी। आयुष के अप्रत्याशित आचरण ने सुविधा को अपने बुढ़ापे के बारे में सोचने पर मजबूर कर दिया कि बुढ़ापे में उसकी देखभाल कौन करेगा? क्या उसे गाजियाबाद छोड़कर वाराणसी या हरिद्वार में बसकर मौत का इंतजार करना होगा? क्या उसके तीनों बच्चे भविष्य में एक-दूसरे से अलग हो जाएंगे? क्या भौतिकवाद ने सभी पारिवारिक बंधनों को तोड़ दिया है? क्या वह अपने बूढ़े पिता का साथ नहीं दे पाएगी, जिन्होंने अब तक उसके लिए बहुत कुछ किया है? क्या बुढ़ापा एक अभिशाप है और ज्ञान एवं अनुभव के लिए उल्लेखनीय नहीं है? रबी बैन एजरा ने इसे जीवन की सर्वश्रेष्ठ अवधि क्यों कहा- 'सर्वश्रेष्ठ अभी होना बाकी है?' आगे क्या होना सबसे अच्छा है?

अब तक, उसकी सभी भौतिक इच्छाएँ अधिकतर परमेश्वर द्वारा पूरी की जाती थीं, और अब शायद वह कोहरे में खो जाएगी। क्या इस जीवन में आध्यात्मिक विकास संभव है? आत्म-प्रकाश की तलाश कैसे करें?

जब उसने ऐसे तमाम सवालों का विश्लेषण किया तो उसके पास बेटे मंदीप का फोन आया - 'गुड ईवनिंग मॉम। आप इस वक्त कहां हैं? मैं आपसे तुरंत बात करना चाहता हूँ।'

'घर आ जाना। मैं इंतज़ार करूंगी।' उसने जवाब दिया।

मंदीप मानसिक रूप से परेशान था क्योंकि सिद्धू (40) और उसके साथी बधू (41) ने रंगदारी के रूप में दो करोड़ रुपये मांगे थे। सिद्धू के पास बेचने के लिए कुछ भी नहीं था क्योंकि इन दिनों कोरोना लॉकडाउन के कारण अपहरण, डकैती, अवैध व्यापार, चोरी के बच्चों की खरीद-फरोख्त आदि संभव नहीं थे। इस रिंग लीडर ने कटु और कठोर स्वर में उसे बताया कि वह होटल रोजा के कमरा नंबर 304 में शाम 6 बजे पैसे आने की उम्मीद में आ रहा है। यह बुरी खबर सुनकर, वह घबराई नहीं और उससे पूछा- 'तुम इस बदमाश का सामना कैसे करना चाहते हो?'

'मैंने अभी तक फैसला नहीं किया है?'

'लेकिन कार्रवाई की आज और कल भी जरूरत पढ़ेगी क्योंकि ये लोग गोली की भाषा समझते हैं। अब झुके तो जिंदगी भर झुके रहना पड़ेगा। बहादुर बनो और गरिमा के साथ जीवित रहने के लिए तैयार रहो।' उसने उसे प्रोत्साहित किया।

'किस तरह की कार्रवाई, माँ?' उसने थोड़ा भय के भाव से पूछा और वह उसके भय की कल्पना कर सकती थी और कहा- 'देखो, जीवन में कठिन परिस्थितियों का सामना करने के लिए बहुत बहादुर बनो। बिजनेस में ऐसी घटनाएँ साहस को आमंत्रित करती हैं।

किसी भी विषय में चिन्ता की जरूरत नहीं। जब वह आए, तो उसे पीने के लिए कुछ पेश करो और कुछ बूँदें खुद भी पियो, सिर्फ साथ देने के लिए। लेकिन तुम्हारा चेहरा जैसा अब है, वैसा मुरझाया हुआ चेहरा बनाकर मत रखना। महामारी के कारण पैसे की कमी दिखाते हुए एक सामान्य व्यक्ति की तरह व्यवहार करना। उसे शराब के दो बड़े गिलास पीने को देना और वेटर से उसके गिलास में नींद की दो गोलियाँ मिलाने को कहना। यदि वह किसी और साथी के साथ आता है, तो भी वही तरीका अपनाओ।'

'और तब?'

'मैं देखती हूँ कि तुम्हारे दिल और दिमाग में हिम्मत नहीं है। याद रखो, कायर रोज मरते हैं, और बहादुर सिर्फ एक बार मरते हैं। मैं तुम्हारी समस्या का समाधान करने के लिए पर्दे के पीछे रहूँगी। साथ ही, अपनी पिस्तौल को लोड करके रखें और आपात स्थिति में गोली चलाने के लिए तैयार रहें। विपरीत परिस्थिति में मुस्कुराना सीखें। जो कहा क्या सब समझ आया? भगवान शिव की पूजा करना न भूलें, क्योंकि वे दुष्टों का नाश करने वाले हैं। भगवान ही तुम्हारी मदद करेगा।''

'मां, आपका धन्यवाद।'

'किसी चीज की चिंता मत करो, यहाँ तक कि अपनी पत्नी प्रीति मोहन की भी नहीं। भगवान भविष्य की भी व्यवस्था करेगा। मैं 6 बजे होटल पहुँच रहीं हूँ।'

'ठीक।' उसने सुविधा द्वारा उत्पन्न किये गए उत्साह व ऊर्जा के माहौल के साथ प्रस्थान किया।

उम्मीद के मुताबिक, वह शाम 6 बजे होटल पहुँच गईं और कमरे में बड़े पर्दे के पीछे छिप गई। सिद्धू और बधू अपनी योजना के अनुसार वहां आए लेकिन बिना किसी तर्क या हिंसा के आसानी से पैसा मिलने की उम्मीद कर रहे थे। मंदीप ने एक नकली मुस्कान के साथ उनका स्वागत किया क्योंकि प्रसन्नता का दिखावा करना उसे अव्यावहारिक लग रहा था। उन्होंने वेटर से मेहमानों को ड्रिंक्स परोसने के लिए कहा- 'वेटर, भाईजी को ड्रिंक्स परोसो।'

वे बहुत दिनों के बाद यहाँ आए थे, उसने औपचारिकता से उनसे पूछा- 'कैसे हो सिद्धू भाई? कैसे हो बधू डियर? इन दिनों आपका धंधा कैसा चल रहा है? क्या पेश करने के लिए कुछ है?'

'मैं फिलहाल ठीक हूँ लेकिन कोरोना के कारण नाजुक दौर से गुजर रहा हूँ। कोई आय नहीं है और इसीलिए मैंने तुमसे पैसे मांगे हैं, लाला। कोरोना के बाद जब भी मैं सफल होऊंगा, मैं आपके पैसे वापस कर दूंगा।' सिद्धू ने दो टूक गुहार लगाई। वह विपरीत परिस्थिति में भी विनम्र रहना नहीं जानता था।

'लेकिन लॉकडाउन के कारण इन दिनों पैसों की कमी है। तीन माह से अधिक समय से दुकान बंद है। माफ करें, भाई। मैं आपकी मदद करने में असमर्थ हूँ। आपने गलत समय पर पैसे मांगे हैं।'' मंदीप ने जवाब दिया।

पिस्टल निकालने के लिए सिद्धू ने अपना हाथ अपनी पीठ की ओर बढ़ाया। लेकिन, इससे पहले कि वह कोई कार्रवाई कर पाता, सुविधा ने सिद्धू और बधू दोनों को दो गोलियां मार दीं। चूँकि उन दोनों ने अभी तक केवल एक गिलास शराब पी थी, वे कुर्सी से नीचे गिर पड़े।

क्योंकि सुविधा कमरे से बाहर जाना चाहती थी, इसलिए उसने मंदीप को हिदायत दी- 'इन्हें बिना देर किए कमरे की बालकनी से नीचे गिरा दो और गिलास और बोतल हटा दो।

'ऐसा महसूस करो जैसे कुछ हुआ ही नहीं है। बहाना करो कि सिद्धू ने व्यक्तिगत मतभेदों के कारण बधू को मार डाला, और हमें उनकी व्यक्तिगत समस्याओं से कोई लेना-देना नहीं है। उसकी कॉल हटाना मत भूलना।'

नतीजतन, मंदीप ने अपने वेटर की मदद से एक-एक करके उन्हें गिरा दिया और सभी खून से लथपथ शरीर के साथ जमीन पर गिर पड़े। सीसीटीवी के बाद पुलिस को सूचना दी गई। कैमरा चालू किया गया था। सुविधा कमरे से निकल गई और होटल के ऑफिस में इंतजार करने लगी।

पुलिस निरीक्षक चार मिनट के भीतर तीन आरक्षकों के साथ वहां पहुँचे और स्थिति का जायजा लिया। उनकी एक-दूसरे के साथ दुश्मनी की मनगढ़ंत व फर्जी कहानी थी। ये दोनों पुलिस की काली सूची में थे क्योंकि इन्होंने अब तक छह से अधिक कांस्टेबलों की हत्या कर पुलिस विभाग के लिए कई समस्याएं पैदा की थीं। इन दोनों बदमाशों की मौत से इंस्पेक्टर को थोड़ी राहत महसूस हुई। उस कांस्टेबल ने दोनों का मुंह सूँघा और इंस्पेक्टर से कहा- 'जब यह सब हुआ तब वे नशे में थे।'

'ठीक है। शवों को पोस्टमॉर्टम के लिए ले जाओ।'

'ठीक है। सर।'

उनके शवों को पोस्टमॉर्टम के लिए ले जाया गया, और कमरा नंबर 304 की घटना को दिखाते हुए एक साइट रिपोर्ट तैयार की गई। इंस्पेक्टर ने कमरे का बारीकी से निरीक्षण किया और कुर्सियों और मेज पर उंगलियों के निशान की जाँच की। अंतिम चार मिनट में छज्जे से खून पोंछ दिया गया था, और कोई सोच भी नहीं सकता था कि एक महिला

बदमाशों को मारने की हिम्मत कर सकती है। फिर भी अदालत में मामले की रिपोर्ट पेश करने से पहले अपराध की जांच की जानी थी..

आयुष ऐसे ग्राहकों का रिकॉर्ड उनकी तस्वीरों और अन्य आवश्यक विवरणों के साथ रखता था। दूसरी बात, वह जांच अधिकारी को हमेशा सही समय पर पचास हजार रुपये देने की पेशकश करता था। मंदीप ने वह रिकॉर्ड देखा था और दूसरा, शर्ट की जेब से अपना नाम मान सिंह पढ़ने वाले इंस्पेक्टर को पचास हजार रुपये देने की पेशकश की जिसकी कमीज की जेब पर लिखा मान सिंह नाम वह पढ़ रहा था। एंबुलेंस और पुलिस टीम के जाने के बाद सुविधा होटल से निकलकर घर पहुँची। उसने स्नान किया और फिर भगवान शिव से प्रार्थना की- 'आप सभी अच्छे व्यक्तियों, नैतिक मूल्यों, शास्त्रों, ग्रहों के संरक्षक हैं और विद्वानों को नई किताबें लिखने के लिए प्रेरित करते हैं। साथ ही आप दुष्टों का नाश करने में हम जैसों की सहायता करते हैं। धन्यवाद, हे प्रभु। ओम नम: शिवाय!' उसने उस रात मंदीप को कोई फोन नहीं किया था और उससे कहा था कि जब तक कोई आपात स्थिति न हो, उससे संपर्क न करें।

वीरू और अंशी दो घंटे से अधिक समय तक अपने गुप्त ठिकाने पर पैसों का इंतजार करते रहे। लेकिन फिर ज़ी चैनल ने सिंद्धू और बधू की रहस्यमय आत्महत्या की खबर प्रसारित की और उन्होंने गाजियाबाद से दूर कहीं और शरण लेना बेहतर समझा। उन्होंने अपने रिंग लीडर्स को खो दिया था और उनकी व्यक्तिगत हिम्मत जल्द ही जवाब दे गई। वे तय नहीं कर पाए - आगे क्या करना है? कानून के जाल से खुद को कैसे बचाएं? बधू के साथ अहंकार के टकराव के कारण रवानी ने उनका गिरोह बहुत पहले छोड़ दिया था।

टी.वी. देखते-देखते सुविधा ने अपने लिए शैम्पेन का गिलास तैयार किया और समाचार सुने, फिर टी.वी. बंद कर दिया और अपने अतीत के बारे में सोचने लगी जब बहुत पहले सम्यक की रक्षा के लिए दुष्टों को मारना पड़ा था। इतिहास अपने आप को दोहराता है। हो सकता है इन दोनों बदमाशों के अन्य साथी मंदीप से बदला लेने की कोशिश करें। उसने इस बारे में सोचा और उसे सतर्क करने का फैसला किया क्योंकि कोरोना के दौरान भी कुछ भी हो सकता था। असल में तस्वीर में मंदीप थे। लेकिन अभी तक सुविधा को अंशी और वीरू के नाम नहीं पता थे।।

जेल कीपर बी.एल. रावत के बेटे ने एम.बी.ए. की पढ़ाई की और रोजा होटल में मुफ्त रहने और खाने की सुविधाओं का आनंद लिया। सुविधा ने रात 8 बजे के बाद उसे फोन किया। इंस्पेक्टर ने संदेश भेजा।

'बैठक में व्यस्त हूँ। आप से जल्द ही बात करूँगा।' छह शीर्ष पुलिस अधिकारियों के बीच वीरू और अंशी जैसे अन्य बदमाशों के नामों की चर्चा थी और इन दोनों को पकड़ा जाना था। उनका पीछा करने के लिए एक साथ दो टीमें बनाई गईं और किसी भी प्रकार का समझौता बर्दाश्त नहीं किया गया। रात 8 बजे के बाद वीरू और अंशी के नाम उसके सामने आए, उसने आयुष का रजिस्टर देखा और जेलर से इस मामले में भी आवश्यक कार्रवाई करने का अनुरोध किया। एक साहसी महिला के रूप में, उसने अपने बच्चों की हर कीमत पर रक्षा करने का फैसला किया। वह बदमाशों को कैसे जाने दे सकती थी!

चूंकि वह उस रात थोड़ा तनाव महसूस कर रही थी, इसलिए उसने गहरी नींद के लिए वैलियम 1 लिया। जल्द ही वह शारीरिक रूप से सो गई जब उसके अचेतन मन ने तीन देवताओं को अपने सामने खड़ा देखा। उसने हाथ जोड़ कर उनके सामने प्रणाम करने के बाद पहले भगवान से पूछा- 'हे भगवान, आप क्या चाहते हैं?'

'विशेष रूप से कुछ भी नहीं। मुझे बताओ 'क्या आप दिल से शुद्ध हैं?'

सुविधा इस सवाल का जवाब देने के लिए तैयार नहीं थी क्योंकि उसने दो बार बदमाशों को मारा था। जब वह चुप रही, तो भगवान ने उससे पूछा- 'हृदय की पवित्रता को पुनः प्राप्त करने के लिए तुम क्या करना चाहती हो?'

फिर से, उसने खुद को असहाय महसूस किया और इस विशेष कर्म हेतु स्वयं को समर्पित करने की योजना कभी नहीं बनाई। उसे चुप रहना पड़ा।

अब दूसरे भगवान ने उससे पूछा- 'क्या तुम शारीरिक रूप से शुद्ध हो? क्या तुम अपने आप को एक आदर्श महिला मानती हो? नारीत्व के संबंध में आपकी अवधारणा क्या है?' इन तीन सवालों ने उसकी नसों को झकझोर दिया क्योंकि वह सम्यक की मृत्यु के बाद अपने जुनून को काबू नहीं कर पा रही थी। वह झूठ कैसे बोल सकती है क्योंकि उसके गणेश सलिल, शिवेंद्र और डॉ. विनोद ग्रोवर के साथ यौन संबंध थे? एक बार फिर वह सवाल का जवाब देने में विफल रही।

तीसरे भगवान ने उससे पूछा- 'क्या तुम अपने प्रति सच्ची हो? आपने अब तक दीन-हीन और लाचार गरीब लोगों और बीमार लोगों के लिए क्या किया है? क्या आप जानती हैं कि अशोक भगवान के प्रिय कैसे बने?'

अब उसे यह कहने का मन हुआ कि उसने कितनी बार अनाथों, विधवाओं और वृद्ध बीमारों की मदद की है। फिर भी वह चुप रही कि कहीं उसके उत्तर को उसके अभिमान का प्रतीक न मान लिया जाए और इस अभिमान को सदैव सात पापों की श्रेणी में रखा जाता है।

जब वह अब भी चुप रही तो पहले भगवान ने पूछा- 'आप भविष्य में जीवन का आनंद पाने की आशा कैसे करती हैं?'

उसके द्वारा फिर से चुप्पी बनाए रखी गई क्योंकि उसके पास आनंद प्राप्ति की कोई नैतिक योजना नहीं थी।

दूसरे भगवान ने उससे पूछा- 'आप अगले जन्म में सर्वशक्तिमान ईश्वर द्वारा पुरस्कृत होने की उम्मीद कैसे करती हैं?'

चूँकि उसके पास अगली दुनिया के अस्तित्व के बारे में कोई दृढ़ राय नहीं थी, इसलिए वह चुप रही। लेकिन उसका तनाव बढ़ रहा था।

तीसरे भगवान ने उससे पूछा- 'तुम सांसारिक चीजों से खुद को अलग करने की कोशिश क्यों नहीं करती? क्या आपको लगता है कि आपके सांसारिक लाभ वास्तविक लाभ हैं? क्या आप अपनी आत्मा की परख करना चाहती हैं? क्या विज्ञान ने ईश्वर का आविष्कार किया या ईश्वर ने विज्ञान का निर्माण किया?'

उसने 'वियुक्ति' 'सांसारिक चीजें', 'सांसारिक लाभ, विज्ञान-ईश्वर रचना' जैसे शब्द सुने थे, लेकिन कभी भी उनका गहराई से और बारीकी से विश्लेषण करने की जहमत नहीं उठाई।

फिर पहले भगवान ने उससे पूछा- 'तुम मृत्यु के समय यहाँ क्या करोगी?'

अपने भगवान से दया के लिए प्रार्थना!' उसने धीरे से जवाब दिया।

'पाप, ग्लैमर और व्यभिचार का जीवन जीने के बाद क्या आप ईश्वर की दया की पात्र हैं?'

उसने खुद को अवाक पाया।

दूसरे भगवान ने उससे पूछा- 'तुम नरक या स्वर्ग के किस चरण में भेजे जाने की उम्मीद करती हो?'

अब वह रो पड़ी और दया के लिए जोर-जोर से रोने लगी।

अंत में, तीसरे भगवान ने उससे पूछा- 'आप चरित्र परिवर्तन के बारे में क्या जानती हो? क्या आपने शुद्धिकरण के साधन का अभ्यास किया है?'

'अभी नहीं, मेरे प्रभु। वास्तव में, मेरे जीवन में शुद्धिकरण के लिए मेरा मार्गदर्शन करने वाला कोई नहीं है।'

'झूठ बोल रही हो। आप अपनी शारीरिक जरूरत की हर चीज खोजती हैं और फिर उसी के पास होती हैं। लेकिन आप कभी आत्म-प्रकाश की तलाश करने की कोशिश नहीं करतीं। शर्मनाक! अक्षम्या।'

होश आने पर उसके डर की कोई सीमा नहीं थी। अगली सुबह उसने अपने प्रबंधन संस्थान के दस चपरासियों को दो-दो हजार रुपये का नकद उपहार देने का फैसला किया

और एक विश्वसनीय क्लर्क से यह जाँचने के लिए कहा कि उनमें से प्रत्येक ने इस राशि का उपयोग कैसे किया। एक हफ्ते के बाद, उसे रिपोर्ट मिली कि पाँच चपरासियों ने हार्ड ड्रिंक पर राशि खर्च की, तीन ने जुआ खेला और हार गए, और नौवें चपरासी ने प्रोविजन स्टोर का क्रेडिट चुका दिया, और आखिरी ने अपने बच्चों के लिए दो शर्ट और एक पैंट खरीदी। पहले पहल, वह समझ नहीं पा रही थी कि क्या उसका कदम उचित, सही और नेक था? लेकिन उसने लॉकडाउन के दौरान किसी का वेतन नहीं काटा। दूसरे, सभी कर्मचारियों को प्रत्येक माह की पहली तारीख को वेतन मिलता था। उसके खजांची ने उसे चेतावनी दी- 'इस तरह, संस्थान को घाटा उठाना पड़ेगा।'

'ठीक है, संस्थान इन खर्चों को वहन कर सकता है। मानवता के नाम पर यह एक नेक निवेश है न कि खर्च।'

और यह एक वास्तविक व्यय साबित हुआ क्योंकि वे सभी इस नेक कार्य के लिए उसके प्रति वफादार महसूस करते थे क्योंकि अन्य संस्थानों में शिक्षण और गैर-शिक्षण स्टाफ सदस्यों को या तो कोई वेतन नहीं दिया जाता था या आधा भुगतान किया जाता था। डॉ. सुविधा को कोई पछतावा नहीं था क्योंकि वह उन्हें वास्तविक अर्थों में अपने भाइयों और बहनों के रूप में मानती थीं। शायद 'दिव्य देवता' यह सब चाहते थे, उसने सोचा।

..31..

साहित्य की छात्रा के रूप में, सुविधा ने दांते की *डिवाइन कॉमेडी* का अध्ययन किया था और तब से सत्य और असत्य, दया और क्रूरता, अच्छे और बुरे, आदि के बीच के अंतर को महसूस किया। दो सप्ताह के बाद, उसने खुद को सुचित्रा और एराकाजली के साथ स्वर्ग के द्वार पर पाया। लगभग सभी कक्षों में विभिन्न राष्ट्रीयताओं के कुलीन लोग थे, और बहुत से लोग कक्षों के बाहर प्रवेश करने के लिए अपनी बारी का इंतजार कर रहे थे।

सत्य नामक पहले कक्ष में, उन्होंने हरिश्चंद, गांधी, जोन ऑफ आर्क, सेंट ऑगस्टाइन और संत विद्या सागर को देखा। उन्हें कोई पछतावा नहीं था, हालांकि उन्हें पहचानना काफी मुश्किल था, उनके पास कोई सांसारिक शरीर नहीं था और वे हवा से बने थे। सुचित्रा ने वहां एक दाढ़ी वाले आदमी की पहचान के बारे में पूछा और उसने उससे कहा- 'यह विदुर काका हैं जो पांडवों के सलाहकार के रूप में जाने जाते हैं।'

अहिंसा नामक दूसरे कक्ष में उन्होंने संतों के दर्शन किए; जैसे - विवेकानंद, एच.डी. थोरो, आर.डब्ल्यू. एमर्सन, डॉ. राजेंद्र प्रसाद, वीर सावरकर और अन्य। किसी ने भी घमंड

और उनके द्वारा पृथ्वी पर किए गए कार्यों की बात नहीं की। यहाँ उसने सम्यक और अपनी माँ को देखा।

विवेक नामक तीसरे कक्ष में उसने सुकरात, प्लेटो, अरस्तू और उनके कुछ यूनानी शिष्यों को देखा। सिसरो, थॉमस ग्रे, थॉमस कार्लाइल और मैथ्यू अर्नोल्ड उनकी मंडली में शामिल थे और उन्होंने प्रतिभा के साथ विवेक को जोड़ा। जब एराकाजली ने उससे पूछा- 'यह सफेद बालों वाला आदमी कौन है?'

उसने उससे कहा- 'वह देवव्रत है, जिसे गंगापुत्र के नाम से जाना जाता है।'

जैसे ही वे तीनों कुछ कदम आगे बढ़े, उन्होंने *सद्ज्ञान* (राइट नॉलेज) नामक चौथा कक्ष देखा और आसानी से कार्ल मार्क्स, एंगेल्स, एडम स्मिथ, माल्थस, मार्गरिट थैचर, अटल बिहारी वाजपेयी को पहचान लिया। एराकाजली मॉन्टेस्क्यू को पहचान नहीं पाई, जिन्होंने राज्यों के वर्गीकरण की अवधारणा दी थी। मात्र धोती में एक दुबले-पतले संत को गुरु कृपाचार्य के रूप में पहचाना गया।

सद् आचरण (राइट कंडक्ट) नामक पांचवें कक्ष में इन सभी ने संत प्रमाण सागर, मदर टेरेसा, लक्ष्मण, सीता, द्रौपदी, सत्यवान, मालिनी, सावित्री को देखा। गोपाल कृष्ण गोखले, राजा राम मोहन राय, रवींद्रनाथ टैगोर, भगत सिंह, राम प्रसाद बिस्मिल, चन्द्र शेखर आज़ाद के साथ पगड़ी बांधे मदन मोहन मालवीय बैठे हुए थे।।

सद् दर्शन (राइट फिलॉसफी) नामक छठे कक्ष में उन्होंने कबीर, सूरदास, तुलसी दास, महादेवी वर्मा, सहदेव, बर्ट्रेंड रसेल, जेम्स वाट, न्यूटन, एडिसन, मारकोनी, डॉ. हर दयाल और चौधरी चरण सिंह को पहचान लिया यहाँ अत्यधिक प्रकाश था और उनकी आँखें चौंधिया गईं।

करुणा (मर्सी) कहे जाने वाले सातवें कक्ष में, उन्होंने सुंदर कर्ण, अर्जुन, भीम, कई सांसारिक चिकित्सक, सर्जन, टाटा, बिरला, फोर्ड, जे.एफ. केनेडी, अब्राहम लिंकन को देखा।

सकारात्मकता (पॉजिटिविटी) नामक आठवें कक्ष में वे सर अरबिंदो, वर्जिल, मिल्टन, दांते, डॉ. एस. राधाकृष्णन, जे.जे. कृष्ण मूर्ति, स्वामी परम हंस को पहचान सके।

भगवान ब्रह्मा द्वारा कुछ अतिरिक्त कक्ष प्रस्तावित किए गए थे क्योंकि कई और महान् आत्माओं को जल्द ही वहां समायोजित किया जाना था। कक्ष हिम गुफाओं के समान प्रतीत होते थे।

यह एक सुखद स्वप्न था क्योंकि उसने दिव्य आत्माओं के लिए बने कक्षों का दौरा किया था जिन्हें जन्म और मृत्यु के चक्र से मुक्ति मिली थी। वह इसे सौतेली बेटियों सुचित्रा

और एराकाजली को बताना चाहती थी लेकिन फिर यह विचार छोड़ दिया- वे इस स्वप्न को पसंद करें या न करें लेकिन उनके माता-पिता इसमें शामिल नहीं थे।

उसे डॉ. विनोद ग्रोवर की याद आई, जो एक हफ्ते से उससे नहीं मिले थे। उसने 'क' अक्षर से खुद से प्रश्न पूछने की मदद से उनके बीच मौजूद प्यार के बारे में सोचा- विनोद के लिए उसके प्यार की असली छटा क्या है? वह उसे किस तरह से प्यार करता है- शारीरिक रूप से या मानसिक रूप से? वह उसे क्यों प्यार करता है-उसकी शारीरिक सुंदरता की वजह से या उसके रुतबे के कारण? वह उसके साथ कहाँ सहज महसूस करता है- बैडमिंटन कोर्ट में या उसके बेडरूम में? वह वास्तव में किसे सचमुच प्यार करता है- अपनी पत्नी वरुणा से या उससे? वह किस ओर आगे बढ़ रही थी- पुरस्कृत होने के लिए या अपने पिछले कारनामों की तरह हताशा के लिए? उसके जीवन में और कितने प्रेमियों की उम्मीद है? उसके जीवन में यह प्रणय गाथा कब तक चलती रहेगी? जब वह अपनी शारीरिक सुंदरता खो देगी तब क्या होगा? किसी को प्यार कब करना चाहिए- किशोरावस्था में, युवावस्था में, या अधेड़ उम्र में? उसके घरेलू जीवन पर प्रेम का क्या प्रभाव पड़ा है? क्या आयुष उसका प्रेमी नहीं था? वह आयुष को वैसा प्यार देने में क्यों विफल रही, जैसा उसने सम्यक से किया था? आदि।

उस शाम काफी कोहरा था जब उसने अपने कार्यालय में काम करना बंद कर दिया। उसे रंगदारी के लिए चार बार कॉल आ चुकी थी लेकिन उसने उन सभी को अनदेखा कर दिया- जैसा कि प्रशासन के खेल का हिस्सा होता है! यहाँ कुछ भी नया नहीं है क्योंकि अपराध दर यहाँ भी न्यूयॉर्क, बॉम्बे, लंदन, नई दिल्ली, आदि की तरह बढ़ रही है। ये बदमाश पश्चिम बंगाल में बच गए थे जब 1970 से पहले भारी उद्योग विकसित हुए थे और बाद में फरीदाबाद, गाजियाबाद और पानीपत में स्थानांतरित हो गए।

हाईवे पर, उसने तीन लोगों को देखा, जिन्होंने अपने चेहरे को ढँक रखा था और उनमें से एक ने अपना हाथ आगे बढ़ाया, उसे रुकने के लिए कहा, लेकिन उसने संकेत को नज़रअंदाज़ कर दिया और आमतौर पर गाड़ी चलाना जारी रखा। लेकिन तभी उस आदमी असलम ने उसकी ओर गोली चला दी और कार के टायरों में तीन और गोली लगने से कार रुक गई। वह अपनी पिस्तौल लिए सतर्क हो गई और जैसे ही वे कार की ओर बढ़े, उसने उन पर गोली चला दी, जिससे दो व्यक्तियों की मौत हो गई और तीसरा भाग निकला। फिर भी उसने उसे देखा और उसके रुकने का इंतजार करने लगी। फिर भी, उसकी पिस्तौल में तीन गोलियां थीं और आश्चर्यजनक रूप से उसने धैर्य और साहस नहीं खोया। वह उन दोनों

की अगली हरकत का इंतजार कर रही थी जो नीचे गिरे पड़े थे- अक्सर लोग मृत होने का नाटक करते हैं और फिर हिंसक प्रतिक्रिया करते हैं। लेकिन ये दोनों मर चुके थे और मुख्य रूप से कोहरे के कारण उसकी पैनी निगाहों से उस तीसरे आदमी का पता नहीं चल सका।

तुरंत उसने पुलिस निरीक्षक से संपर्क किया, उन्हें घटना और समय की जानकारी दी। पांच मिनट के अंदर वह तीन कांस्टेबलों के साथ वहां पहुँचे तो बदमाशों की पहचान असलम (38) और अशरफ (39) के रूप में हुई। वे फिरौती, चोरी और अपहरण के कुछ मामलों में वांछित थे। पुलिस अधिकारी ने उसे बताया कि साइबर अपराध ने अब एक गंभीर मोड़ ले लिया है, और ये बदमाश सड़क के किनारे ऐसे काम करते हैं जैसे पुलिस व्यवस्था का वजूद ही नहीं है।

'वाह! मैडम, वाह! आपने सही कदम उठाया है।' घटनास्थल की रिपोर्ट ली गई और जल्द ही स्थानीय पत्रकार इस घटना को कवर करने के लिए वहां पहुँच गए।

रात को खाना खाते समय अर्शदीप ने उससे कहा- 'माँ, अब तक आपने काफी काम कर लिया है। कब तक काम करते रहना है? और आप किसके लिए जान का जोखिम उठाती हैं? ऑफिस जाते समय आप एक एस्कॉर्ट क्यों नहीं रखती? सभी सेटल हो गए हैं और निहारिका ने अपना बी.टेक पूरा कर लिया है। उसे जल्द ही यहाँ होना चाहिए और यह वक्त उसकी शादी की योजना बनाने का है। अब संस्थान सुचारु रूप से चलने की स्थिति में है और हमें नुकसान नहीं उठाना है। हमारे बारे में सोचें यदि ये दुष्ट अपने इरादों में कामयाब हो जाते तो हमारा क्या होता!'

लेकिन वह इन बदमाशों से घबराई नहीं थी क्योंकि उसे एन.सी.सी. में पांच साल का प्रशिक्षण दिया गया था। शत्रु को परास्त करने के लिए समर्पण करने के लिए नहीं। शक्ति, संतोष और खुशी की उसकी परिभाषा अलग थी और अर्शदीप ने उसकी सराहना नहीं की। यूलिसिस की तरह, वह जीवन की यात्रा के डर के बिना आगे बढ़ना चाहती थी। कोलंबस की तरह, वह नए ज्ञान के नए क्षेत्रों की खोज करना चाहती थी। रॉबर्ट ब्राउनिंग और अल्फ्रेड टेनिसन के प्रमुख पात्रों की तरह, वह सम्यक की हत्या के बाद से विषमताओं से लड़ रही थी। बेशक, उसके पिता ने हर कदम पर उसका साथ दिया था क्योंकि उसने बेटे और बेटी के बीच कोई अंतर नहीं किया था।

मंदीप ने आशीर्वाद लेने के लिए उसके पैर छुए और कहा- 'माँ, आप अच्छी और महान् हैं और मुझे एक दुसाध्य त्रासदी से बचा लिया। सच में आप हम सभी के लिए

प्रेरणा स्रोत हैं। वे दिन गए जब एक महिला को हर तरह से 'अबला' कमजोर माना जाता था। इसके बजाय, वह एक 'सबला' के रूप में बढ़ी हुई है, जो खुद का बचाव करना और इतिहास बनाना जानती है।

सेठ दीना नाथ लवली और प्रवेश के साथ वहाँ पहुँचे और उसे बधाई दी- 'यह बिल्कुल मेरी बहादुर बेटी सुविधा है! मुझे तुम पर बहुत गर्व है, बेटी। तुम मेरी बहादुर बेटी हो, मदद के लिए रोने वाली कमजोर बेटी नहीं।'

एस.एस.पी. गाजियाबाद ने अगले गणतंत्र दिवस समारोह में उसे शाल देकर सम्मानित किया। वह वास्तव में 'सहर्ष धर्मनिष्ठा' के साथ जीवन पथ पर चल पड़ी थी, जिसे बहुत से लोग नहीं जानते थे।

****